KB211148

궁전을 들어 올린 아라한

궁전을 들어 올린 아라한

한국 불교아동문학회 엮음

대양미디어

어린이들의 거울

한국 불교아동문학회 회장 이 창 규

우리들은 아침마다 거울을 통하여 마음을 열어 봅니다.

거울은 세상을 밝게 좋게만 비추어 주기 때문입니다. 거울처럼 부처님 말씀은 세상 사람들의 때 묻은 마음을 씻어 줍니다. 사람에 따라 다르겠지만, 동심이 거울에 비치면 세상이 아름답고 신기해서 참 좋습니다. 이처럼 어린이들에게 소중한 부처님의 설법을 쉽게 풀어 말씀으로 담아 낸 본생경을 다시 창작동화로 고쳐서 동심과 불심으로 재미나고 좋은 동화집으로 만들었습니다.

본생경 동화 『궁전을 들어 올린 아라한』을 통하여 어린이들의 마음을 거울처럼 밝게 비추고 동화처럼 즐겁게 해 주는 동안에 지혜롭게 성장할 수 있도록 활용되었으면 좋겠습니다.

부모님들도 권하는 동화집, 보는 대로 어린이들에게 들려주고 이야기하는 가운데, 본생경 동화집은 어린이들이 자기 자신을 아끼고 존중하는 지침서가 될 것입니다.

동화를 통하여 자존감을 얻을 수 있다면 자랑스럽고 가치 있는 성장통 동화로서 선행에 앞장서는 활동을 할 수 있을 것입니다.

자기를 믿고 아끼는 일은 어떤 어려운 일이 닥치더라도 쉽게 포기하거나, 좌절하지 않을 것이기 때문입니다.

아울러 모든 일에 자신 있게 대처할 수 있고, 문제를 해결할 수 있는 힘이 생길 수 있으므로 더욱 중요한 것입니다.

많이 읽혀지기를 바랍니다. 감사합니다.

불기 2060(2016)년 여름에

차 례

양심을 시험해보고 싶은 대신

강 용 숙

옛날, 인도의 어느 나라에 임금님의 총애를 받는 지혜로운 신하가 있었습니다. 임금님은 나라의 크고 작은 일이 있을 때마다 이 신하의 의견을 물었습니다. 군사를 훈련하는 일로부터 이웃나라와의 전쟁이나 농사 짓는 작은 일까지 임금님은 이 신하와 의논하여 결정하였습니다.

신하는 임금님이 자신에게 의지하여 나라 일을 의논하는 것을 기쁘게 여기고 뽐내거나 자기의 지위를 자랑하는 일도 없었습니다. 백성들은 이 지혜로운 신하를 '사제관'이라고 부르며 존경했습니다.

"사제관님, 밀을 심으려는데 날씨가 어떨는지요?"

"11월에 씨를 뿌리면 적당할 것입니다. 올 겨울에는 날씨가 평온할 것이니 씨앗이 얼어 죽는 일도 없을 것입니다."

사제관의 말처럼 그 해 겨울에는 많은 눈이 내려 밀밭의 추위를 막아주어 이듬해 밀농사가 풍년이 들었습니다. 감자를 심으라고 하면 감자를 심고, 옥수수를 심으라면 옥수수를 심었습니다.

백성들에게 1미터도 넘는 흙담을 쌓아 집을 짓게 한 것도 한겨울 추위를 막고 이듬해 4월까지 눈보라가 휘날리는 히말라야의 추위를 이기는 지혜도 알려 주었습니다.

"우리 사제관님은 하늘이 내려준 귀인이야. 임금님도 사제관을 존경하고 따른다는군. 임금님에게도 복이지."

"그럼, 이런 어진 신하와 임금님을 모시고 사는 우리 백성들이 축복을 받은 거야."

"그래. 다른 나라 백성들이 우리나라에서 살게 해달라고 국경을 넘어 찾아오는 사람들이 하루에도 수십 명씩이래."

백성들은 살림이 넉넉해지자 나라를 찾아오는 손님들이나 신하들에게 먹을 것을 서로 나눠주거나 여비를 마련해 주며 친절을 베풀었습니다. 굶주림을 견디다 못해 찾아온 이웃 나라 백성들에게는 땅과 집을 주어 함께 살도록 해주었습니다.

"감사합니다. 임금님과 사제관님, 그리고 착하고 친절한 여러분에게 감사드립니다."

나라는 더욱 강성해지고 풍요해졌습니다. 북쪽의 어느 임금님은 이 소식을 듣고 신하들과 임금님과 사제관을 찾아와 나라를 바쳤습니다.

"어진 임금님 저의 나라도 다스려주십시오."

신하들이 엎드려 간청을 했습니다.

"저희들이 사는 나라는 풀과 나무는 울창하지만 농토가 작아 백성들이 늘 배고픔에 허덕이고 있습니다. 어진 임금님께서 지혜로 다스려 주시어 저희 백성들이 배고픔에서 벗어날 수 있게 해주시면 고맙겠습니다."

임금님은 북쪽나라의 왕과 신하를 거두어 드리고 북쪽의 초원 지대에 야크와 코끼리, 소와 말과 산양을 기르게 했습니다. 초원에는 초막을 지어 마을단위로 짐승을 길러 젖을 생산하고 털가죽을 생산하여 먹거리를 해결하게 하였습니다.

그 나라의 신하들은 귀한 금과 은, 유리 등 보물을 임금님에게 선물해 왔습니다.

"임금님은 하늘이 내리신 왕이십니다. 저의 나라 백성들이 가난을 이기고 고기와 우유로 배고픔을 면하게 되었습니다. 이 작은 정성을 받아주십시오."

"나라에 재물이 넉넉하니 받지 않겠노라. 가지고 돌아가 나라의 어려움이 있을 때 팔아서 쓰도록 하여라!"

임금님은 북쪽 나라 신하들이 가지고 온 보물을 다시 돌려보냈습니다. 그러나 신하들은 백성들이 하나 둘 모은 정성을 돌려보내면 실망이 클 것이라며 자기들은 돌아갈 수 없다고 버티었습니다.

"허허, 난처한 일이로구나."

이때 사제관이 임금님에게 아뢰었습니다.

"임금님, 저들의 청을 받아주십시오. 우리가 잠시 보관한다고 생각하시고 백성들의 삶이 어려울 때 다시 돌려주시면 은혜에 감사하며 다시 받을 것입니다."

"오. 그렇지 그런 방법이 있었군."

임금님은 사제관에게도 보물의 일부를 나눠주었습니다.

"사제관, 그대도 이 보물 나눠준다고 해도 허투루 쓰지 않겠지?"

"임금님, 집에도 넉넉하게 재물이 있사오니 궁궐을 지키는 병사들에게 나눠주십시오."

임금님은 빙긋이 웃으며 수레에 금과 은 유리 방울과 진귀한 향료를 실어서 보냈습니다. 사제관은 문득 그런 생각을 했습니다.

'우리 집에도 재물은 넉넉하게 있고, 가족들이 충분하게 쓸 수 있을 정도로 많다. 만약 내가 재물이 하나도 없으면 어떤 생각을 하게 될까?'

사제관은 나라의 곳간에서 금과 은을 훔쳐보기로 했습니다.

'도둑질을 하면 마음이 어떻게 변할까? 두려움을 느낄까? 아니면 감쪽같이 훔쳤다는 쾌감이 생길까?'

사제관은 하루 이틀 궁전 창고에서 보물을 훔쳐 집으로 가지고 가서 방안에 쌓아놓았습니다. 궁궐에서 퇴근하고 나면 방안 가득히 쌓여있는 금은보화를 보았습니다.

"금은보화를 산처럼 훔쳐다 쌓아놓았는데도 만족한 마음이 안 생기지? 더 훔쳐봐야 하겠다."

사제관은 임금님이 사냥을 나가시는 날을 골라 말과 수레를 동원해서 궁전의 보물을 실어 날라보았습니다. 궁전 곳간의 절반을 옮겨 쌓았는데도 만족감이 안 생겼습니다. 사제관은 무슨 생각을 했는지 다시 집안에 쌓아놓았던 보물을 다시 궁전 곳간으로 옮겼습니다. 마침 사냥에서 돌아오던 임금님이 그 모습을 보고 사제관을 불러 자초지종을 물었습니다.

"사제관, 어찌된 일인가? 자네는 금은보화를 돌같이 여기고 하루 세 끼 집안 식구들과 굶지 않고 밥을 먹는 것이 지상 최고의 행복이라고 했던 사람이 아니더냐? 어찌하여 나라 곳간의 재물을 훔쳐 집으로 실어 날랐으며, 어떤 연유로 다시 궁전 곳간으로 옮길 생각을 했느냐?"

사제관은 허리를 굽혀 임금님 앞에 엎드렸습니다. 그리고 울며 아뢰었습니다.

"덕이 높으신 임금님. 저는 어리석어 재물이 갖는 힘을 실험하고자 하였습니다. 욕심은 어디서 시작되고, 보물을 보고 마음은 어떻게 움직일까? 양심을 속이며 살 수 있을까? 마음이 바른 사람을 보고 숲의 독사도 물지 않는 신기함도 보았습니다."

"그대는 양심을 속일 사람이 아니다."

"임금님, 그렇지 않사옵니다. 제가 처음에는 한 푼 두 푼 금돈을 훔쳤지만, 며칠 되지 않아 수레로 재물을 옮길 만치 악마의 마음이 양심을 지배하는 것을 느꼈습니다. 저를 벌하여 주십시오. 임금님!"

임금님은 엎드려 울고 있는 사제관을 일으켜 세우며, 모든 일은 자신의 부덕이니 앞으로 더 마음을 잘 다스리라며 어깨를 다독여 주었습니다.

"벌을 달라고? 가당치도 않은 일이다. 그대는 더욱 국정을 사리는데 정진하여라."

하지만 사제관은 머리를 깎고 사리를 입고는 다시 임금님에게 찾아와 말했습니다.

"거룩하신 임금님, 제청을 받아주십시오. 저는 지금 궁궐을 떠나 수행자로 마음의 고요를 닦아 도를 이루고자 합니다."

"사제관!"

"저의 청은 가족들에게도 이미 고하였으니 너그러우신 마음으로 허락하여 주시옵소서!"

"호, 낭패로다. 그대를 잃고 어찌 국사를 나 혼자 결정할 수 있단 말이냐?"

임금님은 사제관의 결의에 찬 얼굴을 보고 울며 승낙했습니다. 그러자 사제관은 다음과 같은 게송을 읊으며 임금님에게 하직 인사를 올렸습니다.

'양심이란 이 세상에서 가장 훌륭한 그릇이며 재산입니다. 독을 품은 독사도 바른 마음을 가지고 사는 사람을 해치지 않습니다. 바른 마음을 지키기 위해 수행할 것이며, 세상을 떠나서도 행복한 세상에 태어날 수 있는 값진 재산입니다.'

사제관은 그 길로 히말라야의 눈 덮인 산으로 들어가 부처님이 계시는 하늘 세상에 태어날 큰 도인이 되었습니다.

◑ 생각 키우기

이 이야기는 팔만대장경 중에 본생경 권 제2권 290번째 이야기 '현덕의 전생 이야기'를 풀어 쓴 것입니다. 사람은 누구에게나 욕심이 있으며 부처님은 '마음을 내려놓아라'는 말로 수행자나 제자들에게 하심(下心)하라고 가르치셨습니다. 모든 근심과 걱정은 바로 탐내고 성내고 옳고 그름을 구분하지 못하는 어리석음이라 가르치셨습니다. 마음을 착하고 바르게 갖는 어려움을 예화로 들려주신 말씀입니다.〈본생경 제290화 현덕의 전생 이야기〉

해당 · 강용숙(海堂 · 康用叔)
제주자치도 신산리 출생. 제17회 찬불가요 가사 공모 당선(찬불가 부분), 조계종 창작 합창곡 가사 및 연등회 가사 공모 당선
한국음악저작권협회 회원, 한국불교청소년문화진흥원 이사
격월간 문예비전 시 신인상 등단
한국문예학술저작권협회, 한국문인협회 시분과 회원
제13회 대한민국 환경창조 경영대상 문화부분 수상(2015년)

고운 말이 복을 부른다

공 현 혜

옛날 간다라 왕의 나라에 바라문이라는 사람이 살았습니다. 바라문은 송아지 한 마리를 사서 이름을 지었습니다. 그 이름이 천하장사였기 때문에 사람들은 어린 송아지를 천하장사라고 부른다고 웃었습니다. 그러나 바라문은 어린 송아지를 잘 먹이고 잘 키웠습니다. 세월이 흘러 송아지는 점점 멋지고 힘이 센 소가 되었습니다. 그러던 어느 날, 어른 소가 된 천하장사는 '바라문은 나를 잘 키워줬어. 맛있는 것도 많이 먹여주고. 춥거나 덥지 않게 돌봐줬어. 이제 바라문을 위해 내가 도움이 되어야겠다.' 라고 생각했습니다.

그래서 천하장사는 바라문의 꿈에 나타나

"주인님 저는 이 세상에서 제일 힘이 센 천하장사입니다. 주인님을 도와드리려고 하니 내일 아침 강 건너 부잣집에 가서 내기를 하세요. '내 소는 백대의 수레를 움직일 수 있다' 고 하고 천만 원의 돈을 걸고 내기를 하세요. 거짓이 아니라는 증거로 주인님 방문 앞에 발자국을 찍어 놓겠습니다."
라고 했습니다.

잠에서 깬 바라문은 이상한 꿈이라고 생각하고 방문을 열어 보았습니다. 그런데 방문 앞에 정말로 소 발자국이 찍혀 있었습니다. 바라문은 자기의 소 천하장사를 찾아가서 알겠다는 듯이 고개를 끄덕여 보였습니다. 천하장사도 주인님을 보며 고개를 주-욱- 끄덕여주었습니다.

바라문은 아침밥을 먹자마자 강 건너 부잣집으로 달려갔습니다.

"부자 양반, 이 세상에 제일 힘이 센 소는 누구의 소입니까?"

"그것은 저기 아랫동네 바리야의 소와 저 고개 너머 댕기지의 소가 힘이 세지만 우리 집 소가 역시 제일이라네."

바라문은 부자의 말을 들은 뒤 큰 소리로 웃었습니다.

"부자 양반, 사실은 우리 집 소는 백 대의 수레를 끌 수 있는 천하장사라오!"

부자가 자리에서 벌떡 일어났습니다. 얼굴은 붉게 변하고 목소리도 커졌습니다.

"뭐라고? 우리 집 소보다 힘이 세단 말인가?"

"있고말고! 그러니까 우리 백 대의 수레를 끌 수 있나 없나 천만 원을 걸고 내기를 하는 게 어떻겠소."

"좋소!"

부자는 자기의 소보다 바라문의 소가 힘이 세다는 것은 참을 수 없었습니다.

드디어 내기를 하기로 한 날. 바라문은 백 대의 수레에 자갈과 모래를 실어 무겁게 만들었습니다. 구경하던 사람들도 모두 천하장사가 백 대의 수레를 끌 수 있을지 몹시 궁금했습니다.

"설마 저 무거운 수레를 백 대나 끌 수 있겠어?"

"그렇지? 힘들겠지?"

"힘들지. 우리 소는 한 대도 겨우 끌고 가는 걸."

사람들의 웅성거림을 들은 바라문도 점점 천하장사가 이길 수 있을지 의심스러웠습니다. 그래서 바라문은 경기 시작을 알리는 소리와 함께 자기도 모르게 채찍을 휘두르며

"야이 허풍쟁이야 달려! 달려보란 말이야!"

라고 소리를 질렀습니다.

천하장사는 어떻게 된 일인지 마음이 아팠습니다.

'이 사람은 허풍을 떤 적도 없는 나를, 거짓을 말한 적도 없는 나를 허풍쟁이라고 부른다. 왜 그런 걸까?'

그런 생각으로 돌처럼 움직이지 않는 천하장사 때문에 바라문은 천만 원이라는 큰 돈을 부자에게 잃고 말았습니다. 바라문은 집에 돌아오자마자 누웠습니다. 몸의 병이 아니라 돈을 잃은 마음의 병 때문에 누워서 먹지도 않았습니다. 그러자 꿈속에 천하장사가 다시 나타났습니다.

"주인님은 어째서 나를 허풍쟁이라고 부르셨습니까? 제가 똥오줌을 아무 곳에나 누는 걸 봤습니까? 여기저기 집안을 어질러 놓는 것을 보았습니까?"

바라문은 부끄러웠습니다.

"아니다, 넌 그런 일 하지 않았다. 미안하다."

천하장사는 바라문에게 고개를 끄덕여 인사하는 것을 보였습니다. 그리고

"이번 천만 원을 잃은 것은 당신이 죄 없는 나를 허풍쟁이라고 불렀기 때문입니다. 그것은 당신의 잘못입니다. 다시는 나를 허풍쟁이라고 부르지 마십시오. 그리고 내일 다시 부자에게 가서 내기를 거십시오. 이번엔 이천만 원으로 백 대의 수레를 끈다고 하십시오. 발자국을 남겨 놓겠습니다."

바라문은 다시 방문 앞에 소의 발자국을 확인하고 부자의 집으로 달려갔습니다. 부자는 지난번 천만 원 내기에서 이겼기 때문에 이천만 원 내기도 쉽게 결정했습니다.

"자네의 천하장사가 백 대의 수레를 끌지 못하면 이번에도 내가 이천만 원을 따는 걸세. 허허허!"

부자는 벌써 내기에서 이겨 돈을 딴 사람처럼 즐거워했습니다. 그러나 바라문과 천하장사는 서로의 눈을 바라보며 고개만 끄덕일 뿐이었습니다. 드디어 경기가 시작되었습니다. 바라문은 채찍을 사용하지 않고 천하장사의 등을 쓰다듬었습니다. 천하장사는 콧바람을 씩-씩- 뿜으며 시작 신호를 기다렸습니다.

'촤……' 시작을 알리는 신호가 내렸습니다. 그러자 바라문은 천하장사의 귀에 속삭였습니다.

"천하장사 슬기로운 소야! 끌어라. 천하장사 현명한 소야! 끌어라. 넌

세계 최고의 멋진 소다!"

천하장사는 일렬로 연결된 백 대의 수레를 끌기 시작했습니다. 제일 마지막 수레를 제일 앞에 있던 수레의 자리까지 쉬지 않고 한 번에 끌었습니다. 구경하던 사람도 부자도 모두 입을 벌리고 너무 놀라 아무 말도 못했습니다. 부자는 말없이 바라문에게 이천만 원의 큰 돈을 주었습니다. 그리고 구경하던 사람들도 자기들이 걸었던 상품과 돈을 주었습니다. 바라문은 천하장사의 도움으로 부자가 되어 잘 살았습니다.

※ 본생경에서 '난디 비살라' 가 소 이름이지만 여기에서는 천하장사로 바꾸었습니다.

◑ 생각 키우기

요즘은 어린이들이 줄임말을 많이 사용합니다. 그래서 서로 장난처럼 하는 말로 상대방에게 상처를 주기도 합니다. 이 이야기는 '좋은 말을 사용하자' '듣기 좋은 말은 소도 무거운 짐을 끌 수 있게 한다' 는 것처럼 고운 말을 사용해야 한다는 것입니다.
〈본생경 제28화 현명한 난디 비살라 전생 이야기〉

다임 · 공현혜(多稔 · 孔賢惠)
1965년 경남 통영 출생. 현대시문학추천 등단. 서정문학 등단. 작가시선 동시 등단.
한국문인협회, 서정문학 연구위원, 경북문협, 경주문협, 통영문협 회원
경남아동문학회, 한국불교아동문학회, 시산문작가회, 서정문학회 회원
마중물.행단.육부촌 동인. 시집『세상 읽어주기』외 공저 다수.

용마의 눈물

곽 영 석

옛날 중인도의 평원에 바라나시라는 나라가 있었습니다.

이 나라는 도시를 가로지르는 강을 중심으로 기름진 벌판과 과일나무가 풍성해 일 년 열두 달 맛있고 향기로운 과일이 넘쳐났습니다. 거지도 없고 굶거나 헐벗은 사람이 없는 낙원으로 알려져 많은 나라의 임금님들이 부러워했습니다.

임금님이 타는 용마는 황금으로 만든 구유에 향기 나는 채소와 쌀밥을 먹었습니다. 그리고 하루에 두 번씩 향기 나는 물에 목욕을 할 정도였습니다.

"뭐? 사람도 아닌 말을 목욕시킬 때도 값비싼 향유를 사용한다고?"

"예. 그뿐만이 아닙니다. 나라의 대신들조차 황금 밥그릇에 밥을 담아먹고 비단옷에 진주로 치장한 머리장식을 쓰고 삽니다. 우리는 감히 생각지도 못할 생활을 하고 있습니다."

바라나시를 다녀온 이웃나라의 사신들은 임금님에게 자기들이 보고 온 사실을 설명하였습니다.

"그 말이 정녕 사실이란 말이냐?"

"예. 입고 먹는 것이 풍족하여 백성들은 세금조차 한 푼 내지 않고 살고 있답니다."

"호. 그 나라의 임금님은 전생에 얼마나 큰 복을 지었기에 자신과 백성들이 그런 복을 누리고 산단 말이냐?"

이 소문은 이웃의 일곱 나라 왕에게까지 알려졌습니다. 그 나라의 왕들도 똑같은 보고를 받고 백성들이 하나 둘 나라를 떠나 바라나시로 들어가 땅과 집을 나눠받고 행복하게 산다는 이야기를 듣고 있었습니다. 이웃나라 왕들은 바라나시를 향해 떠나는 백성들을 막기 위해 국경 경비대 인원을 늘릴 정도였습니다. 그리고 백성들의 탈출이 해마다 늘어나자, 왕들은 모여 바라나시를 공격하여 멸망시킨 후 나라를 공동으로 통치할 것을 결의하였습니다.

이 같은 사실은 하늘의 지혜를 가지고 태어났다는 바라나시의 용마가 알아챘습니다. 용마는 왕이 찾아올 때까지 음식을 거부하고 큰소리로 울었습니다.

용마를 보살펴 오던 장군이 용마에게 말했습니다.

"용마야, 무슨 일이냐? 네가 무슨 걱정이 있어 음식을 거부하고 울고 있는 것이냐?"

"주인님, 나라가 위험합니다. 전쟁이 시작되었습니다. 바라나시를 포위하고 이웃의 일곱 나라 왕과 군사들이 모여들고 있습니다. 어서 전투 준비를 하십시오."

"오. 그렇구나. 우리도 대비를 하고 있었지만, 일곱 나라가 연합하여 공격을 한다면 큰일이 아닐 수 없구나."

장군은 곧 임금님에게 이 사실을 알렸습니다. 그 사이 일곱 나라의 왕은 사신을 보내 항복하라는 문서를 보냈습니다.

"왕위를 물러나 항복한다면 목숨을 보장하겠다. 그러나 항복하지 않으면 궁궐을 불태우고 도시마저 불태울 것이다."

임금님은 급히 대신들을 불러 모았습니다.

"대신들은 들으시오. 내가 그동안 나라를 잘못 다스려 전쟁을 대비하지 못했소. 내 스스로 말을 몰아 군사들과 전쟁터로 나가 죽기를 다하여 싸울 것이니 대신들은 백성들이 다치지 않도록 후방의 안전을 보살피시오."

이때 장군이 용마를 이끌고 찾아왔습니다.

"대왕폐하, 용마와 제가 나서서 싸울 터이니 대왕께서는 만약 제가 사망에 이르면 나서십시오. 처음부터 대왕께서 나설 전투가 아니옵니다."

"예. 그러하옵니다. 저 용마와 장군은 하늘의 지혜를 가지고 태어났으니 용마와 장군에게 첫 전투를 맡겨주옵소서."

바라나시의 왕은 장군에게 물었습니다.

"그대가 전장에 나가 싸워 이길 수 있겠느냐?"

"어진 대왕폐하와 자비로운 백성들을 사랑하는 여러 대신들의 은혜에 보답하는 길은 적과 싸워 이기는 길인가 합니다. 제가 군사들을 이끌고 선두로 공격해 오는 적군의 왕을 사로잡아오겠습니다."

"고맙구나. 나와 대신들은 그대와 용마의 안전을 빌겠노라."

"이 히힝, 히 히 잉"

용마는 큰소리로 외치며 기사를 태우고 성벽을 획 날아 넘어 적진으로 향했습니다. 이 모습을 본 군사들은 함성을 지르며 달려 나갔습니다.

용마와 장군은 하늘을 날 듯 선두에 선 적장을 사로잡아 돌아왔습니다. 그리고 채 한나절도 되지 않은 시각에 둘째 나라, 셋째 나라, 넷째 나라에 이어 다섯째 나라의 왕까지 사로잡아 돌아왔습니다.

군사들은 더욱 용기가 나서 싸웠고, 후방에서 지켜보던 백성들도 숲속에 숨어 있다가 적군을 공격하는 등 나라를 지키는 일에 하나가 되어 열심히 싸웠습니다.

장군과 용마가 여섯째 나라 왕을 잡기 위해 성문을 나섰습니다.

여섯째 나라의 왕은 번개처럼 날며 공격하는 용마를 잡기 위해 2천 명이나 되는 활 쏘는 궁수를 배치해 놓고 공격을 해 왔습니다.

"훅 –."

용마가 왼쪽 앞다리에 화살을 맞고 쓰러졌습니다. 기사도 그 바람에 말 위에서 굴러 떨어졌습니다.

장군은 재빨리 용마에게 다가가 화살을 빼주고 응급처치를 한 다음 군사들에게 마차에 용마를 실어 궁궐 문 앞으로 옮기게 하였습니다. 그리고 용마의 말등 위에 안장을 벗겨서 다른 말에 얹으며 수의사에게 말했습니다.

"여섯째 왕은 잡았지만, 아직 일곱째 왕은 잡지 못했다. 용마를 살려 내라. 나라를 구한 말이다."

"예. 장군, 최선을 다해 용마를 구하겠습니다."

용마는 구유에 담긴 맑은 물을 마시며 생각했습니다.

"일곱째 나라의 왕은 지혜로운 사람이다. 장군이 다른 말을 타고 나가도 결코 이길 수 없을 것이다. 내가 희생하여 나라를 구해야 하겠다."

용마는 수의사가 화살을 맞은 자리를 꿰매고, 기름불로 지지는 처치를 마치자, 그 자리에서 벌떡 일어서 장군에게 다가갔습니다.

"장군님, 그, 말의 등에 얹은 안장을 벗겨 내 등 위에 얹으십시오."

"뭐? 아니야. 용마야, 넌 열심히 싸웠다. 몸도 다쳤으니 이제 전쟁이 끝날 때까지 쉬고 있어라."

그러자 용마는 머리를 좌우로 흔들며 말했습니다.

"장군님, 하늘의 눈으로 살펴보니 일곱 번째 왕은 누구보다 용감하고 전투를 잘하는 능력을 가진 왕입니다. 제가 아니면 싸움에서 이길 수가 없습니다. 지금까지 승리의 공도 이번 싸움에서 패한다면 누가 이 전쟁의 결과를 칭찬하겠습니까?"

"그래? 그럼 어찌하면 되겠느냐?"

"저와 다시 나가셔야 합니다. 마지막 적장을 잡은 뒤에 쉬겠습니다."

장군은 용마의 결의에 찬 말을 듣고 고개를 끄덕이며 말했습니다.

"용마야 고맙다. 나도 군인으로 그동안 풍족하고 평안하게 임금님의 보살핌을 받으며 살아왔다. 나라를 지키는데 이 목숨을 버린다고 무엇이 아까 울까? 나도 너와 운명을 같이 하마!"

장군은 용마를 타고 쏜살같이 적진의 중앙을 파고 들어 일곱째 왕에게 다가갔습니다. 용감한 궁사들이 곁에 있었지만, 왕 곁에 있는 용마를 향해 화살을 쏠 수가 없었습니다.

일곱째 왕이 용마를 탄 장군에게 말했습니다.

"아, 이것은 하늘의 뜻입니다. 항복합니다. 목숨을 바쳐 나라에 충성을 다하려는 장군과 부상을 입은 용마가 죽기를 각오하고 후방에 있는 나에게까지 날아와 나의 목에 칼을 겨눌 수 있는 것은 감히 생각도 못할 일입니다. 많은 전쟁터에서 싸웠지만 오늘 이 전투는 하늘의 뜻입니다. 자비로운 대왕에게 항복합니다."

일곱 번째 왕은 말 위에서 내려 용마를 탄 장군 앞에 무릎을 꿇었습니다. 그것을 본 군사들은 모두 칼과 창을 거두고 무릎을 꿇고 항복의 예를 갖추었습니다.

이 모습을 본 바라나시 왕과 대신들이 궁궐을 나와 용마가 있는 평원으로 달려 나왔습니다. 용마가 대왕의 앞으로 다가서며 말했습니다.

"임금님, 저 일곱 나라의 왕을 죽이지 마십시오. 다시는 전쟁을 하지 않겠다는 다짐을 받고 용서해 주십시오."

"알았다. 네 말대로 저들을 용서하마. 이제 너도, 장군도 전투하느라 지쳤을 터이니 쉬어라. 여봐라! 마구를 걷어 용마가 쉴 수 있게 하라!"

"예이ㅡ!"

군사와 마부들이 용마의 등 위에 얹은 마구를 걷자 용마는 푹 앞으로 쓰러지며 숨을 거두었습니다. 일곱 나라의 왕들이 용마 곁으로 모여 들었습니다.

"대왕이시여. 하늘의 용마까지 지키려 했던 자비로운 나라. 그런 나라를 함부로 빼앗으려 했던 저희들을 용서해 주십시오. 저희들이 어리석었습니다."

"저희들이 어리석었습니다."

바라나시의 왕과 일곱 나라의 왕은 용감무쌍했던 용마를 장례지내고 전쟁으로 다친 군사들을 치료했습니다. 그리고 죽은 군사들을 묻고는 각자 자기 나라로 돌아갔습니다. 바라나시의 평원에 하얀 파초 꽃이 피어나던 계절이었습니다.

◗ 생각 키우기

이 동화는 본생경23화 준마의 전생이야기를 풀어쓴 것입니다. 이 이야기에 나오는 용마는 부처님이며 임금님은 아난다존자, 장군은 사리불존자라며, 부처님이 기원정사에 계실 때 '중단 없이 공부하라' 는 비유로 들려주신 전생 이야기입니다. 이 이야기의 핵심은 '무슨 일이든 최선을 다하면 성공할 수 있다' 는 교훈을 담고 있습니다. 〈본생경 제23화 준마의 전생 이야기〉

호천 · 곽영석(湖天 · 郭永錫)
충북 청주시 흥덕구 강내에서 나서 1973년 한국일보신춘문예로 등단하여 글을 쓰기 시작하여 한국아동청소년극협회 이사장과 한국아동극작가협회회장으로 활동하고 있다. 저서로 '노랑나비의 노래' 외 아동극집 12권과 교육홍보문화영화 전10권(283편), 전래동화 47권, 위인전 36권, 불교 동화집 '사리단지속의 연꽃씨앗' 등이 있다.

보살의 며느리

권 대 자

옛날 범여왕이 바라나시에서 나라를 다스리고 있을 때 보살은 어떤 선인(仙人)이었습니다.

그는 저녁때가 되어 주운 과실을 가지고 집에 돌아와 문을 열었습니다. 그리고 그 아들 되는 어린행자에게 말하였습니다.

"사랑하는 아들아, 너는 항상 섶을 나르고 불을 피워 먹을 것을 만들더니, 오늘은 아무 일도 하지 않고 거기 앉아 한숨만 쉬고 있으니 대체 무슨 까닭이냐?"

"아버지, 아버지가 나무열매를 주우러 가신 동안 어떤 여자가 와서 나를 꾀어 같이 가자고 하였습니다. 그러나 나는 아버지께 말씀드리고 가려고 가지 않고, 그 여자를 산 아래에서 기다리라고 하였는데 지금 가려고 합니다."

보살아버지는 말릴 수 없음을 알고 어린 아들에게

"사랑하는 아들아, 그러면 너는 가거라. 그러나 그 여자는 고기나 생선을 먹고 싶다고 생각하거나 버터, 소금, 쌀 등을 먹고 싶다고 생각하면 '이것을 가져 오너라, 저것을 가져 오너라' 하면서 너를 괴롭힐 것이다. 그럴 때는 우리가 사는 이곳을 생각하고 다시 돌아오너라."

하고 떠나기를 허락하였으므로 아들은 그 여자와 함께 마을로 떠났습니다.

한때는 행복했습니다. 아들과 여자는 일상생활을 서로 의논하며 사이좋게 살았습니다. 밭에도 함께 나가고, 시장에도 손잡고 다니며 보고, 음식도 같이 하고, 빨래도 청소도 같이 했습니다.

눈이 마주치면 웃고, 손잡으면 서로의 체온이 전달되어 겨울에도 춥지 않았습니다.

그런데 서서히 그 여자가 변해갔습니다.

어느 때부터인가 아들에게 명령조로 요구하기 시작했습니다. 짜증을 내기도 했습니다.

"고기가 먹고 싶어요! 고기 좀 구워줘요!"

"느닷없이 집에 없는 고기를 구우라니 무슨 말이요?"

"아니? 남자가 되어 가지고 참 어이없네. 빨리 나가서 구해와요!"

아들은 여자의 등쌀에 못 이겨 집 밖으로 나왔지만 막연하여 갈피를 잡을 수가 없었습니다.

아들은 아버지와 함께 산 속에서 과일과 나물을 주식으로 하며 수행을 하고 있던 터라 고기를 먹지 않아서 좋아하지 않았습니다.

그러나 여자는 고기만 먹으려 했습니다. 돼지고기, 쇠고기, 개고기, 사슴고기를 좋아했습니다. 이런 고기가 없으면 생선이라도 먹어야 했습니다.

아들은 여자를 위해 개울에서 물고기 낚시까지 하였습니다. 보살 아버지는 아들에게 특히 낚시를 하지 못하게 했습니다. 물고기든 벌레든 모든 생명 있는 것은 그 생명을 함부로 빼앗으면 안 된다고 엄격히 주의를 주었습니다.

여자가 고기를 먹을 때에도 아들은 한 입도 먹지를 않았습니다. 그것이 못마땅하여 여자는 갈수록 더 길길이 뛰며 아들을 들볶아댔습니다.

욕설까지 하며 몰아붙였습니다.

"당신은 나를 사랑하지 않지! 내가 싫어진 거지? 그렇지? 어디 딴 여자라도 생겼어? 어떤 년이야? 내 눈에 띄면 당장 죽여 버릴 거야!"

이제는 의부증까지 보이며 밤이고 낮이고 볶아댔습니다.

아들은 여자 곁에 있다가는 자기마저 병들 것 같았습니다.

자기가 여자 곁을 떠나야 여자도 제 정신으로 돌아올 것이었습니다. 그리하여 굳게 결심하고 아버지에게로 돌아왔습니다.

보살아버지는 아들을 위로하고

"사랑하는 아들아, 너는 여기서 자비심을 닦아라."

그 뒤 오래지 않아 아들은 신통과 선정을 얻고 범주를 닦아, 그 아버지와 함께 범천세계에 났습니다.

◑ 생각 키우기

혼기(결혼할 나이)가 되면 우리 어린이들도 결혼을 하게 됩니다. 남자든 여자든 배우자를 잘 만나야 합니다. 좋은 짝은 '천생배필', 하늘이 맺어 준다고 했습니다. 여기서 천생배필이란 자기와 잘 맞는 상대를 말합니다. 이런 결혼을 하면 일생의 행복을 누릴 수 있습니다.

사랑을 할 때에는 감정만 앞세우지 말고, 잘 살펴서 신중하게 해야 할 것입니다.

이 이야기를 통해서 부처님께서는 열정 때문에 상대를 잘못 만났을 때의 불행을 미리 막고자 하신 것입니다.〈본생경 제106화 물통 같은 여자의 전생 이야기〉

대각화 · 권대자(大覺華 · 權代子)
대구문인협회 등단(2002). 대구문학전시 8회. 문학예술 신인상 수상(2006). 영남아동문학상 수상(2009). 대구예술상 문학부문 수상(2011). 한국아동문학연구회 창작문학상수상(2014)
저서 환경동시집 『세상은 자연』(2002), 『풀꽃 사랑』(2004), 『구슬빗방울』(2007), 『손뼉 치는 바다』(2009), 『자연이 주는 이야기』(2014), 대구세계육상선수권대회기념 시모음집(2011)발간.
현)영남아동문학회 부회장. 한국아동문학연구회 부회장

토왕 이야기

권 영 주

옛날 범여왕이 바라나시에서 나라를 다스리고 있을 때였습니다.

바라나시 변두리 숲에는 일천 마리의 산토끼들이 왕국을 이루고 살고 있었습니다.

토끼나라 왕에게는 50명의 왕자들이 있었습니다. 50번째의 막내 토끼는 성질이 너그럽고 지혜도 있고, 자비심도 있고, 거기다 용기와 결단력도 지니고 있어 한 나라를 바르게 다스릴 수 있는 덕망을 지니고 있었으나, 위로 형들이 많아 왕좌에 오를 기회는 없어 보였습니다.

어느 날 막내 토끼왕자인 토왕의 스승이 조용히 불러 말했습니다. 그 스승은 현명한 도사로 모든 국민들의 존경을 한 몸에 받고 있었습니다.

"토왕님, 내 그대의 재질을 아껴서 하는 말입니다. 이제 그만큼 장성하셨으니, 여기를 떠나 더 넓은 세상으로 나가심이 옳을 것입니다."

마침 토왕도 모험을 하고 싶던 터였습니다.

"그러고 싶습니다마는 어디로 가야할지 모르겠습니다."

"이 숲을 벗어나 400킬로미터를 가시면 건타라국 득차시라라는 곳이 있습니다. 그곳에도 토국이 있는데, 아무 탈 없이 도착하기만 하면 왕자님은 훌륭한 왕이 되어 뜻을 펴실 수 있을 것입니다."

"네. 가겠습니다."

"단 조건이 있습니다. 가시는 도중에는 숲 가운데 〈귀신의 길〉이 있는데, 거기에는 우리들을 잡아먹으려고 호시탐탐 노리고 있는 야차 늑대들이 와글거립니다. 그들은 온갖 둔갑술로 몸을 바꾸어 지나가는 이들을 유혹하여 잡아먹습니다. 거기에 걸려들면 목숨을 지키기 어렵습니다. 그래서 목적지까지 도착한 토끼는 이제까지 내가 알기로는 하나도 없습니다."

그 말을 듣자 토왕은 겁이 나기는커녕 한번 도전해서 꼭 성공하겠다는 의욕이 끓어올랐습니다.

"그렇다면 내가 꼭 성공해서 스승님을 찾아오겠습니다."

"그런 마음이라면 좋습니다. 무사히 숲을 지나가는 데 명심할 사항을 말씀 드리겠습니다. 이것은 길을 가는데 뿐만 아니라 우리가 무엇인가 성취하는 삶을 살려면 반드시 유념해야 하는 것입니다.

절대로 눈에 좋은 것, 듣기 좋은 말, 좋은 냄새, 맛있는 것, 감촉이 좋은 것들을 너무 좋아해서 그것들에 빠져 혼자 독차지하려고 욕심 부리지 말아야 합니다. 이것을 오감이라고 하는데, 여기에 집착하면 자신의 삶을 망쳐서 헛된 일생을 보내고 맙니다. 이 세상에 태어난 인연이 소중한데 행복하고 보람된 삶을 살아야 할 것입니다. 토왕께서는 내 말을 명심해서 지키면 꼭 성공하실 것입니다."

궁으로 돌아와서 토왕이 당장 길 떠날 차비를 하니, 시중들던 이들이 같이 따라가겠다고 나섰습니다. 스승의 말을 전하고 혼자 가겠다고 했으나 막무가내로 우겨, 함께 가기로 했습니다.

100킬로미터 쯤 가니 나무가 우거져 햇빛도 제대로 들어오지 못해 어두컴컴한 숲 한가운데를 지나게 되었습니다. 길은 습기 차고 눅진눅진하여 깡충깡충 걷기가 불편하였습니다. 음침하여 어디선가 정말로 야차 늑대들이 튀어나와 덮칠 것만 같았습니다.

그러나 토왕은 늠름한 자세로 스승의 말씀을 마음속에 되새기며, 정신을 바짝 차리고 있었습니다. 귀를 쫑긋 세우고, 눈을 똑바로 뜨고, 입은 꼭 다물고, 코도 바로 세우고, 몸의 감관을 냉철히 하고 가니 조금도 두렵지 않았습니다. 같이 따라 나선 시중들은 숲의 분위기에 기가 질렸는지 쭈뼛쭈뼛 두리번두리번 몸놀림이 불안했습니다.

어디쯤 가자 토끼마을이 나타났습니다. 그러자 시중들이 환호성을 지르며, 좀 쉬어가자고 졸랐습니다. 토왕이 보기에는 어딘가 수상쩍은 면이 있었습니다, 집들이 너무 깨끗하고, 꽃이 만발했지만 오히려 꾸밈이 어설퍼 보였습니다. 거기다가 예쁘게 치장한 토끼 여인들이 뛰어나와 애교스러운 말투로 토왕의 손을 잡아끌며 자기 집에 가자고 졸랐습니다.

"아니야, 그냥 지나가자."

토왕은 그들의 말에는 대꾸도 하지 않고, 마을을 벗어나서 돌아보니, 시중 하나가 보이지 않았습니다.

상냥하고 예쁜 토끼녀들을 뿌리치지 못하고 끌려간 것이었습니다. 알고 보면 야차 늑대가 토기를 유인하여 잡아먹으려고 둔갑술로 몸을 바꾸어 하늘 선녀 같은 모습을 하고 있었던 것입니다. 그 길로 그는 영영 토왕 곁으로 오지 않았습니다. 그 동네는 야차 늑대들이 토왕 일행을 잡아먹으려고 만들어 놓은 함정이었던 것입니다.

얼마쯤 가니 이번에는 맛있는 음식 냄새가 코를 찔렀습니다. 또 주민들이 나와 토왕의 옷자락을 잡고 늘어지며 자기 집에서 요기를 하고 놀다가라고 친절하게 굴었습니다.

"처음 대하는 이에게 지나친 친절은 반드시 꿍꿍이속이 있을 수 있으니 그냥 가는 게 좋겠다. 절대로 따라가면 안 돼."

토왕이 일렀지만 맛있는 것을 보면 정신을 못 차리는 시중 하나가 사라졌습니다.

다음 마을에 이르니, 흥겨운 노랫소리에 시끌벅적 웃음소리가 요란하였습니다. 곱게 화장을 하고 차려입은 여인이 일행을 멈추게 하였습니다.

"어디를 가세요. 우리 주인어른의 환갑잔치 날입니다. 이렇게 온 동네가 축제 분위기입니다. 잠시 들러 잔치 음식도 드시고 춤도 추시며 쉬었다 가시지요."

시중들은 그 말에 좋아라 맞장구를 쳤습니다.

"토왕님, 목도 축이고, 다리도 쉴 겸 들렀다 가시지요."

"고마운 말씀입니다마는 갈 길이 바빠서 떠나야 합니다. 애들아 가자!"

한사코 붙잡았으나 뿌리치고 걸음을 빨리하여 벗어나고 보니, 놀기 좋아하는 시중 하나가 또 보이지 않았습니다. 이제 두 명이 남았습니다. 토왕은 안타까웠습니다. 그렇게 일렀건만 자신을 다스리지 못하여 유혹에 넘어가 목숨을 잃어버리는 것을 보니, 마음이 아팠지만 어쩔 수 없었습니다. 자기 목숨은 본인이 지켜야지 누구도 어쩌지 못하는 것입니다. 남은 두 시중에게 누누이 당부했습니다.

숲 안전한 곳에서 며칠을 자고, 쉬며 갔습니다. 아직도 숲을 벗어나는 기미는 보이지 않았습니다. 그동안 수상한 마을은 나오지 않아 마음 놓고 걸을 수 있어서 힘은 들지 않았습니다.

야차 늑대 무리들 중에 암놈 한 마리가 토왕을 보자마자 잘생긴 외모와 늠름한 자태에 한눈에 반해, 어떻게 해서든지 유혹해서 자기 손안에 넣기로 결심했습니다. 그래서 며칠을 궁리한 끝에 숲의 끝자락에 조촐한 찻집을 한 채 지어 놓고 기다리고 있었습니다.

토왕의 성품을 알고 이번에는 요란하지 않게 수수하면서도 품위 있게 겉모양을 하고, 그 대신 안으로 들어가면 아늑하면서도 호화롭게 꾸몄습니다.

토왕이 가장 좋아하는 꽃과 쥐똥나무를 심어 그 향기가 집안 가득 풍기게 하고, 안방에는 금빛 침대에 새하얀 구름 빛 이부자리를 펴 놓았습니다. 감촉은 또 어찌나 부드럽던지 봄바람이 뺨에 닿는 것 같았습니다.

야차 늑대가 이번에는 문 밖에서 유혹하지 않고, 집안에서 기다리기로 하였습니다.

온 숲에서 활짝 핀 쥐똥나무의 꽃향기가 진동했습니다. 그 향기는 어머니 몸에서 풍기던 분 냄새 같이 달콤했습니다. 문득 어머니가 그리웠습니다. 지금쯤 나를 찾으시고 계실 것입니다.

토왕은 그 향기의 진원지를 알고 싶었습니다. 조금 더 가니 길가에 조촐한 집 한 채가 나타났습니다.

토왕의 발길이 자기도 모르게 집 안으로 들어가고 있었습니다. 한눈에 쏙 들어오는 토끼 여인이 아름다운 미소를 지으며 반가운 표정으로 "어서 오세요." 하며 자리로 이끄는 것이었습니다. 토왕이 자리에 앉자, 하늘 선녀 같이 예쁜 주인은 돌아서 차를 가지러 들어가는데 의기양양으로 벌어진 입 안에 날카로운 어금니를 본 듯했습니다.

문득, 그제야 토왕은 정신이 번쩍 들었습니다. 그때 스승님의 말씀이 떠올랐습니다.

시중을 재촉하여 그 집에서 나와 재빨리 몸을 숨기고 있으니 여인이 뒤따라 나와 아까운 포로를 놓친 것이 분하여 사나운 본래 모습을 드러내며 으르렁 거리는 것이었습니다.

야차 늑대는 거기서 그치지 않고 또 앞질러 가서 미끼를 만들어 놓고 기다리고 있었습니다.

이번에는 아주 호화로운 집을 짓고, 동료들을 더 데려와 왁짝왁짝 흥겨운 무대까지 마련해 놓았습니다.

여기까지 걸어오느라 몸도 지쳐 있었습니다. 시중이 간청했습니다.

"토왕님, 여기는 우리 편이 많으니 야차는 얼씬도 못할 것입니다. 쉬었다 가십시다."

"목적지가 얼마 안 남은 것 같으니 그냥 가자. 이틀만 고생하면 된다. 방심하면 안 돼!"

토왕은 옆도 돌아보지 않고 오히려 걸음을 빨리하여 지나갔습니다. 두 시중은 토왕이 자기네 청을 들어주지 않으니, 조금 뒤쳐져서 소곤거리기를 "우리 둘이 잠시 저곳에 들러 차나 한 잔 마시고 빨리 주인님 뒤따라가자" 하며 집으로 들어갔습니다. 집안에 들어가자마자 우루루 야차 늑대들이 몰려나와, 정신 차릴 겨를도 없이 잡아먹히고 말았습니다.

"여보게, 저기 희뿌옇게 빛이 보이지 않은가? 숲이 끝나고 있네."

토왕이 말을 걸며 뒤돌아보니 그들이 보이지 않았습니다.

토왕은 숲을 지나오며 시중 다섯을 모두 잃고 비통한 마음으로 홀로 득차시라에 도착했습니다. 거기 토끼나라는 떠나온 고국보다 더 풍요로워보였습니다. 한 집에 양해를 구하고 들어가 비로소 안정을 얻게 되었습니다.

토왕을 잡아먹지 못한 야차 늑대는 '저 토끼는 참으로 의지가 강하다. 나는 반드시 이놈을 잡아먹고 말겠다.' 고 결심하고, 득차시라까지 따라와서 천상의 토끼처럼 아름다운 모습으로 토왕이 있는 집 앞에 앉아 있었습니다. 그러나 토왕의 위력에 눌려 감히 집 안으로 들어가지는 못했습니다. 숲을 지나는 동안에 토왕은 마음이 더 견고해져서 나쁜 기운은 침범하지 못하는 경지를 얻었던 것입니다.

야차가 토왕이 집 밖으로 나오기만을 기다리고 있는데, 마침 득차시라의 국왕이 동산으로 놀러 나가는 도중에 황금빛 털을 가진 눈부신 그녀를 보고 마음이 흔들려 데려오라고 명했습니다. 국왕은 정사보다는 놀기를 좋아하고 사치를 즐기며 예쁜 여자를 보면 그냥 보내지 않아 토국 국민들로부터 원성을 사고 있었습니다.

"그대는 남편이 있는가?"

"예, 저 집 안에 있는 분이 제 남편입니다."

국왕은 토왕을 불러와서 물었습니다.

"내 아내가 아닙니다. 우리들의 적인 야차 늑대로서 내 일행 다섯이 모두 잡아먹혔습니다."

국왕은 토왕의 말을 앞에 것만 믿고, 뒤에 것은 믿지 않았습니다.

"주인 없는 것은 모두 왕의 소유에 속한다."

하고 궁으로 데려와 자기의 후궁으로 삼았습니다. 그리고 왕은 며칠을 후궁과 같이 지내면서 천상 선녀와 같은 촉감에 푹 빠져 정신을 놓아 버렸습니다.

아침에 눈을 뜨자, 울고 있는 그녀를 발견했습니다.

"너는 왜 우느냐?"

"대왕님, 이 왕궁 안에는 많은 여자들이 살고 있습니다. 나는 마치 적 가운데 살고 있는 것 같습니다. 저를 보고 당신은 길 가에서 발견되어 데려 온 자라지요? 할 때마다 목덜미를 눌리는 것처럼 부끄럽습니다. 대왕님, 이 궁중에 있는 이들에게 내 권위가 행해지도록 그 명령권을 주십시오."

"내가 제일 사랑하는 왕비여, 좋다. 이 궁중에 있는 자에 대한 명령권을 나는 너에게 준다. 너는 그들에 대해 너의 권위를 행사하라."

야차 늑대는 왕이 잠든 틈을 타서 가만히 야차의 소굴로 가서 동료들을 불러 모아 데리고 돌아와 제 손으로 왕을 죽여 뼈만 남기고 모두 먹어 버렸습니다. 다른 야차들은 궁전 안에 있는 것을 닭과 개를 비롯하여 토끼들을 모두 잡아먹고 뼈만 남기었습니다.

야차녀는 자기가 잡아먹고 싶었던 토왕은 도저히 유혹할 수 없음을 알고 단념하고, 무리들과 본 소굴로 돌아갔습니다.

이튿날 토끼나라 주민들은 궁문이 닫힌 채로 있는 것을 보고 이상히 여겨 도끼로 문을 부수고 들어가 보았습니다. 궁중에 뼈만 흩어져 있는 것을 보고 '과연 그가 이것은 내 아내가 아니고, 둔갑한 야차 늑대라고 한 말이 진실이었구나. 그런데 왕은 그런 줄도 모르고 궁중에 데려와 왕비로 삼은 것이다. 야차 무리를 데리고 와서 모두 잡아먹고 가버린 것이다.' 고 하였습니다.

주민들은 궁전의 구석구석을 깨끗이 청소하고, 푸른 나뭇잎을 깔고 그 위에 향을 바른 뒤에 꽃을 뿌리고 하면서 이야기하였습니다.

"누군지는 모르나 하늘 토끼로 변해 온갖 교태를 부리는 야차를 보면서도 자기의 감관을 어지럽히지 않고, 유혹에 넘어가지 않는다면, 그는 용기와 지혜를 갖춘 위대한 존재다. 만일 그가 나랏일을 맡는다면 나라는 평화와 번영을 누리게 될 것이다. 우리는 그 자를 왕으로 모시자."

그리하여 대신과 백성들은 모두 한 마음이 되어 토왕에게 나아가

"대왕님, 이 나라의 정치를 맡아 주십시오."

하고 그를 맞이해, 온갖 구슬과 보석으로 만든 수레에 태워 궁중으로 데려와 관정식(灌頂式)을 행하고 득차시라 토끼 왕국의 왕으로 삼았습니다.

그리하여 토왕은 왕으로서 지켜야 할 법을 깨뜨리지 않고, 정의로 나

라를 다스리면서 백성들을 위한 복지 정책을 펴서 모두가 행복한 나라를 만들었습니다.

◐ 생각 키우기
일찍이 가보지 못한 곳
거기까지 가려는 이는
기름이 가득한 바루(그릇)를 든 것처럼
그렇게 그 마음을 지켜야 하네.

부처님이 게송으로 남기신 가르침입니다.
'기름이 가득 담긴 그릇'을 들고 가려면 한 눈 팔지 말고, 앞만 보고 똑바로 걸어야 기름을 쏟지 않고 목적지에 도착할 수 있다는 말씀입니다.
요즈음같이 온갖 오락거리−게임, 핸드폰, 인터넷 등−가 넘쳐나는 환경에서 우리어린이들이 오직 공부에만 매진하기란 어려울 것입니다. 그래도 이 〈토왕 이야기〉를 읽고 느끼는 바가 있었으면 합니다.〈본생경 제96화 기름 바루의 전생 이야기〉

정장화 · 권영주(淨藏華 · 權泳珠)
경남 합천 출생. 고등학교 교사 역임.
2009년 2월 월간 「한비문학」 동시 등단. 첫 동시집 『발맞추어 둥둥둥』
2012년 12월 발간
한국한비문학회 동시분과회장, 한국동시문학회 회원, 한국불교아동문학회 회원, 대구현대불교문학회 회원

위대한 성자 코마야풋키 이야기

권 오 삼

지금부터 2600여 년 전, 인도 어느 곳에 범여라는 이름을 가진 왕이 있었습니다.

백성들은 그를 범여왕이라고 불렀습니다.

범여왕이 나라를 다스릴 때입니다.

한 아기가 코마야풋타란 이름의 바라문 집에 태어났습니다. 바라문이라면 인도의 네 계급 중에서 가장 높은 계급으로 우리나라로 치면 지체 높은 양반 계급이라 하겠습니다.

그 집에서 바라고 바라던 남자 아기가 태어나자 아버지는 그 아이 이름을 '지혜로운 사람' '깨달은 사람'이 되라는 뜻으로 '코마야풋키'라 지었습니다. 하지만 식구들은 줄여서 '코마'라고 불렀습니다. 코마야풋키? 꼬마 야풋키처럼 들리지요? (하하.)

코마 엄마는 코마에게 젖을 물릴 때마다 입버릇처럼 "코마야, 엄마

젖 많이 먹고 건강하게 자라서 지혜로운 사람이 되어라" 했습니다.

코마는 엄마 말대로 건강하게 무럭무럭 자랐습니다. 그리고 다른 양반집 아이들과는 비교가 되지 않을 만큼 총명했습니다.

코마는 청년이 되자 혼자 있기를 좋아했습니다. 그리곤 깊은 생각에 잠기는 일이 많아졌습니다. 부모님은 그런 코마가 걱정되었지만 크게 걱정하지는 않았습니다. 왜냐하면 코마는 이름 그대로 '지혜로운 사람' 이니까요.

어느 날 코마가 부모님께 말했습니다.

"아버님, 어머님! 집을 떠나 더 많은 지혜와 깨달음을 얻고자 합니다."

코마가 집을 떠나고 싶다는 말에 부모님은 깜짝 놀라 만류하고 또 만류했으나 코마의 굳은 뜻을 꺾지 못했습니다.

"그래, 어디로 가려느냐?"

아버지가 물었습니다.

"북쪽에 있는 설산 지방으로 가려고 합니다."

코마가 집을 떠나 설산이라는 곳에서 지혜를 얻기 위해 참선을 하며 오두막에서 지낼 때였습니다. 거기엔 코마처럼 도를 닦으러 온 사람들도 있었습니다.

그런데 그 사람들 중에는 어떤 공부를 하며 어떻게 참선을 할 것인가는 생각지 않고 노는 데만 정신을 파는 사람도 있었습니다.

그들은 소풍 온 사람들처럼 여기저기 보이는 과일을 따서는 둘러 앉아 먹으며 웃고 떠들며 하루를 보내곤 했습니다.

그런데 그들 곁에 원숭이 한 마리가 있었는데, 이 원숭이는 그들 앞에서 온갖 재주부리기를 좋아했습니다.

이들은 그 원숭이와 더불어 노는 일에만 정신을 쏟고 지냈습니다.

어느 날 그들은 가져 온 소금과 식초가 다 떨어져 인가가 있는 산 아래 먼 마을로 내려가야 했습니다.

그들이 떠난 것을 본 코마가 거기에 자리를 잡았습니다.

원숭이는 전처럼 코마 앞에서 온갖 재주를 부렸습니다. 그러나 코마는 원숭이를 보고 이렇게 타일렀습니다.

"원숭아, 수행을 쌓는 이에게 그런 재주 부려봐야 소용없다. 칭찬 못 받는다. 너도 수행을 하고 덕을 쌓아라. 그러면 지금은 비록 원숭이이나 죽어서 나중에 다시 태어날 때는 사람으로 태어날 수 있으니 너도 나를 따라 마음을 닦으렴."

그 말을 들은 원숭이는 그때부터 코마를 따라 참선을 하며 마음 닦기에 열중했습니다.

코마는 그곳에서 얼마동안 지내다가 그들이 다시 돌아올 때 쯤 그곳을 떠나 다른 곳으로 갔습니다.

소금과 식초를 가지고 돌아온 그 게으른 수행자들은 원숭이를 보고 말했습니다.

"원숭아! 우리가 돌아왔으니 재주 부려봐."

그러나 원숭이는 들은 둥 만 둥 하며 재주를 부리지 않았습니다.

그러자 그들은 원숭이를 보고 놀렸습니다.

"야, 이놈 원숭아! 원숭이면 원숭이답게 놀아야지, 네 놈이 무슨 도사냐! 점잔 빼고 앉았게. 이놈이 우리가 없는 사이에 정신이 어찌된 모양이네."

그러자 원숭이는 원숭이들만 아는 말로 이렇게 되받았습니다.

"어리석은 인간들아. 어찌 나보다도 못하냐! 나는 코마님의 말씀을 듣고 깨달음을 얻었거늘."

그리고는 숲속으로 조용히 사라졌습니다.

그 '지혜로운 사람' '깨달은 이' 코마야풋키는 나이 팔십에 세상을 떠났습니다. 그러나 온 세상을 환하게 밝히려고 다시 태어나셨으니 그분이 바로 고타마 싯다르타 왕자님이십니다. 왕자님은 기원전 6세기경 현재의 네팔 남부와 인도의 국경 부근 히말라야 기슭에 있는 가비라성의 왕자로 태어나셨습니다. 하지만 성을 떠나 6년간 고행하신 끝에 보리수나무 아래에서 크게 깨달음을 얻고 부처가 되셨습니다. 그분이 바로 석가모니십니다. 나무아미타불 관세음보살

◐ 생각 키우기

어리석고 욕심 많은 이도 부처님의 말씀을 새겨듣고 날마다 마음을 닦으면 깨달은 사람, 곧 부처님 같은 부처가 될 수 있습니다. 그러나 아무리 좋은 설법을 들어도 마음을 바르게 하지 못하면 바위 위에 뿌려진 씨앗처럼 비가 내려도 싹을 틔우지 못합니다.

이 이야기는 부처님(석가모니)께서 놀기를 좋아하는 비구들을 위해 들려준 이야기입니다. 그들은 부처님이 단 위에 계시는 데도 단 밑에서 떠들고 욕하고 말다툼이나 벌렸습니다. 그래서 부처님은 그들의 과거 이야기를 들려준 것입니다.〈본생경 제299화 코마야풋타 바라문의 전생 이야기〉

남호 · 권오삼(南湖 · 權五三)
1943년 경북 봉화에서 태어나 안동에서 자랐으며 1975년 월간문학신인상과 1976년 소년중앙문학상 당선으로 문단에 나왔음. 방정환문학상과 권정생문학상을 받았으며, 동시집으로 『물도 꿈을 꾼다』 『고양이가 내 뱃속에서』 『도토리나무가 부르는 슬픈 노래』 『똥 찾아가세요』 『진짜랑께』 『라면 맛있게 먹는 법』 등이 있다.

양심의 가책이 된 풀잎 하나

김 동 억

옛날 브라후마닷타 왕이 바라나시에서 나라를 다스리고 있을 때였습니다.

어느 마을에 재산이 많기로 소문난 한 장자가 살고 있었습니다.

금은보화가 넘쳐났습니다. 그러나 늘 걱정이었습니다. 누가 훔쳐 가지나 않을까 조바심이 났습니다.

그 무렵 마을 근처에 스님을 가장한 거짓 행자 한 사람이 나타났습니다. 언뜻 보기에는 덕망이 있어 보였습니다. 말솜씨도 대단했습니다.

장자는 이 거짓 행자의 말솜씨에 휘둘려 그만 그를 믿게 되었습니다.

그리하여 자기 집 근처에 초막을 지어주고 거기 살게 하였습니다.

그리곤 날마다 자기 집에서 맛난 음식으로 그를 공양하였습니다.

거짓 행자를 덕행이 있는 사람이라고 굳게 믿고 있던 장자는 어느 날

도난을 당할까봐 걱정하던 황금 목걸이 백 개를 초막 마당에 묻어놓고

"존자님, 이것을 잘 지켜 주십시오."

"벗이여, 출가한 사람은 남의 물건에 대해 욕심을 부리지 않습니다."
하였습니다.

장자는 그 말을 믿고 돌아왔습니다.

그러나 행자는 2, 3일 지난 뒤

'저것만 가지면 일생 동안 잘 먹고 잘 살 수 있으리라.'

생각하고 마당에 묻어 놓은 황금 목걸이를 파내어 다른 장소에 가져
가기 좋게 옮겨 두었습니다.

그러고 나서도 태연하게 아무렇지도 않은 듯 그 초막에 살고 있었습
니다.

며칠 후 행자는 식사를 마치고 장자에게 말하였습니다.

"벗이여, 나는 오랫동안 당신의 신세를 졌습니다. 한 곳에 오래 머물
러 있으면 집착이 생기게 되는 것입니다. 집착이란 우리 출가한 사람의
흠입니다. 그러므로 나는 이곳을 떠나려 합니다."

그러한 속내도 모르고 장자는 몇 번이나 만류하였으나 끝내 듣지 않
았습니다.

"존자님이 그렇게까지 말씀하신다면 할 수 없습니다. 그러면 떠나십
시오."
하고 마을 어귀까지 그를 배웅하고 돌아왔습니다.

거짓 행자는 조금 가다가, 저 장자를 속여 주고 가리라 생각하고 풀
잎 하나를 머리에 꽂고 다시 돌아왔습니다.

"존자님, 왜 돌아오십니까?"

"장자님, 가는데 당신 지붕에서 풀잎 하나가 떨어져 내 머리에 걸렸습니다. 주지 않는 것을 가지는 것은 우리 수행자에게는 맞지 않는 일입니다. 그래서 이것을 가지고 왔습니다."

장자는 "존자님, 그까짓 풀잎 하나 버리고 가시지요." 하고

'풀잎 하나도 남의 물건은 가지지 않는다. 참으로 우리 스승님은 의리가 굳은 사람이다.'

라고 다시 한 번 감탄하며 선물까지 싸주면서 예배하며 배웅하였습니다.

마침 그때 장사하러 국경지방으로 가던 보살이 그 집에 들러 행자의 이야기를 들었습니다.

보살은 이상한 생각이 들어

"장자님, 혹시나 그 행자에게 어떤 물건을 맡겨 두지 않으셨습니까?"

"맡겨 두었습니다. 황금 목걸이 백 개입니다."

"그러면 얼른 가서서 그대로 있는지 살펴보십시오."

장자는 급히 초막에 달려가 마당을 파보았으나 묻어놓은 황금 목걸이는 간곳이 없었습니다.

그는 급히 돌아와 보살에게 알렸습니다.

보살은 "그것은 다른 사람이 가져간 것이 아닙니다. 틀림없이 그 행자가 가져 간 것입니다. 쫓아가서 그를 붙잡도록 합시다."

그리하여 동네 사람들과 함께 달려가 그 행자를 붙잡고 황금 목걸이를 모두 찾았습니다.

그 광경을 지켜 본 보살은 '백 개의 황금 목걸이를 가질 때에는 양심의 가책이 없고, 풀잎 하나에 양심이 가책 되었구나.'
하고 다음 게송을 읊었습니다.

> 네 말은 부드럽고
> 또 친절했다고 사람은 말하네.
> 풀잎 하나에는 마음이 울렁이고
> 백 개의 목걸이에는 마음이 태연했네.

보살은 이렇게 그를 꾸짖고
"이 거짓 행자여, 너는 지금부터 다시 그런 짓을 해서는 안 된다."
하고 크게 타일렀습니다.

그리고 그 뒤에 죽어서는 그 업보에 알맞은 곳에 다시 태어났습니다.

◐ 생각 키우기

백 개의 황금 목걸이를 훔칠 때에는 양심의 가책을 느끼지 못하고 풀잎 하나에는 양심의 가책을 느꼈다는 거짓 행자의 모습을 보고 여러분은 어떻게 생각하셨나요?

그때의 그 거짓 행자는 사기꾼 비구요, 그 현명한 보살은 바로 부처님이셨습니다. 〈본생경 제89화 사기(詐欺)의 전생 이야기〉

상락 · 김동억(常樂 · 金東億)

1946년 경북 봉화에서 태어나 1985년 〈아동문예〉 신인문학상 당선으로 문단에 나왔으며 아동문학소백동인회장, 봉화문학회장, 한국문협영주지부장, 경북글짓기연구회장을 지냈다. 대한아동문학상, 영남아동문학상, 경상북도문학상을 수상하였고 『해마다 이맘때면』, 『하늘을 쓰는 빗자루』, 『정말 미안해』 등의 동시집을 펴냈다.

쥐나라의 임금님

깊은 숲속에 쥐나라가 있었습니다. 쥐나라 임금님은 자비롭고 지혜로워서 쥐들을 자식처럼 사랑했습니다. 쥐들은 모두 그런 임금쥐를 어버이처럼 따랐습니다. 숲에는 어디든지 입맛대로 먹을 수 있는 풀씨와 나무 열매가 있었고 졸졸졸 노래하는 골짝물도 있었습니다. 골짝물은 쥐나라의 가운데를 흐르면서 약수도 되고 수영장도 되었습니다. 숲속에는 쥐들을 노리는 독수리나 부엉이 같은 무서운 새들도 있고, 여우나 승냥이 같은 사나운 짐승도 많았지만 임금쥐가 그것을 모두 막아주었습니다. 임금쥐는 몸도 클 뿐만 아니라 힘도 세어서 숲속의 어떤 짐승도 임금쥐의 상대가 되지 못했습니다.

숲속에 밤이 왔습니다. 소쩍새 소리가 고요한 숲을 잔잔하게 흔들었습니다. '소쩍 소쩍 소쩍!' 하는 소리를 들으면 웬일인지 가슴이 싸해졌습니다. 소쩍새는 작은 동물을 잡아먹고 살기 때문에 쥐들에게도 무서운 새이지만 힘이 센 임금쥐가 지켜주기 때문에 전혀 걱정거리가 아니었습니다.

"야! 소쩍새야, 소쩍 소쩍 하지 않아도 네 이름이 소쩍새인 것 알고 있다."

쥐들은 소쩍새 소리를 들으면서 이렇게 외쳤습니다. 그러나 소쩍새는 보이지 않았습니다. 달이 떠올랐습니다. 둥근 달이 나뭇가지 사이로 쥐들을 내려다보고 있었습니다. 달의 얼굴을 가리고 있는 나뭇가지에 무엇이 앉아 있었습니다. 소쩍새였습니다. 뾰족한 뿔처럼 생긴 머리깃털을 쫑긋 세우고 동그랗고 큰 눈으로 쥐들을 내려다보고 있었습니다.

"야! 소쩍새야. 거기 혼자 있지 말고 이리 내려오너라."

"여기 와서 우리와 같이 놀자. 동무해 줄게."

그러자 소쩍새는 또 소쩍 소쩍! 했습니다. 어둠에 잠긴 숲들이 모두 그 소리에 귀를 기울이고 있는 것 같았습니다. 숲은 어둠보다 더 깊은 고요 속으로 조용히 가라앉아 있었습니다. 쥐들의 마음도 고요하고 편안해졌습니다. 소쩍새의 먹이가 되는 쥐들인데도 소쩍새 소리에 마음이 편안해진다는 것은 임금쥐에 대한 믿음 때문이었습니다.

밤이 깊어갔습니다. 쥐들은 각각 잠자리를 찾아들었습니다.

"나라 경계선 밖으로는 나가지 말아라."

쥐나라는 바위언덕이 병풍처럼 둘려있는 골짜기였습니다. 나라라고 하지만 많은 식구가 함께 모여 사는 큰 마을이었습니다. 쥐들은 임금쥐의 말을 따라 모두가 안전한 잠자리를 찾았습니다. 바위틈이나 돌멩이 밑으로 들어가기도 하고 나무구멍에서 잠을 청하기도 했습니다. 나뭇잎을 덮고 눕기도 하고 풀포기 사이에 쪼그리고 엎드려 잠이 들기도 했습니다.

임금쥐는 이들이 한눈에 내려다보이는 홰나무 썩은 옹이구멍에서 잤습니다. 자면서도 수시로 깨어서 쥐들이 자는 모습을 살폈습니다.

아침이 밝았습니다. 임금쥐가 제일 먼저 잠이 깨어 일어났습니다.

"날이 밝았다. 모두들 일어나서 먹이를 구하러 가야지."

숲속에는 풀씨와 나무열매가 지천으로 깔려 있으니, 일부러 먹이를 구하러 갈 필요가 없습니다. 그런데도 임금쥐는 늘 아침이면 쥐들을 깨워서 모두 데리고 숲속을 돌아다녔습니다. 그것은 아침운동이기도 하지만 다른 짐승들에게 쥐들의 힘을 과시하는 일이기도 했습니다.

그 때 배가 고픈 승냥이 한 마리가 입맛을 다시며 몰래 쥐들을 노려보고 있었습니다. 쥐는 승냥이가 매우 좋아하는 먹잇감이었습니다. 늘 잡아먹으려고 노렸지만 항상 임금쥐가 같이 있어서 뜻을 이루지 못했습니다. 배는 고픈데, 눈앞에 먹잇감이 떼를 지어 돌아다녀도 어쩔 수 없었습니다. 승냥이는 침을 흘리며 오늘은 어떻게든 쥐고기를 먹겠다고 별렀습니다. 눈을 깜박거리며 무엇을 한참 생각하던 승냥이는 한 가지 꾀가 떠올랐습니다. 임금쥐는 지혜롭고 어진 마음을 가졌으므로 그것을 이용하기로 마음먹었습니다. 승냥이는 쥐들이 아침이면 임금쥐를 따라 지나가는 상수리나무 밑으로 갔습니다. 상수리나무에 어깨를 기대고 동쪽을 향해 한쪽 발로 서있었습니다. 그리고 입을 크게 벌렸습니다. 임금쥐를 따라오던 쥐들은 이 괴상한 모습을 보았습니다. 그 모습이 어찌나 우습던지 모두가 깔깔거렸습니다.

"세상에 저렇게 서는 방법도 있네."

"어떻게 한 발로 설 수 있지? 그리고 왜 입을 벌리고 있지?"

쥐들은 승냥이 흉내를 내어봤지만 한 발로는 설 수가 없었습니다. 임금쥐가 말했습니다.

"왜 저러고 있는지 내가 알아봐야겠다."

임금쥐가 승냥이에게로 다가갔습니다.

"당신은 누구이며 왜 이러고 있습니까?"

"예, 제 이름은 유덕이오며, 지금 마음을 닦고 있는 중입니다."

임금쥐는 유덕이라는 이름이 마음에 들었습니다. 유덕(有德)이란 공덕을 많이 쌓았다는 뜻이기 때문입니다. 지금 마음을 닦고 있다는 말에도 임금쥐는 훌륭한 승냥이라는 생각이 들었습니다.

"발이 네 개인데 왜 힘들게 한쪽 발로만 서있습니까?"

"저는 덕이 높아 네 발로 서면 땅이 꺼지기 때문에 한 발로 섭니다."

얼마나 높고 큰 덕을 쌓았으면 땅이 무너질까봐 네 발로는 설 수 없을까 하는 생각이 들었습니다. 깨달음을 위해 고행을 하는 도사들처럼 힘들게 외발로 서있는 것부터가 보통은 아닌 것 같았습니다.

"그러면 왜 입은 그렇게 크게 벌리고 있습니까?"

"나는 목숨 가진 것은 풀잎 하나도 먹지 않습니다. 오직 바람만 먹습니다. 지금 아침 식사로 바람을 먹고 있는 중입니다."

"아, 역시 덕이 높으신 분이시군요. 그런데 왜 동쪽을 향해 서있습니까?"

"해님이 그쪽에서 오시기 때문입니다. 해님은 모든 산 것을 사랑으로 품어 안아 길러주지 않습니까? 그 해님을 아침마다 새롭게 만나 경배하기 위해서입니다."

임금쥐는 이렇게 훌륭한 승냥이를 만나게 된 것은 부처님의 은혜라고 기뻐했습니다. 보통 승냥이들은 쥐를 잡아먹으려 해서 잠시도 마음을 놓을 수 없는데 이 승냥이는 바람만 먹는다니 놀라운 일입니다. 그래서 임금쥐는 유덕 승냥이를 믿고 존경하게 되었습니다.

"우리 쥐들은 이 훌륭하신 유덕 승냥이님을 위해 할 일을 찾아봐야겠다."

임금쥐의 말에 여러 쥐들은 그렇게 하겠다고 했습니다. 쥐들은 한쪽 발로 서있는 승냥이가 몹시 힘들 거라고 생각해서 들고 있는 세 다리를 몸으로 받쳐주었습니다. 승냥이가 먹는다는 바람을 나뭇잎으로 부채질해서 몰아주기도 했습니다. 승냥이가 심심할까봐 옛날이야기를 해주는 쥐도 있었습니다. 임금쥐도 유덕 승냥이를 위해주는 쥐들을 대견스럽게 생각했습니다.

"자, 오늘은 이만 돌아가자. 내일 아침에 다시 오자."

임금쥐는 앞장서서 쥐들을 데리고 쥐나라로 돌아갔습니다. 그 때부터 매일 아침 숲을 한 바퀴 돌아서 유덕 승냥이에게로 오면 그를 위하는 일을 해주고 임금쥐가 앞장서서 쥐들을 데리고 쥐나라로 돌아갔습니다. 그렇게 하는 것이 쥐들의 중요한 일과가 되었습니다.

여러 날이 지났습니다. 쥐들은 이상한 것을 느꼈습니다. 쥐들의 수가 점점 줄어드는 것 같았습니다. 수가 많은 쥐들은 저녁이면 서로 더 좋은 잠자리를 차지하려고 다투기도 했고, 가까운 동무끼리는 나무구멍에 옹기종기 모여 비좁게 서로 껴안고 자기도 했는데 이제는 그런 일이 없었습니다. 어디나 잠자리가 넉넉했습니다. 생각해 보니 쥐나라 땅이 많이 넓어진 것 같기도 했습니다. 전에는 달 밝은 밤에 잔디밭에 모여서 임금쥐의 이야기를 들을 때면 서로 앞자리에 앉으려고 다투는 일도 있었는데 이제는 앞자리가 넓게 비어서 다툴 일도 없었습니다. 쥐의 수가 그만큼 줄어든 것이었습니다. 쥐들은 자기들의 생각을 임금쥐에게 말했습니다.

"임금님, 우리나라가 넓어진 것 같아요."

"나라가 넓어지다니, 그게 무슨 소리야?"

"전에는 모두가 이 잔디밭에 모이면 자리가 비좁았는데. 지금은 자리가 남아요."

"밤이면 꼭 내 옆에 와서 자던 끝돌이가 얼마 전부터 보이지 않아요."

숫자에 어두웠던 쥐들은 자기들의 수가 줄어들어도 모르고 지냈습니다. 그런데 나라 땅이 넓어진 것 같은 느낌이 들었습니다. 자리가 비좁아서 다투던 친구 생각이 났습니다. 비로소 늘 가까이 지내던 친구 쥐가 없어진 것을 알게 되니 더럭 겁이 났습니다.

서로 각자가 가까이 지내던 친구를 찾아보았습니다.

"끝돌이 뿐만 아니에요. 삼돌이도 오돌이도 어디 가고 없어요."

"꽃분이도 보이지가 않아요. 누가 꽃분이 못 보았어요?"

그리고 보니, 보이지 않는 쥐가 많았습니다. 쥐들의 수가 줄어든 것을 알 수 있었습니다.

이야기를 듣고 있던 임금쥐가 생각해보았습니다. 아침마다 숲속을 돌아다니는 일 외에는 쥐나라에만 있었으니, 쥐들이 없어졌다면 숲속을 돌아오는 사이에 없어졌을 것입니다. 그것이 상수리나무 밑에서 이상한 모양으로 서있는 유덕이란 승냥이를 만난 뒤부터였습니다.

"이전에는 우리나라가 이처럼 넓지 않았다. 쥐들의 수가 줄어든 것이 분명하다. 그것은 유덕이란 승냥이를 의심하지 않을 수 없다. 내가 시험을 해보리라."

임금쥐는 아침이 되자 전과 다름없이 쥐들을 데리고 숲속으로 갔습니다. 숲속을 한 바퀴 돌아서 유덕 승냥이에게로 가서 그전과 똑같이 들고 있는 세 다리도 받쳐주고 부채질해서 바람도 많이 보내주었습니다. 그리고 돌아올 때 임금쥐는 전과는 다르게 제일 뒤에 섰습니다.

쥐들이 모두 앞만 보며 저만큼 걸어가자 유덕 승냥이는 제일 뒤에 따라가는 임금쥐를 덮쳤습니다. 승냥이는 지금까지 자기를 위해주고 돌아가는 쥐들 중에서 제일 뒤에 따라가는 쥐를 몰래 덮쳐서 배를 채웠던 것입니다.

"내 짐작이 맞았어. 바로 너였구나."

임금쥐는 주먹을 휘둘러 승냥이를 때려눕히고는 눈을 부릅뜨며 꾸짖었습니다.

"이놈, 이것이 네가 하는 마음 닦이더냐? 거짓 수행자가 되어 남을 속여 나쁜 짓을 일삼은 너의 죄는 용서할 수 없다."

그리고 임금쥐는 조용한 목소리로 게송을 읊었습니다.

겉으로는 선량한 것으로 꾸며서
남몰래 악한 짓을 일삼게 되면
그 죄 값은 눈덩이처럼 부풀어
종내는 자신을 망치게 되느니라

 게송을 읊고 난 임금쥐는 자기를 따르는 쥐들에게 승냥이의 몸을 먹게 했습니다. 한쪽 발로 서서 바람만 먹고 산다며 거짓으로 남을 속여서 수많은 쥐들을 잡아먹고 살이 찐 승냥이의 몸을 쥐들에게 되돌려주게 한 것입니다.

◑ 생각 키우기
 이 이야기의 임금쥐는 부처님의 전생이고, 승냥이는 남을 속이며 나쁜 짓을 일삼는 현생의 어느 비구입니다. 승냥이는 마음을 닦는 수행자로 거짓되게 행동하며 쥐들을 잡아먹었지만 결국은 그 죄를 몽땅 되돌려 받게 됩니다. 거짓은 벽을 치는 공과 같아서 반드시 자기에게로 되돌아가는 법입니다. 진실되게 살아야 복을 받게 된다는 것을 가르치고 있습니다.〈본생경 제128화 고양이의 전생 이야기〉

대비심 · 김상희(大悲心 · 金相希)
서울대학교 생물학박사 졸업. 1994년 제39회 아동문학평론 동화신인상과 같은 해 제3회 동쪽나라 아동문학상 수상으로 문단에 나왔다. 1995년 동화집 『난 그냥 주먹코가 좋아』와 두산동아 『자연관찰』 등을 집필했고, 캐나다 맥길대학과 미국 록펠러대학 연구원을 거쳐 현재 한국해양과학기술원 극지연구소 책임연구원으로 일하고 있다.

불꽃의 전생

김 영 순

나무가 우거져 숲이 무성한 산림지대가 있습니다. 이 산림지대를 호수물이 감싸고 있는데, 맑고 깊은 이 호수에는 이무기가 살고 있습니다.

이무기는 맑고 깊은 호수 속에서 용이 되어 극락정토에 가려고 날마다 기도를 하고 있습니다.

그런데 요즘 이무기에게는 커다란 근심걱정이 하나 생겼습니다. 그 걱정거리는 다름이 아니라 호숫가의 산림지대에 흰불나방이 산불처럼 번져, 무성하던 숲을 갉아먹고 있는 것입니다. 특히 호숫가의 큰 나무에까지 흰불나방이 번져 그 무성한 가지와 잎을 모두 갉아먹고 있기 때문입니다.

이무기는 용이 되려고 지금 아미타불에게 기도를 올리고 있습니다.

'아미타불이 살고 있는 극락정토는 괴로움이 없고 안락하여 자유로운 세상이다. 그 극락정토는 이 세상에서 서쪽으로 10만억 불토를 지난

곳에 있는데, 내 마음이 이렇게 어지럽고 시끌시끌하니, 내 기도 소리가 아미타불의 귀에까지 전달될 수가 있겠는가?'

이무기의 마음은 흰불나방들 때문에 그렇게 어지럽고 시끄럽습니다. 흰불나방 때문에 이무기가 그렇게 근심걱정을 하고 있을 때, 호숫가의 큰 나무로 찌르레기 한 마리가 날아왔습니다.

그런데 이 찌르레기의 등은 갈색이고 머리는 검은데, 비둘기보다는 몸통이 더 크고 온 몸에서 자주 빛 광채가 나고 있습니다. 한눈에 보아도 예사 찌르레기는 아니었습니다.

이무기가 알고 있기에는 사람들은 찌르레기를 '구관조'라 부르는데, 구관조의 몸통은 비둘기만하고 털빛은 검은데, 사람의 말을 잘 흉내 낸다 하여 사람들은 집에서 애완 새로 기르기도 한답니다. 특히 찌르레기들은 흰불나방을 잘 잡아먹는 유익한 새라 사람들은 더욱 좋아합니다.

"구관조대왕님, 대왕님의 옥체에서 자주 빛 광채가 납니다."

이무기는 이 찌르레기가 예사내기는 아닌 것 같아 최고의 공대말을 씁니다.

"방금 나를 대왕님이라 불렀소?"

찌르레기는 이무기의 말을 잘못 들은 것 같아 되물어봅니다.

"구관조대왕님이시여, 이 이무기의 딱한 사정을 들어주실 것 같아 한 번만 도와주십시오."

하고 이렇게 애원합니다.

"내게 뭘 도와달라는 것입니까?"

"구관조대왕님께서도 보시는 바와 같이 이 호수 주변의 숲이 흰불나방의 퍼짐으로 산림이 모두 말라죽고 있습니다. 원컨대 흰불나방을 모조리 잡아주면 그 은혜는 이 몸이 평생을 잊지 않고 갚겠습니다."

이무기는 임금님의 앞에 충성을 맹세하는 충신처럼 머리를 조아립니다.

"숲을 살리는 일이라면 이 새가 앞장서겠습니다. 조금만 기다려주십시오."

찌르레기도 숲이 푸르러야 새들이 푸른 숲에서 즐겁게 살 수 있다는 걸 잘 알고 있습니다.

자줏빛 광채가 나는 찌르레기는 호수 주변의 숲으로, 벌레를 잘 잡는 산새들을 불러 모았습니다.

"이 숲에는 흰불나방이 산불처럼 번지고 있소. 산새들은 이 숲에 와서 벌레들을 잡아주시오."

산새들이 좋아하는 벌레가 많이 생겨났다는 소식을 들은 그들은, 호숫가 숲속으로 구름처럼 떼를 지어 몰려왔습니다.

"숲에서 사는 우리 산새들은 나무가 없는 곳에서는 살 수 없습니다. 우리들은 흰불나방을 모두 잡아 죽어가는 나무들을 다시 살려냅시다. 호수속의 이무기님은 나와 약속을 했소."

"무얼 약속했다는 말이오?"

꾀꼬리가 노랑 꽁지깃을 깝죽이며 고운 소리로 물어봅니다.

"숲속의 흰불나방을 모두 잡아주면 우리 산새들이 호수 가에서 자유롭게 살 수 있게 해 주겠다고 단단히 약속했소."

"그 욕심꾸러기 이무기가 웬일로 그런 약속을 했을까요?"

산비둘기들은 이무기의 약속을 못 믿겠다고 고개를 갸우뚱합니다.

"이무기도 흰불나방이 산불처럼 번져가니까 마음이 급했던 모양이오."

산까치는 그 길고 까만 꽁지깃을 깝작거립니다.

"우리는 밑져봐야 본전이오. 욕심 많은 이무기가 약속을 지키지 않는다 해도, 우리는 매일 벌레를 배불리 먹을 수 있으니까 손해 볼 건 없는 일이오."

메추라기들은 짧은 꽁지깃을 치켜 올리고 부지런히 벌레들을 잡고 있습니다. 그렇게 산새들은 호수 주변의 숲속에 모여 흰불나방 소탕작전에 나섰습니다. 그들은 숲속을 이 잡듯이 휩쓸어 흰불나방을 죄다 잡아 없애고 있었습니다.

산새들은 자줏빛 광채가 나는 찌르레기의 말을 잘 따라주었습니다. 그리하여 숲속에 번지던 흰불나방은 눈에 띄게 줄어들었습니다.

산새들은 호숫가의 큰 나무로 몰려들었습니다. 그렇게 한 곳으로 많은 산새들이 몰려들게 되자 큰 나무의 주변은 자연스럽게 산새들의 짹짹이는 소리로 시끄럽게 되었습니다.

호숫가의 큰 나무에서 산새들이 떼로 몰려들어, 떠들어 대니까 화가 난 이무기가 호수 밖으로 몸을 내놓고 짜증을 부립니다.

"조용히 하지 못할까? 짹짹이는 소리에 정신이 흩어져서 기도를 할 수가 없다는 말이 닷! 좀 조용히 해!"

이무기는 성을 내며 버럭버럭 큰소리를 칩니다.

"또 한 번만 떠들어봐라. 모조리 내쫓고 말테니까! 떠들지 마!"

"흰불나방을 잡아주면 우리 산새들을 호숫가에서 자유롭게 살 수 있도록 해준다고 약속하더니, 뭐 이제 와서 시끄럽다고 떠나라하니 이게 말이 되오?"

산비둘기들이 이무기 앞에 반기를 들고 나섰습니다. 산까치들도 들고 일어났습니다. 꾀꼬리며 메추라기, 콩새와 찌르레기들도 모두 들고 일어났습니다.

"우리는 이 숲속에 산새들의 나라를 세웁시다. 새 나라의 임금님도 뽑아 튼튼한 나라를 세웁시다. 이무기가 우리 산새들을 무시하지 못하도록 독립된 새 나라를 세웁시다."

산새들은 드디어 새의 나라를 세우고, 새 나라의 임금님으로 자줏빛 광채가 나는 찌르레기를 뽑았습니다.

새 나라의 새 임금으로 뽑힌 자줏빛 광채가 나는 찌르레기대왕은 새 나라의 새 율법을 만들었습니다. 새 율법은 단 세 가지뿐입니다.

첫째는 탐욕을 버려라.

둘째는 성내지 말라.

셋째는 슬기롭게 살아라.

새 임금은 숲속에 산새들을 모아놓고, 새 나라의 율법을 설교합니다.

"첫째 탐욕을 버려라. 먹는 욕심을 버리지 못하면 새의 몸뚱이는 뚱뚱해진다. 몸이 뚱뚱한 새는 체중이 무거워 하늘을 날지 못한다. 날지 못하는 짐승은 새가 아니다. 옛날에는 타조보다 더 큰 새들도 하늘을 훨훨 날아다녔다. 그런데 타조는 먹는 욕심이 지나치게 많더니 결국 하늘을 날지 못하고, 땅에서 멧돼지처럼 뛰어 다닌다. 새가 날지 못하는 것은 무척 불행한 일이다.

부엉이도 옛날에는 벼슬이 무척 높은 새였다. 그런데 욕심이 많아 뇌물을 받아먹고, 마음까지 더러운 탐관오리가 되어, 결국 벼슬자리에서 쫓겨났다. 쫓겨난 부엉이는 낮에는 부끄러워 다니지 못하고, 천길 바위 절벽의 작은 동굴에 숨어 외롭게 살아간단다.

둘째 성내지 말라. 우리 산새들은 보살처럼 중생을 사랑하라. 내가 먼저 중생을 사랑하면 중생도 나를 사랑한다. 그러나 먼저 성을 내면 중생들도 성을 낸다. 옛날에 걸핏하면 입에서 불을 내뿜으며 성을 버럭버럭 내던 불새가 있었단다. 그런데 이 불새는 결국 제 몸을 자기 불길로 불태우고 이 세상에서 영원히 자취를 감추었단다.

셋째 우리 새 나라의 백성들은 슬기롭게 살아가자. 우리 주변을 깨끗하게 청소하는 것도 슬기로운 생활이다. 그리고 우리들은 편안하게 앉아있을 곳과 떠나야 할 시간을 알아서 미련 없이 떠나는 것도 슬기로운 생활이다."

새 임금님은 오늘도 호수가의 큰 나무에서 산새들을 모아놓고 새 율법을 설교했습니다.

그러나 새 율법을 지키지 않는 새들도 많았습니다. 특히 깜깜한 밤에는 새 율법을 지키지 않는 산새들이 많았습니다.

큰 나무는 나뭇가지가 호수 위로 뻗어있기 때문에, 밤이면 산새들은 나뭇가지에 앉아서 물위에 몰래 똥을 떨어뜨렸습니다.

호수 속의 이무기는 이제 그런 산새들이 얄밉고 귀찮아졌습니다. 얄미운 산새들을 멀리 내쫓고 싶어졌습니다.

"이제 물에서 불을 피워 큰 나무를 불태워 이 귀찮은 산새들을 모두 내쫓아버리자."

산새들이 나뭇가지에 모여 모두 잠자는 한밤중에 이무기는 노여움을 참지 못하고, 먼저 가마솥의 물처럼 호수 물을 팔팔 끓였습니다. 그리고 그 다음에는 연기를 피우고는 다시 큰 나무의 높이만큼 빨간 불꽃을 피워 올렸습니다.

새의 나라 새 임금님은 한밤중에 호수에서 불꽃이 활활 피어오르는 것을 보았습니다.

"오오, 우리 산새백성들이여, 저 불꽃은 우리의 큰 나무를 태우고, 우리 산새들을 모두 불태워 죽이려고 합니다. 이제 우리는 다른 곳으로 얼른 옮겨가야 합니다."

슬기로운 새 임금님은 게송을 읊습니다.

평화로운 산새나라에 적군이 있는 듯

물 한복판에서 불꽃이 타 오른다

이제 이 큰 나무는 우리가 살 곳이 아니다.

이 호수는 무섭구나. 우리 모두 떠나자.

새 임금님은 이렇게 경고하고는 산새들을 데리고 다른 곳으로 날아갔습니다. 그러나 새 임금님의 경고를 듣지 않고 큰 나무에 그대로 있던 산새들은 다 타 죽었습니다.

그리고 이무기도 펄펄 끓는 물에 몸뚱이가 삶아져서, 결국 뱀탕이 되고 말았습니다.

◑ 생각 키우기

　부처님께서는 탐욕과 성냄과 어리석음은 세상을 어지럽게 만드는 3독이라고 말씀하셨습니다. 이 '불꽃의 전생 이야기'의 용왕(이무기)도 성을 내어 불을 내뿜어서 새들을 불태워 죽이더니, 결국 자기 자신도 멸망하게 됩니다. 그러므로 우리는 욕심을 버리고 평화로운 마음으로 이웃을 사랑하며, 지혜를 배워 슬기롭게 삽시다.

〈본생경 제133화 불꽃의 전생 이야기〉

한산 · 김영순(韓山 · 金榮淳)

1934년 충남 서천 군한산에서 태어났고, 1962년 한국일보 신춘문예에 동화가 당선되다. 동화집 『늦동이』, 『고구려의 왕자』, 『우차꾼의 아들』 등 33권을 냈으며, 제1회 민족동화문학상, 제12회 방정환문학상 등을 받았고, 한국문인협회, 한국아동문학인협회, 한국불교아동문학 회원으로 활동하고 있다.

겉과 속이 다르면

김 옥 애

어느 마을에 도를 닦는 남자가 있었습니다. 수염을 길게 늘어뜨린 그는 풀을 엮어 지붕을 만든 움막에 살고 있었어요. 그의 움막으로 가는 길 왼쪽 가에는 개미집이 있었습니다. 개미집 위의 언덕엔 도마뱀들이 살고 있었어요.

그는 움막에 살면서 만나는 사람에게 늘 이렇게 말했습니다.

"개미 집 위의 언덕에 사는 도마뱀을 보셨지요? 저는 도마뱀을 지켜 주고 싶은 사람입니다. 도마뱀 뿐 아니라 생명을 가진 모든 것들에겐 함부로 해서는 아니 되겠지요."

마을 사람들은 그런 생각을 지닌 그를 모두 존경했습니다.

도마뱀들은 하루에 두세 번씩 움막에 살고 있는 그 남자를 찾았습니다.

"안녕하세요. 선생님."

"너희들 왔구나."

"예, 선생님이 가까이 계시니 무척 즐겁습니다."

"그래도 마을 사람들 눈에 뜨이지 않게 조심해서 다녀야 한다."

마을 사람들은 도마뱀만 나타나면 잡아서 요리를 해 먹었습니다. 그는 그게 싫었고 마땅치 않았습니다.

"알겠습니다. 선생님."

"게으름을 피우지 말고 부지런히 몸을 움직이고……"

"예. 좋은 말씀 감사합니다."

도마뱀들은 교훈이 있고, 뜻이 깊은 그 남자의 이야기를 들은 후에 다시 언덕으로 돌아왔습니다.

그런데 움막에 머물던 남자는 훌훌 마을을 떠나버렸습니다. 그리고 그 움막엔 도를 닦는 또 다른 남자가 들어와 살았습니다. 도마뱀들은 새로 온 남자를 변함없이 찾아갔습니다.

"너희들은 귀엽게 생겼구나."

꽁지머리를 한 남자가 생글생글 웃으면서 말했습니다.

"선생님, 칭찬해 주셔서 감사합니다."

"마을 사람들이 도마뱀을 잡아먹는다는 데 어떻게 그럴 수가 있을까?"

그건 바른 행동이 아니라며 남자는 고개를 저었습니다.

무더운 여름이 되었습니다.

사나운 바람이 휘몰아치자 언덕 아래에 집을 짓고 살던 개미들이 모두 밖으로 기어 나왔습니다. 도마뱀들은 그런 개미를 보자 입맛을 다셨습니다. 날름날름 혀를 내밀었습니다. 한 마리, 두 마리, 세 마리…… 도마뱀들은 개미들을 맛있게 삼켰습니다. 그러느라 가까이 다가 온 마을 사람들을 미처 보지 못했습니다.

"뭐해요? 빨리 막대기로 때려서 도마뱀을 잡아야지요."

"나도 빨리 도마뱀 고기를 먹고 싶소."

"암, 지방을 보충 하는 데는 그만이죠."

마을 사람들은 모두 나와서 도마뱀을 잡았습니다. 잡은 도마뱀을 마을 사람의 집으로 가져갔습니다. 그리고 지방질 음식을 요리할 때 필요한 식초와 설탕을 넣어 신나게 주물렀습니다.

마을 사람들은 양념을 바른 도마뱀을 구워서 움막에 살고 있는 꽁지머리 남자에게도 들고 갔습니다. 꽁지머리 남자는 고기의 구수한 냄새에 침을 꼴깍 삼켰습니다. 그는 속으로는 먹고 싶었지만 겉으론 도를 닦는 사람처럼 위엄 있게 말했습니다.

"감사합니다만 저는 도마뱀 고기는 먹질 않습니다."

도마뱀 고기를 들고 온 마을 사람들은 머쓱해졌습니다.

꽁지머리 남자가 힘을 주어 말했습니다.

"여러분, 도마뱀들을 그렇게 죽이면 안 되지요. 우리는 함께 살아가는 귀한 생명들이고 이웃입니다."

마을 사람들은 그렇게 말한 꽁지머리 남자가 무척 훌륭해 보였습니다.

마을 사람들이 움막을 떠나자 꽁지머리 남자는 냄비와 기름과 소금 등을 가져다 부뚜막 한 편에 감춰 뒀습니다. 그리고 옷소매 안에 막대기까지 숨겨뒀습니다.

'너희들! 오늘 나타나기만 해 봐라.'

날이 어둑해지자 언덕 위에 살고 있던 도마뱀 한 마리가 움막에 모습을 드러냈습니다. 도마뱀은 평소와는 다르게 얼굴이 벌겋게 달아올라 있는 꽁지머리 남자를 바라보았습니다.

"선생님! 몸이 편찮으신지요?"

"아니다."

"얼굴에 열이 있어 보입니다."

"괜찮아!"

도마뱀을 바라 본 꽁지머리 남자의 눈빛이 험악하게 일그러졌습니다. 도마뱀도 몸을 잔뜩 사렸습니다.

"오늘은 왜 가까이 오질 않느냐?"

"……"

"왜 내게 가까이 다가오지 않는 거야?"

"……"

꽁지머리 남자는 자기의 저고리 소매 속에 감쳐 뒀던 막대기를 꺼냈습니다. 막대기를 높이 든 그는 도망가려고 하는 도마뱀을 힘껏 내리쳤습니다. 하지만 도마뱀은 재빨리 몸을 숨겨 언덕으로 달아났습니다.

"겉과 속이 다른 선생님! 저는 날마다 당신을 찾아가 교훈을 듣고 좋은 이야기를 들었습니다."

도마뱀은 뒤를 돌아보며 계속해서 소리쳤습니다.

"마음엔 탐욕과 식욕이 가득 차 있지만 겉으론 도를 닦으며 자연과

벗하는 척하는 이여. 이제 거짓의 옷을 벗으시지요."

도마뱀의 외친 소리에 꽁지머리 남자는 부끄러워 움막을 떠났습니다.

◐ 생각 키우기

위의 글에서 처음 남자는 사리불이며 도마뱀은 보살님입니다. 처음 남자는 말과 행동이 같은 덕을 갖췄지만 꽁지머리를 한 남자는 겉과 속이 다릅니다. 겉과 속이 같은 사람은 맑고 깨끗한 심성을 지니게 됩니다. 겉과 속이 다른 사람은 양파 껍질처럼 진실을 감추고 있기에 신뢰감을 잃게 된답니다.〈본생경 제138화 도마뱀의 전생 이야기〉

관음행 · 김옥애(觀音行 · 金玉愛)
전남 강진에서 태어나 1975년 전남일보 신춘문예동화와 1979년 서울 신문 신춘문예동화에 당선했다. 광주일보신춘 문학상, 한국아동문학상, 한국불교아동문학상 등을 수상했으며 동화집으로 『그래도 넌 보물이야』『들고양이 노이』『흰 민들레 소식』 동시집 『내 옆에 있는 말』 등이 있다. 32년간 초등학교에서 근무했으며 명예퇴직 후에 고향 바닷가의 오두막집과 광주를 오고 가면서 글을 쓰고 있다.

허풍선이 승냥이

김 일 환

앞바람이 불었습니다. 좋은 징조입니다.

붉은 꼬리 승냥이의 냄새가 사냥감 콧속으로 들어가지 못할 것입니다. 바람 세기도 알맞았습니다. 풀끼리 비벼지는 소리가 끊기지 않고 서걱댔습니다. 됐습니다.

사냥감에게는 붉은 꼬리 승냥이가 다가가는 소리가 들리지 않을 것입니다. 바람이 너무 세어도 좋지 않습니다. 사냥감은 집으로 들어가 숨어버리기 때문입니다.

붉은 꼬리 승냥이는 잠깐 고개를 들어보았습니다. 들쥐였습니다. 승냥이는 미소 지으면서, 더욱 몸을 낮추고 살금살금 다가갔습니다. 붉은 꼬리가 땅에 끌리는 느낌이 들었습니다.

'어이쿠, 이 예쁜 꼬리가 땅에 닿다니! 그건 안 돼. 아무리 이틀째 아

무 것도 먹지 못했어도 꼬리에 흙을 묻힐 수는 없어.'

승냥이는 꼬리를 조금 들었습니다.

아직도 들쥐는 아무 것도 모르고 토끼 똥을 야금야금 주워 먹고 있었습니다.

좀 더럽기는 했지만 지금은 그걸 가릴 때가 아니었습니다. 승냥이는 침을 꼴깍 삼켰습니다. 들쥐는 가끔 앞발을 들고 일어나서 사방을 두리번거렸으나 전혀 눈치 채지 못하는 것 같았습니다. 드디어 들쥐가 승냥이의 사냥 거리 안에 들어왔습니다. 승냥이가 있는 힘을 다해서 펄쩍 뛰었습니다. 순간, 들쥐도 폴짝 뛰어 도망갔지만, 이미 승냥이의 발톱에 걸려 있었습니다.

"흐흐흐, 요놈, 아주 토실토실 한 걸."

승냥이는 한입에 꿀꺽 삼켰습니다. 그러나 배가 허전했습니다.

'들쥐는 너무 작아. 황금 동굴에 사는 사자왕은 물소처럼 큰 것만 잡아먹던데……. 나도 그럴 수 있다면 얼마나 좋을까?'

승냥이는 사자왕이 되고 싶었습니다. 그리고 세상을 호령하고 싶었습니다. 승냥이는 황금 동굴 입구로 갔습니다. 그리고 바위 위에 올라가 사자왕 흉내를 내 보았습니다.

"나는 황금 동굴에 사는 사자왕이다. 모든 동물들은 내 발 밑에 무릎을 꿇을지어다."

승냥이는 수염을 쓰다듬는 흉내를 내며 바위 아래를 굽어보았습니다. 아무도 보이지 않았습니다. 승냥이는 시무룩해졌습니다. 그때 사자가 어슬렁어슬렁 걸어오더니, 바위 밑에 섰습니다.

"낮잠을 깨운 놈이 너로구나!"

승냥이는 깜짝 놀랐습니다. 황금 동굴에 살고 있는 그 사자왕이었습니다. 긴 갈기가 바람에 흩날려서 더욱 무섭게 보였습니다. 도망가기에는 이미 늦었습니다.

승냥이는 얼른 사자왕 앞에 와서 넙죽 엎드렸습니다. 승냥이는 자기도 모르게 오줌을 쌌습니다. 승냥이가 가장 아끼던 붉은 꼬리도 땅에 깔았습니다. 오줌이 꼬리에 젖는 것도 몰랐습니다.

"사자왕님, 저는 당신의 종이 되고 싶습니다."

사자왕은 매섭게 쏘아보았습니다.

"이유가 무엇이냐? 넌 평상시에 꼬리를 번쩍 들고 다니는 건방진 승냥이로 알았는데."

"그것은 사자 임금님처럼 당당한 모습을 닮고 싶어서 그랬습니다. 그러나 이제는 제가 그럴 수 없다는 것을 알았습니다."

사자왕은 잠시 생각하다가 고개를 끄덕였습니다.

"그러면 나를 섬겨라. 그 대신 나는 네게 맛난 고기를 주겠노라."

승냥이는 사자왕을 따라서 황금 동굴로 들어갔습니다. 금빛으로 반짝반짝 빛나는 돌이 동굴에 빼곡히 박혀 있었습니다. 사자왕의 갈기는 금빛을 받아 더욱 아름답게 보였습니다. 지금까지 최고로 뽐내던 붉은 꼬리는 보잘 것 없어보였습니다.

"너는 저 산꼭대기에 올라가서 산 아래를 관찰하거라. 들소든, 얼룩

말이든, 사슴이든, 아니면 그것이 코끼리라 하더라도 네가 먹고 싶은 것이 나타나거든 즉시 내게 알려라. 그러면 내가 그것을 잡겠노라."

"네, 알겠습니다."

승냥이는 넙죽 엎드려서 대답했습니다.

"내게 알릴 때는 예의를 지켜야 한다. 나에게 공손히 절하고, 먹고 싶은 짐승 이름을 말한 뒤, '부디 사자 임금님의 위세를 보여주시옵소서'라고 말하도록 하라."

사자왕은 공작새 깃털로 장식된 침대에 비스듬히 누워서 명령했습니다.

다음 날부터 승냥이는 산꼭대기에서 망을 보다가 먹고 싶은 짐승이 나타나면 얼른 황금 동굴로 뛰어왔습니다. 승냥이는 절을 한 다음,

"사자 임금님이시여, 영양이 나타났습니다. 부디 사자 임금님의 위세를 보여주시옵소서."

라고 말하면, 사자왕은 공작새 깃털로 장식된 침대에서 일어나서 즉시 달려갔습니다. 사자왕은 아무리 큰 코끼리라도 쓰러뜨렸습니다. 그리고 사자왕답게 천천히 먹은 후, 나머지는 승냥이를 주었습니다. 승냥이는 실컷 먹은 후, 황금 동굴로 돌아와, 실컷 잤습니다. 승냥이는 행복하게 여러 달을 보냈습니다.

날이 갈수록 승냥이는 살이 포동포동 오르고, 털에도 윤이 반질반질 흘렀습니다. 붉은 꼬리에 저녁 햇살이 비출 때에는 마치 커다란 꽃송이처럼 탐스럽게 보였습니다.

"아, 나에게도 이런 아름다운 꼬리가 있는데 왜 날마다 사자왕의 뒷바라지만 하는 걸까? 튼튼한 네 다리도 있고, 날카로운 이빨도 있어. 지금부터라도 나의 사냥 능력을 보여주고 싶다. 내 꼬리의 위용을 보여주고 싶다."

승냥이는 빠르게 달려보았습니다. 공기 가르는 소리가 귓전에서 휙휙 들렸습니다. 사자왕보다 빠른 것 같았습니다. 높이뛰기도 해 보았습니다. 코끼리 등 위에 충분히 뛰어오를 수 있을 것 같았습니다. 이빨을 으르렁 드러내 보았습니다. 한 입에 코끼리 숨통을 끊을 것 같았습니다. 승냥이는 붉은 꼬리를 바짝 쳐들고 사자왕에게 갔습니다.

"사자 임금님이시여, 나는 오랫동안 당신이 잡은 짐승 고기를 얻어먹었습니다. 나도 이제 내 힘으로 코끼리를 잡아 당신에게 나누어 주고 싶습니다. 나를 당신의 침대에 앉게 해 주시고, 당신이 산꼭대기에서 망을 보다가 코끼리가 나타나거든 내게 달려와서 '승냥이 임금님의 위세를 보여주시옵소서' 라고 한 마디만 해 주십시오."

사자왕은 코웃음이 나왔습니다.

"승냥이야, 코끼리를 잡을 수 있는 것은 사자왕뿐이다. 너는 잘난 척하느라고 꼬리나 들고 다니지 않느냐? 너는 들쥐를 잡거나 병든 사슴을 잡아먹는 게 어울리느니라."

그러나 승냥이는 간절하게 빌고 또 빌었습니다. 사자왕은 고개를 흔들며 말했습니다.

"너처럼 사냥하면 토끼 한 마리 잡기도 힘들다. 네 꼬리를 땅바닥에 붙이고 사냥감에 다가가면 사슴 정도는 잡을 수 있을 거다. 코끼리는 네 상대가 아니다."

"그것은 제 일생의 소원이랍니다."

승냥이가 애원하자, 사자왕은 할 수 없이 허락했습니다.

"그러면, 네가 나의 공작새 깃털 침대에 누워 있거라. 내가 곧 돌아오마."

사자왕은 산꼭대기에 올라가 코끼리를 찾아냈습니다. 사자왕은 황금 동굴로 달려왔습니다.

"승냥이님, 승냥이 임금님의 위세를 보여주시옵소서."

승냥이는 거들먹거리며 산기슭으로 내려갔습니다. 저만큼 코끼리가 보였습니다. 어린 코끼리였습니다. 승냥이는 픽 웃었습니다.

'사자왕이 나를 깔보고 작은 코끼리가 있는 곳을 알려주었구나.'

승냥이는 맞바람을 받으며 살금살금 코끼리에게 다가갔습니다.

'사자왕아, 어디 두고 보자. 내 결코 너보다 못하지 않다는 걸 보여 주마.'

그러나 하늘을 향한 붉은 꼬리 때문에 코끼리는 승냥이의 위치를 훤히 알고 있었습니다.

마침내 사냥 거리까지 다가가자 승냥이는 코끼리의 등 위를 향해 재빨리 뛰어올랐습니다. 그러나 코끼리가 휘두른 긴 코에 맞아 땅에 털썩 떨어지고 말았습니다. 사자왕이 승냥이를 구하러 달려갔으나 코끼리가 이미 승냥이의 가슴을 밟아 버린 뒤였습니다.

◐ 생각 키우기

  제바달다라는 사람이 있었습니다. 자신이 부처인 양 거짓 흉내 내고 다니던 사람입니다. 그는 전생에 승냥이로 살았습니다. 품성도 바르지 않고, 실력도 형편없는 승냥이가 공연히 우쭐거리다가는 코끼리에게 생명을 잃고 말지요. 이런 사람을 우리는 허풍선이라고 부릅니다. 풍선은 바람이 빠지거나 터지기 마련입니다. 남는 것은 초라한 껍질뿐이지요. 늘 겸손을 강조하는 이유가 여기에 있지요. 잘 하는 일이 있어도 자신을 낮추어야 합니다. 다른 사람들이 나를 훌륭하다고 진심으로 여길 때 진정한 위세가 생깁니다. 〈본생경 제143화 위광의 전생 이야기〉

진월 · 김일환(眞月 · 金日煥)
충주에서 어린 시절을 보냈다. 초등 교직에 오래 있으면서, 교육심리학 박사를 취득하고, 주프랑스 교육원장, 서울시동부교육지원청 교육장을 역임했다. 추리 모험 장편 동화 『고려보고의 비밀』로 한국안데르센 대상을 받으며 문단에 나왔고, 그 후 장편 동화 『홍사』를 냈다. 그 외 『유적 박물관』, 『논리야, 넌 누구니?』, 『창의력 계발 프로그램 총5권(공저)』, 『한자인정교과서』 등을 집필했으며, 초등학교 도덕, 국어, 사회 교과서 개발에 참여했다.

아사리와 산지바

김 종 상

옛날 바라나시에 아사리라고 하는 보살이 태어났습니다. 아사리는
어려서부터 영리하고 재주가 많았습니다. 부모는 어린 아사리를 득차
시라의 유명한 스승에게 보내 공부를 시켰습니다. 누구보다도 영리한
아사리는 공부를 잘 했습니다. 청년이 되자 모든 학문과 예술을 훌륭히
익혔습니다. 고향 바라나시로 돌아왔습니다. 바라나시 사람들은 모두
아사리를 칭찬했습니다.

"아사리가 훌륭한 공부를 하고 돌아왔다지?"

"모든 학문과 기예를 다 배워 세상에 모르는 게 없대요."

"저렇게 훌륭한 청년이 있다는 것은 우리 마을의 자랑이야."

마을 젊은이들은 아사리에게 학문과 기예를 배우겠다고 모여들었습
니다.

"아사리님, 울리에게 학문을 가르쳐 주십시오."

"저도 아사리님처럼 훌륭하게 되고 싶어요."

아사리는 공부를 하겠다고 모여드는 젊은이들을 모아 자기가 배운 것을 빠짐없이 가르쳐 주었습니다. 젊은이들은 아사리를 존경하며 모두가 열심히 배웠습니다.

산지바라는 젊은이가 있었습니다. 산지바는 머리가 좋았습니다. 한 가지 재주를 가르치면 두 가지를 알 정도로 머리가 좋고 영리했습니다.

"문학이란 것은 자기의 사상이나 감정을 상상의 힘을 빌려 문자언어로 표현한 예술인데 음악, 미술, 무용, 연극 등 모든 예술의 바탕이 되니, 매우 중요하다."

"예, 문학에 제일 힘써 공부하겠습니다."

"의학은 인체의 구조나 기능, 질병의 치료, 예방, 건강 유지의 방법이나 기술 등을 연구하는 목숨과 관계되는 학문이므로 더없이 중요한 것이다."

"아사리님, 그럼 문학과 의학 중에 어느 것이 더 중요합니까?"

"그러니, 학문에서 어느 것이 더 중요하고 덜 중요하다고 할 수 없다는 뜻이다."

몇 해가 지나자 산지바는 아사리가 알고 있는 학문과 기예는 모두 다 배우게 되었습니다.

"자네는 더 배울 것이 없네. 이제는 스스로 마음을 닦는 공부를 하게나."

"아닙니다. 아직도 저는 못 배운 것이 남아있는 줄 압니다."

"아닐세. 문학, 미술, 음악이며 천문, 지리, 의학에다가 역술까지 내가 알고 있는 것은 다 가르쳤네. 더 배울게 또 뭐가 있겠나."

"아사리님은 생환술도 알고 계시지 않습니까? 아직 그것은 가르쳐주시지 않았습니다."

산지바는 깜짝 놀랐습니다. 생환술이란 죽은 목숨을 살리는 술법입니다. 누구에게도 말하지 않은 그것을 산지바가 알고 있다는 것이 이상했습니다.

"무슨 소리야. 그런 술법은 삿된 것일세. 있을 수도 없고 있어서도 안 되는 것이야."

"그렇지만 있는 것은 사실이고, 스승님은 껏을 알고 계시지 않습니까?"

그런 것은 없다고 해도 산지바는 막무가내였습니다. 누가 그런 말을 하더냐고 물으니 스스로 알아낸 것이라고만 했습니다. 그러면서 그 술법을 꼭 가르쳐 달라고 졸랐습니다.

"자네가 잘못 알고 있는 게야. 그런 술법이 어떻게 있을 수 있다는 거냐?"

"스승님은 항상 겸손하고 거짓 없이 살라고 하시면서 지금은 왜…."

생환술을 알고 있으면서 왜 그런 술법은 없다며 거짓말을 하느냐는 것이었습니다.

"그런 술법이 있어도 그것은 아무에게나 가르칠 수 없는 것이네."

"저는 아사리님의 제자로서 아사리님이 아시는 것은 다 배우고 싶습니다. 스승님은 알아도 되고 제자는 배우면 안 된다는 것이 어디에 있습니까?"

"그렇지만 생환술은 안 되네. 절대로 누구에게 말을 해서도 안 될 일이야."

"그 술법을 모르면 호기심으로 말을 하게 되지만 알면 숨길 수 있는 것이 사람의 마음입니다."

산지바는 그것을 가르쳐주지 않으면 금방 소문이라도 낼 것 같은 태도였습니다.

"생환술은 삶과 죽음을 다루는 문제이네. 아무나 할 수 있는 일이 아닐세."

"그 아무는 뱃속에서 타고나는 것이 아니잖습니까? 저는 그 아무에게서 벗어나고 싶습니다."

이렇게 오랜 실랑이 끝에 그 술법을 알더라도 절대로 써서도 안 되고 누구에게도 말하지 않겠다는 다짐을 받고 비밀리에 가르쳐 주기로 했습니다.

이렇게 해서 산지바는 기어이 죽은 목숨을 살릴 수 있는 신비한 술법을 배웠습니다.

그 술법을 알고 나니 누구에게든 자랑을 하고 싶어 견딜 수가 없었습니다.

"저기 말이야. 나는 너희들이 모르는 술법을 몰래 배웠다."

산지바는 친한 친구에게 절대 비밀로 해달라며 생환술을 말해버렸습니다. 혼자만 알고 있으면서 죽어도 다른 사람에게는 말하지 않겠다던 그 친구도 입이 근질거려서 다른 친구에게 절대비밀이라며 이야기해 버렸습니다. 발 없는 말이 천리를 간다는 속담이 있습니다. 얼마 안 되어 '절대 비밀…, 너만 알고…, 죽는 날까지 말하면 안 되는…' 이라는 조건이 붙은 이 이야기는 같이 공부하고 있는 모든 젊은이들이 빠짐없이 알게 되었습니다.

"야, 산지바! 같이 배우고 있는 친구 사이에 그럴 수가 있니?"

이 소문을 들은 젊은이들이 산지바를 둘러싸고 생환술에 대한 이야기를 직접 듣겠다고 했습니다. 산지바는 스승 아사리와의 약속을 생각하고 시치미를 뗐습니다.

"생환술이라니, 밑도 끝도 없이 그게 무슨 소리야?"

"우리는 다 알고 있어. 네 혼자 생환술인가, 환생술인가를 몰래 배웠다는 것을."

"누가 그런 말을 했는지는 모르지만 헛소문이야. 죽은 목숨을 어떻게 살린단 말이야?"

"네가 거짓말을 했는지 어떤지는 모르지만 우리는 소문의 진실을 알아야겠다."

"헛소문의 진실을 어떻게 밝히니?"

"너에게 들은 친구가 있으니, 술법을 당장 우리에게 보여라. 그렇지 않으면 우리가 스승님께 가서 직접 물어보겠다."

젊은이들은 산지바에게 진위를 따지며 윽박질렀습니다. 산지바는 이러지도 저러지도 못 했습니다. 자칫하면 스승인 아사리까지 곤란하게 될 것 같았습니다. 아직까지 그 술법을 자기도 직접 실행해보지 못했으니 한편으로는 이 기회에 그 술법을 써보고 싶기도 했습니다.

"좋다. 정 그렇다면 내가 술법을 보여주겠다. 나를 따라 오너라."

산지바는 젊은이들을 데리고 짐승들이 많은 숲속으로 갔습니다. 혹시나 숲속에 죽은 짐승이 있으면 살려보이겠다는 것이었습니다.

숲속에서 죽은 짐승을 찾던 한 젊은이가 마침 죽은 호랑이 한 마리를 발견했습니다.

"모두 이리로 와 봐. 호랑이가 죽어있다."

"잘 되었네. 내가 호랑이를 살려 볼 테니, 모두 잘 보라고."

"호랑이가 살아나면 우리가 위험하잖아?"

"모두 미리 피해야지."

젊은이들은 산지바에게 죽은 호랑이를 살려보라고 하고는 모두 나무 위로 올라갔습니다. 거기에서 호랑이를 살리는 것을 구경할 테니 어서 술법을 보이라고 했습니다.

산지바는 죽은 호랑이 곁으로 다가갔습니다. 호랑이를 향해서 합장을 하고는 알 수 없는 주문을 외었습니다. 나무 위에 올라간 젊은이들은 숨을 죽이고 바라보았지만 호랑이는 꼼짝도 하지 않았습니다. 보고 있던 젊은이들은 생환술 소문이 헛것인가 했습니다.

그 때였습니다. 산지바가

"어서 일어나라. 이놈의 호랑이야!"

하고 외쳤습니다. 그러자 호랑이는 눈을 번쩍 떴습니다. 앞발을 쭉 뻗으며 마치 깊은 잠에서 깨어나듯 기지개를 켰습니다. 산지바가 놀라서 뒤로 한 발 물러섰습니다. 호랑이가 벌떡 일어섰습니다. "어흥!" 하면서 산지바에게 달려들었습니다. 눈 깜짝할 사이에 산지바를 쓰러뜨렸습니다.

"어이쿠, 저런! 저걸 어떻게 해?"

"아이 무서워, 호랑이가 산지바를 죽였어."

나무 위에 있는 젊은이들은 모두 벌벌 떨기만 했습니다. 호랑이는 앞발로 산지바의 몸뚱이를 밟고 우뚝하게 서서 허리를 쭉 펴며 '어흥!' 더 크게 외쳤습니다. 그것은 승리의 함성이었습니다. 나무에 올라가 있는 젊은이들은 온몸이 얼어붙는 것 같았습니다.

호랑이가 나무 위를 쳐다보았습니다. 번쩍이는 눈에서 불이 철철 흐르는 것 같았습니다.

"호랑이가 우리를 쳐다보네. 어쩌면 좋아?"

"우리를 공격하려나 봐."

호랑이는 나무 밑으로 뛰어왔습니다. 나무 위의 젊은이들을 향해 으르렁거리며 껑충껑충 뛰었습니다. 젊은이들은 모두 나무둥치를 부둥켜안고 눈을 꼭 감았습니다. 무서워서 엉엉 우는 젊은이도 있었습니다. 겁에 질려 오줌을 싸기도 했습니다. 호랑이는 이 나무 저 나무를 쫓아다니며 나무 위의 젊은이들을 향해 마구 날뛰었습니다. 그러다가 픽 하고 쓰러졌습니다.

"어! 호랑이가 쓰러졌네. 제풀에 지쳤나 봐."

"꼼짝도 안 하네. 죽었나 봐."

젊은이들은 쓰러진 호랑이가 꼼짝도 하지 않는 것을 확인하고는 하나 둘 조심스럽게 나무에서 내려왔습니다. 호랑이에게로 다가갔습니다.

"모두들 멈추어라. 왜 이런 장난을 하느냐?"

스승님 아사리였습니다. 젊은이들이 숲으로 간 것을 뒤늦게 알고 뒤따라 왔던 것입니다. 그러나 이미 짐작했던 대로 재주를 자랑하던 산지바는 죽고 나무 위에 있는 젊은이들도 호랑이의 공격을 받고 있는 것을 보고 서둘러 호랑이에게 해주술(解呪術)을 걸었던 것입니다. 해주술이란 주술로 죽은 것을 살렸다가 다시 처음 죽었을 때로 돌려놓는 술법입니다. 산지바가 주술로 살려놓은 호랑이를 죽은 상태로 돌려주는 비법인 것입니다.

"스승님, 저희들이 잘못했습니다."

"산지바가 자랑하는 그 술법을 보고 싶어서 그랬습니다."

젊은이들은 모두 스승 아사리 앞에 무릎을 꿇고 엎드렸습니다.

아사리는 젊은이들에게 말했습니다.

"마음을 착하게 다스리지 못 하고, 계율을 깨뜨리면서 부끄러운 짓을 저지르면 화를 피할 수 없느니라. 산지바는 재주는 좋았지만 마음을 다스리지 못해서 화를 부른 것이니, 제대로 가르치지 못한 내 잘못이 크니라."

하면서 한 게송을 읊었습니다.

　　나쁜 술법을 자랑하고 교만하게 굴면
　　제가 살린 호랑이에게 물린 산지바처럼

마침내 스스로가 스스로를 죽이게 되니

항상 계율을 지키며 겸손하게 살지니라.

◑ 생각 키우기

젊은이들을 가르친 아사리는 전생의 부처님이고, 호랑이에게 물려죽은 산지바는
나쁜 사람을 친구로 삼아 부처님을 미워한 아사세왕이었습니다. 자기 재주를 자랑
하고 교만하게 굴면 그 죄를 스스로 자기가 받게 되지만, 나보다 이웃을 생각하고
겸손하게 살아가면 모든 사람이 좋아하고 내 자신이 복을 받게 된다는 것을 잊지 말
아야 하겠습니다.〈본생경 제150화 등활(等活)의 전생 이야기〉

불심 · 김종상(佛心 · 金鍾祥)
1935년 안동 서후면 대두서에서 나서 풍산 죽전에서 자랐다. 1958년《새
교실》지우문예에 소년소설『부처손』이 뽑히고, 1959년 민경친선 신춘
문예에 시『저녁어스름』,《새벗》에 동시《산골》이 입상했다. 1960년 서
울신문 신춘문예에 동시『산 위에서 보면』이 당선되고, 한국아동문학가
협회 회장, 한국동요동인회 회장, 국제펜 부이사장 등을 지냈으며 현재,
문학신문 주필, 한국문협과 국제펜, 한국현대시협의 고문으로 있다.

꾐에 빠진 왕자

김 종 영

옛날 범여왕이 바라나시에서 나라를 다스리고 있을 때 보살은 도마뱀으로 태어났습니다.

그는 건강하고 지혜롭게 잘 자라 결혼을 하여 많은 가족을 가지게 되었습니다.

그의 집안은 형제간에 우애도 돈독하고, 화기애애하여 나날이 번창하였습니다. 그러자 바라나시에 살던 모든 도마뱀 가족들은 그와 함께 살기 위해 모여 들었습니다.

"우리들의 왕이 되어 주십시오. 우리 종족이 더 행복하게 살고, 번창한 나라의 백성이 되도록 해 주십시오."

그는 마침내 많은 부족을 거느리고 왕이 되었습니다. 왕은 큰 동굴에 궁궐도 짓고, 평화롭게 살았습니다.

왕께는 많은 왕자가 있었는데, 그 중 착하고 호기심 많은 아들이 한 명 있었습니다. 그는 순진하고, 세상 물정을 몰라 남의 이야기를 잘 들었습니다. 점점 나이가 들자 동굴 밖 세상에 관심이 쏠리기 시작했습니다.

'저 동굴 밖 세상은 어떤 곳일까? 그 곳에는 나와 다른 어떤 친구들이 살고 있을 까?'

그는 햇살이 걸어오는 동굴 밖을 보고 늘 가슴을 태웠습니다. 그가 세상 밖을 나갈 수 있는 나이가 되자 무서움도 없이 며칠씩 여행을 하다 집으로 들어오곤 했습니다.

"어마마마, 세상은 신비로 가득 차 있어요. 그 속에는 슬픔도, 괴로움도 없고, 무서움도 악마도 없어요. 그저 아름답고, 향기로워요."

"그래. 왕자가 새 세상에 혼이 다 빠진가 보구나. 정말 저 세상은 낙원이지. 그러나 이 어미는 왕을 만나 가족을 꾸리며 사는 게 더 행복하구나. 낙원은 바로 이곳이라는 것을 뒤늦게 깨달았지. 너도 그걸 깨달을 때가 올 거야. 저 세상에는 괴로움도 슬픔도 많고, 나쁜 친구도 무서운 사람도 많단다. 늘 조심해야 한다."

"네, 왕비마마. 그렇지만 저는 제 식구보다 이웃 친구도 만나고 싶고, 전혀 알지 못하는 다른 나라 친구들도 만나고 싶어요."

"그래. 나도 젊었을 때는 그랬지. 그래도 늘 조심해야 한다."

아들은 매일 매일 밖으로 나가 숲을 산책하고, 이웃 동네도 놀러가고 했습니다.

그러던 어느 날 그에게 카멜레온 친구가 생겼습니다. 그 친구는 늘 겸손하고, 친절하고, 말도 재밌게 잘했습니다. 그와 함께 있으면 한 나절이 금방 지나갔습니다. 또 그는 수시로 자신의 옷을 예쁜 색으로 갈아입었습니다. 그 아들은 그게 너무 신기했고, 부러웠고, 아름다워 그를 무척 좋아하게 되었습니다. 카멜레온 친구도 왕의 아들을 좋아했습니다. 너무 멋지고, 순진했기 때문입니다.

그들은 너무나 서로 좋아하게 되어서 하루라도 안 보면 잠을 잘 수가 없게 되었습니다. 이 사실을 안 다른 친구 도마뱀이 왕께 말했습니다.

왕은 한동안 근심 띤 얼굴을 짓더니, 왕자를 불렀습니다.

"내 사랑하는 왕자야, 네가 요즈음 이웃 친구와 사귀고 있다고 들었다. 그게 사실이냐."

"네, 아바마마. 카멜레온 친구는 제 행복의 전부입니다. 그는 제 귀를 향기로 채워 주고, 제 눈을 황홀하게 꾸며 주고, 제 마음을 둥둥 구름에 타게 합니다. 그는 제가 원하는 뭐든 다 해 주는 착한 친구입니다. 널리 해량해 주십시오."

"그는 인간 됨됨이가 어떤지는 몰라도, 카멜레온 종족은 경계해야 한다. 그 종족의 조상은 간신 같아서 간에 붙었다 쓸개에 붙었다 한다. 또 제게 이익이 안 되면 배신하는 종족이다. 네게도 무슨 속셈이 있어 다가온 것이고, 네 환심을 사기 위해 간도 다 빼 주는 것이다. 그런 나쁜 피가 흐르는 종족과 친구로 오래 사귀어서는 안 된다. 그와 계속 사귀면 어느 날 큰 화를 면치 못할 것이다. 그로 인해 우리 종족도 큰 화를 입을 지도 모를 일이다."

"아바마마, 아바마마께서는 이 세상 만물은 다 선하게 태어났으며 모두가 친구처럼 정답게 살아가야 한다고 말씀하시지 않으셨습니까? 행복은 스스로 만들어가야 한다고 믿습니다. 늘 무서워하고, 모든 일에 두려움을 느낀다면, 이 세상은 더 나은 세상으로 변화할 수 없다고 믿습니다."

왕은 왕자의 총명함에 한편 기특하고 대견해 했지만, 먼 날 큰 재앙이 몰려올 것을 예감했습니다.

'모든 것을 선하게만 믿는 왕자 때문에 무서운 결과가 생기겠구나. 만일을 대비해 우리 종족이 피신할 길을 만들어 둬야겠구나.'

왕은 궁궐 뒤편으로 아무도 모르는 새 비밀 통로를 만들어 놨습니다.

카멜레온은 왕자를 더 즐겁게 해주기 위해 자기보다 몇 배 더 큰 친구를 제 등에 태우고 말처럼 달렸습니다. 그러나 그것도 하루 이틀이지 등뼈가 부러지듯 아프고, 온몸이 녹초가 되곤 했습니다. 그러나 카멜레온은 참았습니다.

"카멜레온 친구야, 힘들지 않니? 난 네가 불쌍해. 이 말놀이는 그만두겠어?"

"아니, 좀 힘들지만 참을 만 해. 네가 즐거워 환호성을 터트릴 때는 내 마음도 기뻐 하늘을 막 날 것 같거든."

"정말이야! 난 네가 애처로워 가슴이 조마조마하고, 속이 타서 하나도 안 즐거운데."

"아니야, 난 네 마음을 다 알아. 난 네 종이 되고 싶거든. 부자고, 행복한 나라의 왕자와 단짝 친구가 된 것만도 과분해."

"넌 진정한 나의 벗이구나. 사실 네게는 미안하고 죄스러웠지만, 가끔 짜릿짜릿한 통쾌함에 온몸에 전율이 일어. 그럼 매일 매일 나를 위해 봉사하겠니?"

"그럼 네 궁궐에 정식으로 초대받고 가서 살고 싶어?"

카멜레온은 왕의 아들을 태우고, 그의 온몸을 자신의 것으로 만들고, 자기 마음대로 조종하기 위해 기꺼이 말이 되었습니다. 몇 주가 지나자 왕자는 말 타기를 즐기지 않으면 잠이 오지 않았습니다.

"카멜레온 친구야, 이제 나는 말놀이를 하지 않으면 즐거운 일이 없어. 어쩌면 좋지? 네 몸이 자꾸 쇠약해지는 것 같아서."

"아니야, 괜찮아. 난 죽어도 네가 즐거우면 그만이야."

"그런 말이 어디 있어. 우린 함께 영원히 살아갈 친구인데……."

카멜레온 친구는 마음속으로 큰 소리로 외쳤습니다.

'이젠 됐구나. 때가 왔어. 내가 희생한 날을 보상 받을 날이 왔어.'

카멜레온은 사냥꾼과 짜고, 도마뱀 일족을 전멸시키려고 계획을 세웠습니다.

큰 비가 멎은 어느 더운 날, 날개가 달려 바깥세상으로 놀러갈 개미들을 잡아먹으러 도마뱀 가족들이 옆 동굴로 몰려갔습니다. 도마뱀 가족들은 굴속으로 들어가 맛있는 식사에 정신이 빠졌습니다. 이 광경을 목격한 카멜레온은 재빨리 사냥꾼에게 알렸습니다.

"도마뱀잡이 아저씨, 빨리 서두릅시오. 짚단과 개를 몰고 와서 당신들이 좋아하는 도마뱀을 모조리 사냥해 가십시오."

사냥꾼이 개를 데리고 왔습니다. 카멜레온은 사냥꾼을 데리고 도마뱀 궁궐과 먹이 사냥 동굴을 안내했습니다.

"이 동굴 양 입구에 짚단을 태우십시오. 연기에 견디지 못해 살려고 나오는 도마뱀을 막대기로 모조리 잡아, 그 시체가 산이 되게 하십시오. 그리고 도망가는 도마뱀은 개가 모두 잡아먹도록 이 주위를 철저히 지키게 하십시오."

사냥꾼이 양 동굴에 불을 붙이자 두 동굴 속은 연기로 가득 찼습니다. 비명을 지르며 달려 나오는 도마뱀 가족을 사냥꾼이 막대기를 후려쳐 잡았습니다. 도망가는 도마뱀은 개들이 다 물어 죽였습니다. 잠시 후 도마뱀 시체는 산을 이뤘고, 도마뱀 종족은 전멸했습니다.

'이제 후한을 다 씻어냈구나. 그들의 권세는 그냥 놔두면 우리 종족을 다 짓밟아 버릴 거야. 그들이 번창하고, 행복하게 사는 걸 보면 눈꼴이 사납거든.'

카멜레온은 나무 그늘에 숨어 그들의 최후를 흐뭇하게 지켜봤습니다.

왕은 왕족 몇 가족과 비밀 통로로 무사히 빠져나와 다음 게송을 읊었습니다.

"나쁜 사람과 사귀는 데서는
참 즐거움은 없다.
카멜레온과 둘도 없이 친했던 도마뱀처럼
그것은 자신에게 큰 재화를 불러온다."

◑ 생각 키우기
이 지구촌은 아름다움으로 가득 차 있습니다. 그러나 화산 폭발, 지진, 해일로 수많은 사람들이 죽어 가는 슬픔도 있답니다.

사람도 마찬가지입니다. 착한 사람이 있는가 하면, 나쁜 사람도 있습니다.

이 본생경에도 착하고, 호기심 많은 왕자가 등장합니다. 그는 친구를 너무 믿었기에 나중에는 자신의 종족을 멸종시키는 큰 화를 가져옵니다.

어린이 여러분의 교실에는 그런 나쁜 친구는 없겠지만, 친구를 사귈 때는 잘 보고 사귀어야 합니다. 자신을 나쁜 길로 끌고 가는 친구가 있다면, 지혜롭게 판단하여 사귐을 끊어야겠지요. 내게 즐거움을 준다고 다 좋은 친구가 아님을 잘 알아야겠습니다.〈본생경 제141화 도마뱀의 전생 이야기〉

해운 · 김종영(海雲 · 金鍾榮)

1947년 속초에서 태어나 자랐다. 1973년 조선일보 신춘문예 동시 '아침'으로 등단하여 아동문학을 전공하게 되었다. 2010년 2월 (41년) 초등학교 교장으로 정년퇴임하였다. 한정동아동문학상 외 다수 수상을 하였다. 동시집 8권, 동화집 2권을 펴냈다. 전국창작동요제에 110여곡 동요(작사)가 입상되었다.

불의 신을 믿은 사람

남 진 원

인도에 한 바라문의 아들이 태어났습니다. 그는 자라면서 가장 힘이 세고 믿음을 주는 신이 무엇인지 알고 싶어 했습니다. 그 신을 믿으면 범천세계에 태어날 것이라고 생각하였지오.

그는 나이 열여섯이 되자, 집을 떠나기로 하였습니다. 집에 살면서는 가장 믿음을 주는 신이 무엇이지 알 수 없었습니다.

그는 부모에게 작별 인사를 하고 집을 떠났습니다.

발길 닿는 대로 다녔습니다. 저녁이 되자 곧 어두워질 것 같았습니다. '빨리 잠잘 곳을 찾아보아야겠구나.' 이렇게 생각하니 마음이 급했습니다. 이리저리 살피며 돌아다녔습니다. 점점 어두워지기에 걸음을 빨리 했습니다. 멀리 쓰러져가는 집 한 채가 보였습니다. 그가 가까이 가서 보니 아무도 살지 않는 빈 집이었습니다. 그는 이곳에서 하룻밤을 지내기로 하였습니다.

날이 점점 어두워지자, 왈칵 무서움이 몰려들기 시작했습니다. 어디선가 흉악한 마귀가 나타날 것 같아 겁에 질리기도 했습니다. 이상한 소리가 들릴 때마다 몸을 떨었습니다.

그는 그때 알았습니다. 가장 믿음을 주는 신이 무엇인지 알았습니다. 밝음과 따뜻함을 주는 '불' 이라고 여겼습니다.

'그래, 이제 찾았어. 불의 신을 섬기면 되겠어!' 이렇게 생각하니 마음이 편안해졌습니다. 그는 내일 날이 밝으면 불을 가지고 산속으로 들어가기로 하였습니다. 그렇게 생각하니 잠이 스르르 찾아왔습니다.

눈을 뜨니 밝은 태양이 방싯거리며 웃고 있습니다.

"아아, 하늘에 있는 불의 신이시여!"

그는 태양을 향해 웃으며 손을 모으고 기도했습니다.

그는 마을에서 불을 가지고 산속으로 들어갔습니다. 그곳에서 생활할 초막을 열심히 지었습니다. 이웃에 사는 사람이 찾아와 무얼 하느냐고 물었습니다. 그는 웃으며 자신감에 차서 말했습니다.

"불의 신을 믿으며 지낼 집을 짓고 있습니다."

이웃 사람은 그 말에 고개를 갸웃거리다가 돌아갔습니다.

드디어 초막이 다 지어졌습니다. 초막 안에는 불을 피우는 곳을 만들어 놓았습니다.

초막 한쪽에는 불의 신이 모셔졌습니다. 그는 아침저녁으로 불 앞에서 절을 하며 불의 신을 섬겼습니다.

"밝음의 힘을 주시는 불의 신이시여! 따뜻함의 힘을 주시는 불의 신이시여! 당신의 크신 힘으로 온 누리가 밝게 빛납니다. 당신의 큰 빛으로 사람들은 추위를 잊을 수 있습니다. 도와주소서! 힘을 주소서!"

그는 모든 것이 불의 힘에 의해 지배되는 세상으로 느끼고 열심히 기도했습니다.

어느 날이었습니다. 그는 멀리 떨어져 사는 산 아래 마을에 초대를 받았습니다. 초대한 사람은 마을에 사는 부자인데, 초막을 지을 때 구경 왔던 사람이었습니다.

그는 산을 내려가 집에 들어서니 맛있는 냄새가 코를 간질였습니다. 집 주인은 우유에 버터와 미숫가루를 탄 젖죽을 내놓았습니다. 젖죽은 기름기가 강한 음식이었습니다. 먹어보니 기막히도록 맛있었습니다. 그는 젖죽을 더 얻어왔습니다. 그리고 초막에 와서 불의 신에게 공양을 하기로 하였습니다.

"불의 신이시여, 맛있는 음식을 드리오니 저의 뜻을 이루게 해 주세요!"

그는 말을 끝내자마자 젖죽을 불 속에 집어넣었습니다.

조용히 타오르던 불은 젖죽이 들어가자, 이내 성난 모습으로 변했습니다. 불길이 활활 치솟았습니다. 그도 그럴 것이, 젖죽은 기름덩어리였습니다. 불길은 끝내 초막에 번졌습니다. 힘들여 지은 초막이 불길에 싸였습니다. 그는 정신이 빠질 정도로 놀라서 허겁지겁 불길 속을 헤치고 나왔습니다.

"하마터면 죽을 뻔 했네!"

그리고는 몸을 부르르 무서움에 떨었습니다. 불이 좋은 줄만 알았는데 엄청 위험하고 나쁘다는 걸 알았습니다. 불을 신으로 여겨 잘 대해

주었는데 초막을 태우고 목숨까지 잃을 뻔 했습니다. 참으로 어리석은 짓을 하였다는 걸 알았습니다.

그는 이번의 일로 큰 깨우침을 얻었습니다. 그리고 시로 노래하였습니다.

불을 믿었던 일은 어리석은 일
나쁜 친구를 사귀는 것과 같은 것
이보다 더 나쁜 일은 이 세상에 없네.
불의 신에게 젖죽을 올리며 정성을 다해 믿음을 보였지만
오히려 돌아온 건 고생해 지은 초막을 불태우고
나를 위험으로 몰아넣은 것이라네.

그는 물을 길어 와서 불을 꺼버렸습니다. 잔불은 나뭇가지로 두드려 불을 죽인 후에 흙을 덮어 마무리를 하였습니다.

'이제는 설산으로 들어가서 수행을 하며 지내야겠구나.'

그는 발길을 히말라야의 설산으로 향했습니다.

그런데 이상한 모습을 발견했습니다. 한 마리의 암컷 영양이 눈에 띄었습니다. 영양은 사자와 호랑이 표범들의 얼굴을 핥아주고 있었습니다. 사자와 호랑이와 표범은 아주 편안한 모습을 하였습니다. 참 행복한 광경이었습니다.

그는 문득 마음에 떠오르는 것이 있어서 시로 노래하였습니다.

저 영양처럼 선한 사람과 친하게 지내는 것!

그 보다 더 좋은 일은 세상에 없구나

암영양의 따뜻한 사랑이

사자와 호랑이 표범에게 평화를 주었네.

이후 그는 산속 깊이 들어가 수행을 한 덕분에 높은 깨우침을 얻었습니다. 그리고 죽어서는 그가 원했던 범천 세계에 태어날 수 있는 몸이 되었습니다.

◐ 생각 키우기

바라문은 옛날 인도에서 가장 높은 계급입니다. 갑을 관계로 치면 항상 갑의 위치에 있는 사람들이었지요. 범천세계는 바라문들이 믿는 종교에서 가장 존중되었던 신이 사는 곳입니다.

바라문의 아들은 범천세계에 태어나고 싶었습니다. 그 방법은 불의 신을 믿는 것이라 여겼던 것이지요. 그러나 어느 날 맛있는 음식을 불의 신에게 대접하지만 집을 모두 태워버립니다. 불의 신을 믿는 것은 위험한 일이란 것을 알게 되었습니다. 그 일로 바라문의 아들은 불의 신을 믿지 않고 더 깊은 산속으로 들어가 수행을 합니다. 그곳에서 높은 깨달음을 얻습니다. 그 깨달음이란 '사랑'을 베푸는 것이었습니다. 이 동화에서는 우리의 어려운 이웃에게 사랑을 실천하는 것이 가장 아름답고 큰 힘이라는 것을 알려줍니다. 〈본생경 제162화 친교의 전생 이야기〉

이당 · 남진원(伊堂 · 南鎭源)

1977년 아동문예 추천을 받아 문단에 등단. 강원시조문학상, 이달의 작품상, 제22회 현대시조문학상, 32회 한국불교아동문학상 수상.
저서 동시집 『싸리울』 외 7권, 시집 『나비, 청산의 나비』 외 4권, 시조집 『내 인생 밭을 매면』 등이 있다.

아무도 모르게

도 희 주

　어느 마을에 이름난 스승이 있었습니다. 각지에서 몰려든 청년들이 오백 명이나 됐습니다. 그 중에서 우두머리 청년은 남달랐습니다. 이 청년은 작은 일에도 스승의 가르침에 어긋나지 않으려 했습니다.

　"자네는 요령도 없이 곧이곧대로 사는가?"

　"스승님의 가르침대로 해야지."

　"스승님이 자리에 없잖아."

　"스승님을 속여서는 안 돼."

　"저런, 맹꽁이 같이…"

　몇몇이 한심한 사람이라고 손가락질 했습니다.

　"이봐, 우두머리면 다야!"

　"한 치라도 스승에게 누가 돼서는 안 돼."

　"잘난 너나 그렇게 해."

　비난과 질책이 이어졌습니다. 오히려 그럴수록 스승의 가르침을 헤아리려 했습니다.

'스승님이라면 그렇게 했을까?'

'난 마음의 스승이 되어야 해.'

날마다 마음의 고삐를 다잡았습니다.

그 무렵 스승에게는 결혼할 나이가 된 딸이 있었습니다. 오백 명의 청년들 중에서는 사윗감으로 눈에 들어오는 청년이 한둘이 아니었습니다. 하지만 소중한 딸에게 걸맞은 사람을 고르고 싶었습니다.

어느 날, 청년들을 한자리에 불러 모았습니다.

"여러분, 이제 내 딸이 결혼할 나이가 되었어요. 그런데 준비된 살림살이가 없어 사정이 딱하게 되었어요."

"……"

청년들은 웅성거렸습니다.

"그래서 말인데… 살림살이가 될 만한 것들을 가져 오시오. 단 집안 사람들이 모르게 가져 오시오. 절대 알아선 안 됩니다."

"말도 안 돼. 모르게 가져오라면 훔쳐오라는 거잖아."

"스승님이 도둑질을 가르치네."

"어쨌든 난 스승님 딸과 결혼하고 싶어."

"집에 안 쓰는 거 슬쩍 하나 들고 오지 뭐."

수군덕거림이 번졌습니다. 몇은 어리둥절했습니다. 몇몇은 고개를 갸웃거리고 그동안 스승의 딸을 흠모했던 몇몇은 뭔가 기대하는 눈빛이었습니다.

스승은 흐트러짐 없이 말을 이었습니다.

"아무에게도 들키지 않고 가져온 물품은 받아 주지만, 들켜서 가져온 건 받지 않을 것이오.”

스승의 말이 끝나자마자 표정들이 여러 가지였습니다.

“당연히 쥐도 새도 모르게 들고 와야지.”

“뭐 어려운 일도 아니잖아.”

“스릴 있겠어!”

청년들은 히득거리며 나갔습니다.

시간이 지나자 하나 둘 모여들었습니다. 옷감을 가져 오기도 하고, 크기별로 그릇을 담아오기도 하고, 곡식을 짊어지고 오기도 했습니다. 가져온 물품엔 별의별 게 다 있었습니다.

스승은 훔쳐온 것들을 따로따로 두었습니다. 모두들 훔친 물품에 대해 가치를 매기기도 하고 무용담으로 너스레가 끝이 없었습니다. 하지만 우두머리 청년은 젓가락 하나 가져오지 않았습니다.

“미쳤군, 미쳤어!”

“스승의 말씀을 거역하다니!”

“이제말로 우리 눈앞에서 사라지겠군!”

“잘됐다, 잘됐어!”

아예 대놓고 야단과 호들갑이 들쑥날쑥했습니다.

스승은 한참만에 우두머리 청년에게 물었습니다.

“너는 왜 아무것도 가져오지 않았느냐?”

“저는 아무것도 가져올 수 없었습니다.”

“왜?”

“…스승님은 들킨 것은 받지 않는다고 하셨습니다. 그러나 저는 누구나 나쁜 일엔 비밀이 없다고 생각합니다.”

스승은 우두머리 청년의 말을 들으며 얼굴 가득 미소를 지었습니다.

"여보게, 우리 집에 재산이 없는 것이 아니네. 단지, 나는 품행이 반듯한 청년에게 내 딸을 주려고 여러분들을 시험해 본 것이네."

"예?"

"내 사위로는 자네가 적임자야."

나머지 청년들은 너나할 것 없이 맥없이 주저앉았습니다. 멍하니 하늘을 올려다보다가 땅이 꺼져라 한숨을 내쉬었습니다.

"너희들이 가져온 것은 다 너희들이 가져가라!"

"……"

주섬주섬 물건을 챙겼습니다. 누구도 말이 없었습니다. 서로 부대끼며 가져온 물품들을 챙기는 동안 먼지가 풀풀 날렸습니다.

우두머리 청년은 스승에게 큰 절을 올렸습니다. 머리끝부터 발끝까지 아름다이 단장한 신부와 늠름한 우두머리 청년의 결혼식 날 하늘엔 쌍무지개가 떴습니다.

◐ 생각 키우기

아무리 스승의 부탁이라도 옳지 않은 일은 따라서는 안 됩니다 . 스승은 많은 제자들의 됨됨이를 보려했던 것입니다 . 주위에서 직위가 높은 이의 부탁이라도 부정한 것은 단호하게 거절할 수 있는 용기가 필요하겠지요? 스승은 지혜 제일의 사리불이었고, 우두머리 청년은 부처님이었습니다.〈본생경 제305화 험덕(驗德)의 전생 이야기〉

연서지 · 도희주(蓮曙池 · 都僖主)
창원출생
2007 아동문예 등단
2016 국제신문 신춘문예 동화 〈굿샷!쭈글이〉 당선
동화집『퀵보드 탄 달팽이』

고통을 이기는 마음의 힘

민 금 순

옛날, 범여왕이 바라나시에서 나라를 다스리고 있을 때의 이야기입니다.

사위성에 사는 한 남자가 어떤 부유한 집에 태어나 가정생활을 하고 있는 동안 황달병에 걸렸습니다. 의사들도 병을 고칠 수 없었으므로 가족들 모두 그 남자의 병이 낫지 않아 깊은 슬픔에 싸여 있었습니다.

그 남자도 황달병으로 고통을 받으면서 '돈으로도 고칠 수 없는 병이 왜 나에게 왔단 말인가?' 라고 생각하며 심한 슬픔에 빠져 그 상황을 고통스러워하였습니다. 그리고 자신도 모르게 자신을 돌보는 가족들에게 화를 내기도 하였습니다. 그러면서 생각했습니다. '만일 내가 이 병에서 일어날 수 있다면 그 때는 출가하리라' 라고……

그러던 어느 날 스님 한 분이 그 마을로 시주를 나왔습니다. 남자는 그 스님의 평온한 모습을 보고 몹시 부러워하였습니다.

"스님께서는 어떻게 그렇게 평온한 얼굴로 살 수 있으십니까?"

남자는 그 스님에게 물었습니다. 그러자 스님께서도 이렇게 대답했습니다.

"사위성 남쪽에 있는 기원정사에 가서 부처님을 만나 물어보면 길이 있을 것입니다."

그리고 얼마 후, 그 남자는 스님이 말해 준 기원정사로 찾아가 부처님을 만났습니다.

"너는 어찌하여 그렇게 고통을 받고 있느냐?"

부처님이 남자에게 물었습니다.

"부처님, 저는 황달병을 앓고 있습니다."

"그러면 무엇을 걱정하느냐? 고치면 되지 않겠느냐?"

"여러 의사들에게 보였으나, 병을 고칠 수가 없어서 너무나도 고통스럽습니다."

"병이란 원래 마음에서 오는 것이란다. 지금부터 몸과 마음을 가다듬고 부지런히 수행을 하겠느냐?"

남자는 너무나 기뻐서 눈을 크게 뜨고 부처님을 바라보았습니다.

"황달병만 낫는다면 출가하여 부처님을 따르겠습니다."

그런데 뜻밖에도 기적이 일어났습니다. 남자가 부처님 말씀을 따라 몸과 마음을 다 바쳐 간절히 기원을 한 결과, 3일 만에 황달병이 말끔하게 나았습니다.

남자는 뛸 듯이 기뻤습니다. '어떻게 의사들도 고칠 수 없었던 병이 깨끗하게 나을 수 있을까?' 라고 생각했습니다. 몸이 건강해진 남자는 며칠 전까지만 해도 병에 시달리던 것이 믿기지 않았습니다. 밥을 먹으면 가슴이 답답해지고 체한 것처럼 소화가 잘 되지 않던 일들이 모두 거짓말 같았습니다.

병이 말끔하게 나은 후, 그 남자는 깊은 산속에 들어가 열심히 수행하며, 불경을 공부하였습니다. 그리하여 그는 선정(지혜를 얻고 성불하기 위하여 마음을 닦는 수행)과 신통(불교의 수행을 통하여 얻어지는 초인간적인 능력)을 닦아 즐거움을 맛보았습니다. 그러면서 '오랫동안 나는 이런 즐거움을 모르고 있었다' 고 생각하여 그 기쁨을 노래로 지어 불렀습니다.

1. 나 하나의 병에 걸리어
   몹시 앓아 괴로움을 받았다
   티끌 속에서 햇볕을 받는 꽃처럼
   이 몸은 어느새 다 시들어졌었네.

2. 온 몸에 가득한 일체의 물질
   즐거운 것조차 분별 못하는 사람
   불쾌한 것도 즐거운 듯 보이고
   더러운 것도 깨끗한 듯 보인다.

3. 부끄럽구나, 더러워진 이 몸뚱이
   싫고 더럽고 병드는 물건
   이렇게 게으름에 몸을 맡기면

좋은 세계에 나는 길이 막히리.

그 남자는 이렇게 갖가지 더럽고 항상 않는 성질인 몸과 마음을 다스리고, 몸보다는 마음을 깨끗하게 닦는 것을 목숨이 다할 때까지 지켰습니다. 그래서 불교의 중요한 가르침들을 하루도 빠짐없이 닦아 극락세계에 들어갈 몸이 되었고, 수행자가 수행하면서 얻는 첫 번째 단계인 예류과를 받았습니다. 예류과란, 고통의 원인인 번뇌를 없앰으로써 고통이 없는 성자의 길로 들어가기 시작하는 단계에 이른다는 뜻이라고 합니다.

◐ 생각 키우기
  작은 일에도 화를 내고, 자신의 마음에 들지 않는다고 다른 사람을 헤치는 일들이 많은 세상입니다. 마음에 들지 않고, 좋지 않은 일이 생겨도 슬퍼하거나 고통스럽게만 생각하지 말고, 바른 마음을 갖고 생활한다면 스스로 행복해질 것입니다. 또한, 남과 나를 사랑하는 아름다운 세상이 될 수 있을 것입니다.〈본생경 제293화 신체염리의 전생 이야기〉

선도향 · 민금순(善道香 · 閔禁順)
1968년 전남 화순군 도암면 천태리에서 출생. 문학춘추 시 등단(1998년), 문학세계 동시 등단(2001년)으로 시와 동시를 씀.
현재 전남여류문학회 부회장, 문학춘추작가회 이사, 전남문협 편집위원

코끼리, 집으로 돌아가다

박 선 영

숲속나라 사자왕은 걱정이 하나 있었습니다.

하나 뿐인 아들이 너무 버릇없이 자라고 있어 장차 나라를 다스릴 수 있을까 싶었습니다.

사자왕은 나라 전체에서 자신의 고민을 나누며 해결방안을 찾을 대상을 찾기 시작했습니다.

숲속나라에서는 육식자치부와 초식자치부로 나눠 육식동물들이 장난으로, 아니면 화풀이 대상으로 초식동물들을 죽이는 일을 막았습니다. 육식동물이 초식동물을 잡아먹기는 하지만 그래도 전처럼 초식동물이 숨도 제대로 쉬지 못하는 일은 없어졌습니다.

사자왕이 먼저 떠올린 건 늑대, 여우, 곰, 표범 등 육식동물이었습니다. 하지만 곧 그들의 폭력성을 자신의 어린 새끼가 배울까봐 걱정이 됐습니다. 그렇다고 초식동물들은 여리고 겁이 많아 나라를 통치할 지도자로서는 적합하지 않았습니다.

여러 날을 고민한 끝에 사자왕은 숲의 가장 끝에 사는 코끼리를 찾아갔습니다. 코끼리는 초식동물이지만 워낙 덩치가 커서 육식동물도 건드리지 못할 뿐더러 심성이 굳고 자립심이 강했습니다. 이런 코끼리의 성품 탓에 대대로 사자왕들은 그들을 두려워하면서 웬만하면 멀리하려 했습니다. 하지만 이번 사자왕은 자기 자신보다 자식에 대한 걱정, 자식이 다스려야 할 나라에 대한 걱정으로 코끼리를 찾은 것이었습니다.

코끼리의 집은 아주 단출한 살림이었습니다.

아버지 코끼리는 과묵했지만 사자왕은 그의 태도에서 생각이 깊다는 것을 느낄 수 있었습니다. 어머니 코끼리는 다정히 사자왕에게 대접할 만한 음식이 없어 미안하다고 말했습니다. 그들 사이에는 새끼 코끼리가 있었는데 사자왕을 보고 무서워하거나 부끄러워하지 않고, 어린 동물 특유의 순진함이 있으면서도 당당하게 행동했습니다.

사자왕은 위엄과 다정함을 적절히 갖춘 그들 가족에게 마음이 끌렸습니다. 숲속나라에서 흔히 볼 수 없는 모습이었습니다. 설사 초식동물이더라도 수컷들은 바깥에서는 자기보다 힘이 센 동물에 비굴했고 자기보다 약한 동물이거나 암컷 또는 어린새끼들에게는 상당히 권위적이었습니다. 그런데 코끼리 가족은 그렇지 않았습니다.

사자왕은 아버지 코끼리에게 자기의 고민을 이야기 했습니다.

"우리 아들은 장차 이 나라의 왕이 돼야 하는데 아직도 너무나 철이 없다오. 당신의 아이를 보니 우리 아이가 더욱 비교가 되는구료. 어떻게 하면 우리 아이를 당신 아들처럼 늠름하고 당당하게 키울 수 있겠소?"

아버지 코끼리는 한참 말이 없다가 조심스럽게 대답했습니다.

"혼자 자라다 보면 아무래도 그렇게 되겠지요. 제 경험을 말씀드린다면 저는 우리 아이를 다른 동물 새끼들과 어울리도록 합니다. 또 옆의 나라 코끼리들과도 교류하게 합니다. 많은 동물 속에서 어울리다보니 아이는 제가 덩치가 큰 만큼 다른 동물들을 위해 해야 할 일이나 배려에 대해 자연스레 배웠습니다. 왕께서도 그런 방법을 써보시면 어떨까요?"

사자왕은 참 좋은 생각이라는 데 동의했습니다. 하지만 현실적으로 아직 어린 왕자가 여러 동물들을 만나러 다니는 것은 불가능했습니다. 그리고 옆의 나라와는 지난 번 먹이문제로 다툰 후 그쪽 사자들과 사이가 아주 좋지 않아 교류 또한 불가능했습니다.

사자왕은 문득 좋은 생각이 들었습니다.

"댁의 아들을 왕자와 친구를 맺어주면 어떻겠소. 1년만 궁에 와서 우리 왕자와 같이 지내면 우리아이도 저렇게 훌륭하게 클 것 같소만…."

아버지 코끼리는 새끼를 불렀습니다.

"이제 너도 어느 정도 컸으니 스스로 결정해야 할 일이 생겼구나. 사자왕자에게 친구가 필요하다는데 네가 가보겠니? 간다면 궁에서 1년 동안 왕자와 지내야 한다. 만약 네가 싫다면 안 가도 된다."

새끼 코끼리는 눈을 반짝이며 물었습니다.

"왕자에게는 친구가 하나도 없나요?"

사자왕이 고개를 끄덕였습니다.

새끼 코끼리는 잠시 생각을 해보더니

"그럼 참 심심하겠네요. 제가 가서 친구를 해줄게요."
하고 대답했습니다.

그 길로 새끼 코끼리는 사자왕을 따라 왕궁에 들어갔습니다. 사자왕자는 제 아버지의 말을 들으며 친구가 생겼다는 것에는 상당히 기뻐했지만 그 친구가 저보다 덩치가 크다는 것이 맘에 들지 않았습니다. 그래서 공연히 툭 쳐보기도 하고 으르렁 하고 겁을 줘보기도 했습니다.

새끼 코끼리는 속으로 생각했습니다.

'저렇게 제멋대로인 동물은 처음 보겠네. 그래도 내가 친구를 해주겠다고 여기까지 왔으니까 좀 봐줘야겠다.'

사자왕자는 코끼리가 겁을 먹지도 않고 화를 내지도 않고 그냥 가만히 있는 걸 보고 이상했습니다. 그렇게 시간이 흘렀습니다.

사자왕자는 식사시간에 음식이 나오자 게걸스럽게 먹기 시작하더니 이것 조금, 저것 조금 먹고는 거의 다 남겼습니다. 반면에 코끼리는 자기에게로 나온 음식을 조용히, 탐하지 않고 먹었습니다. 음식은 조금도 남기지 않았습니다. 사자왕자는 그런 코끼리의 모습을 곁눈으로 훔쳐봤습니다.

식사가 끝나자 코끼리는 음식을 갖다 준 신하에게 공손히 말했습니다.

"제 음식이 좀 많습니다. 오늘 양의 반만 주시는 게 좋겠습니다."
"오늘 나온 걸 다 먹은 걸 보면 반만 먹어서는 배가 안 찰 텐데?"
신하의 말에 코끼리가 답했습니다.

"아닙니다. 음식을 남기지 말라는 아버지의 말씀대로 다 먹었을 뿐입니다. 저는 숲에 살면서 제가 양껏 먹으면 숲의 나뭇잎이 남아나지 않을 거라는 걸 배웠습니다. 제가 먹는 만큼 다른 초식동물들이 덜 먹어야 하니까 저희 가족은 먹는 것에 욕심 부리지 않기로 했습니다."

신하는 코끼리에게

"정말 훌륭한 부모를 뒀구나. 그리고 그것을 따르는 너 또한 대견하구나!"

하고 칭찬해줬습니다. 그 모습을 본 사자왕자는 티는 내지 않았지만 코끼리가 형처럼 느껴졌습니다.

다음날부터 사자왕자는 코끼리에게 다정하게 굴었습니다.

둘은 친한 친구사이가 됐습니다. 궁의 여기저기를 다니며 놀았고 선생님에게 같이 공부했습니다.

시간이 지나 코끼리는 점점 덩치가 커졌습니다. 육식동물들이 덩치가 커지면서 사나와지는 것을 봐온 사자왕자는 코끼리도 이제 폭력적으로 변할지 모른다는 약간의 두려움이 생겼습니다.

하지만 코끼리는 폭력적으로 변하기는커녕 더 느긋해졌습니다. 다만 전보다 사색에 잠기는 시간이 많아졌습니다. 그런 친구를 보면서 사자왕자는 코끼리가 자기 곁을 떠날까봐 걱정이 됐습니다.

약속한 1년이 다 되어가자 사자왕자의 걱정은 더 커졌습니다. 그래서 아버지인 사자왕에게 이런 고민을 털어놓았습니다. 실은 사자왕도 왕자만큼이나 그 일이 걱정이었습니다.

왕자는 예전보다 훨씬 차분해지고 어른스러워졌지만 그래도 코끼리가 왕자의 곁을 끝까지 지켜준다면 좋겠다는 생각에서였습니다. 그래서 사자왕은 코끼리를 불러들였습니다.

"네가 1년 동안 우리 왕자의 친구로 지내준 것이 참으로 고맙구나. 그 고마움을 갚으려 너를 초식자치부의 대표로 정하려고 한다. 너라면 초식자치부를 잘 다스리면서 왕자의 친구로서 이 나라 통치를 도울 거라고 생각한다."

사자왕의 제안에 코끼리는 조용히 고개를 가로저었습니다.

"저는 초식동물들을 다스릴 생각이 없습니다. 그들은 제 친구인데 누가 누굴 다스리겠습니까. 왕자가 친구인 저를 다스리지 못하듯이, 저도 제 친구들을 다스리지 못합니다. 그리고 이제부터는 제 살던 곳으로 돌아가 자유롭게 살겠습니다."

코끼리의 단호한 말에 왕도 더 이상 붙잡을 수 없었습니다.

사자왕자는 코끼리와 헤어지며 이렇게 말했습니다.

"친구여, 내 너를 알기 전에는 초식동물들을 무시하는 한편 나보다 강한 동물이 나올까봐 두려워했는데 이젠 아니다. 나보다 강한 동물도 나를 어쩌지 못하고 나보다 약한 동물도 실은 나에게 무시당할 이유가 없다는 걸 알았구나. 사랑하는 벗이여, 너는 이제 어떻게 자유롭게 살 것인가?"

코끼리가 말했습니다.

"나는 누구에게도 속박 받지 않기 위해 당분간 아무도 없는 곳에 가서 조용히 나에 대해 생각해보려 한다. 밤이면 별이 뜨는 것을 보고 아침이면 해가 뜨는 것을 지켜보려 한다."

그 말을 남기고 궁을 나가는 코끼리의 뒷모습을 사자왕자가 쳐다보았습니다. 그는 왕자로서의 본분을 지키려고 참아보았지만 결국 눈에 맺힌 눈물이 또르르 흐르고 말았습니다.

◑ 생각 키우기

세상에는 자기가 가진 것보다는 갖지 못한 것을 가지려 노력하는 이들이 많습니다. 그것을 욕심이라고 하지요. 하지만 부처님은 우리가 충분히 많은 것을 가졌다고 가르치셨습니다. 충분히 가졌다고 생각하는 사람은 남의 것을 탐내지 않고, 빼앗지 않습니다. 내가 가진 것에 만족하며, 만족하는 이에게는 행복이 찾아옵니다.

행복을 밖에서 찾지 마세요. 내가 세상에 태어난 것이 행복이고, 내 가족들과 친구, 선생님과 학교 등 모든 것이 다 행복의 조건입니다. 코끼리처럼 스스로가 만족하고 당당하다면 주변에서 친구가 되기 위해 모여들 겁니다. 〈본생경 제310화 사위하 대신의 전생 이야기〉

운문 · 박선영(雲門 · 朴鮮瀅)

2007년 불교신문 신춘문에 동화부문에 당선돼 등단했고 현재 인터넷 불교 언론 불교플러스의 취재부장이다. 《정말 멋져, 누가?(2007 올해의 불서10)》, 《물도깨비의 눈물》, 《석가모니는 왜 왕자의 자리를 버렸을까?(공저)(2010 올해의 불서 우수상)》, 《미운오리새끼들》, 《특별한 장승(공저)》 등의 책이 나왔다.

암라나무 밑의 교훈

박 정 숙

옛날 범여왕이 바라나시에서 나라를 다스리고 있을 때입니다. 그 당시 천타라족으로 태어난 한 청년은 가정을 이루고 행복하게 살고 있었습니다.

그러던 어느 날이었습니다.

"여보, 저… 부탁이 하나 있어요."

밖에서 돌아온 남편의 얼굴을 빤히 쳐다보며 아내는 잠시 말을 할 듯 할 듯하였습니다.

"뭔데 그래요, 어서 말을 해봐요."

아내의 부탁이라는 말에 남편은 주저하지 않았습니다. 어서 말을 해보라는 듯이 아내의 손을 꼬옥 잡아주기까지 했습니다.

"실은….

아내는 남편의 얼굴을 바라보면서도 쉽게 말이 나오지 않는 듯, 머뭇거렸습니다.

"아니, 무슨 일인데 그래요. 나한테 못할 말이 어디 있어요."

잡고 있던 아내의 손을 남편은 가볍게 흔들며 말을 해보라고 재촉을 했습니다.

"…저어… 갑자기 암라 열매가…먹고 싶어서…."

아내는 조심스럽게 하던 말도 마치지 못하고 남편의 눈치를 살폈습니다.

"뭐요? 암라 열매…?"

암라 열매라는 말에 남편의 얼굴이 갑자기 굳어지는 것이었습니다.

"네에…"

"여보, 지금 그 열매가 어디 있어요.…어떻게 하지."

아내의 간절한 눈빛에 남편은 당혹스러운 표정을 감추지 못했습니다. 그 자리에 굳어버린 듯 말없이 잠시 서있던 남편이 천천히 아내를 바라보며 입을 열었습니다.

"여보, 지금은 암라 열매가 없지 않아요.…그러니 다른 과일이라도 신맛이 나는 것을 갖다 주면 안 돼요?"

남편은 조심스럽게 말을 하면서도 아내의 얼굴에서 눈을 떼지 못했습니다.

"아녜요. 나도 지금 그 열매를 구할 수 없다는 것을 알면서도 왜 이렇게 암라 열매가 먹고 싶은지 모르겠어요. 그 열매만 먹으면 기운이 번쩍 나 살 것 같은데… 그것을 먹지 못하면 꼭 죽을 것만 같은 마음이 들어서요."

아내는 자기의 속내를 들킨 것 같아 고개를 숙인 채 발끝만 까딱거렸습니다. 눈물이 나오는 것을 억지로 참는 듯, 어깨까지 들먹거렸습니다. 남편은 암라 열매를 먹지 못하면 죽을 것만 같다는 이런 아내의 절절한 말에 가슴이 쩡하고 내려앉는 것 같았습니다.

"그래요. 우리 아기가 먹고 싶다고 하는데… 그럼 어디 한번 찾아봅시다, 어디 있겠지…."

남편은 아내의 어깨를 가볍게 다독여주고는 천천히 뒷동산으로 발걸음을 옮겼습니다. 머릿속엔 사랑하는 아내를 위해서 그렇게 먹고 싶어 하는 암라 열매를 꼭 구해와야겠다는 생각에 젖어 있었습니다.

맑은 햇살은 산 아래 마을을 환하게 비추어 주었습니다. 마주보이는 산등성이너머로는 하얀 뭉우리구름이 산 그림자를 남기고 있었습니다.

'후우! 어떻게 해야 암라나무 열매를 구할 수 있을까…?'

물끄러미 마을을 내려다보고 있던 남편은 긴 한숨을 내쉬었습니다. 임신 중인 아내가 간절하게 먹고 싶어 하던 말이 그대로 떠오르는 듯 머리를 감싸고 어쩔 줄 몰라 했습니다.

"하아, 하아!"

남편은 조그만 바위 위에 털썩 주저앉아 한숨만 내쉬었습니다. 아내의 부탁을 들어줄 수 없다는 마음이 더욱 힘들게 하였습니다. 남편은 눈을 감았다 떴다 하면서 골똘히 생각을 하였습니다.

'그래. 지금 없는 암라 열매를 어디서 구한단 말이냐. 있는 곳만 알면 어떤 수단을 써서라도 다 구해 주겠는데….'

깊은 생각에 젖어들수록 남편은 정신마저 멍해 왔습니다. 도저히 그 열매를 구할 방법이 떠오르지 않았습니다. 남편은 머리를 짜내듯 한참 애를 쓰고 있던 순간 눈앞을 스치는 한 생각에 숨이 콱 막혀오는 듯했습니다.

'맞아! 왕이 살고 있는 동산엔 암라나무 열매가 달려있다고 했지… 왜 내가 그 생각을 미처 못 했을까.'

무릎을 탁 치고 자리에서 벌떡 일어난 남편은 두 주먹을 불끈 쥐어보았습니다.

'그래. 밤에 몰래 가서 암라 열매를 따오면 되겠구나.'

아내가 먹고 싶다는 암라 열매가 있는 곳을 안 남편의 마음은 훨훨 날아갈 것만 같았습니다. 남편은 어서 밤이 오기만을 기다렸습니다.

그날 밤, 남편은 조심스럽게 왕이 살고 있는 동산으로 올라갔습니다.

'음, 마침 아무도 없어 다행이다.'

동산에 다른 사람이 없는 것을 안 남편은 얼른 암라나무 위로 뛰어올라가다시피 했습니다.

"휴우! 이젠 됐지."

나무 위로 올라온 남편은 무성한 이파리 속에 몸을 감추다시피 했습니다. 나무 아래를 내려다보아도 캄캄한 밤이라 보이는 것은 아무 것도 없었습니다. 나무 위를 올려다보니 암라 열매가 눈에 띄기 시작했습니다.

'정말 임금님이 계신 이곳은 암라 열매가 있구나. 어디 잘 익은 암라 열매를 찾아볼까.'

아무리 사방을 잘 살펴보아도 사람이 없는 것을 안 남편은 그제야 마음이 놓였습니다. 얼굴엔 아내에게 암라 열매를 갖다 줄 수 있다는 마음에 웃음꽃마저 피어올랐습니다. 남편은 손에 잡히는 열매 하나하나를 정신없이 더듬어 나갔습니다. 아주 잘 익은 맛있는 암라 열매를 아내에게 갖다 주기 위해 열심히 고르다 보니 날이 밝아오는 줄도 몰랐습니다.

'아니 벌써 날이 밝아왔잖아…'

남편은 순간적으로 정신이 번쩍 들어 동산을 두루 살펴보았지만, 마침 사람은 아무도 없었습니다.

'빨리 가야겠다.'

남편은 서둘러 나무에서 내려오려다 주춤했습니다.

'아냐, 지금 내가 가다가는 사람들에게 들킬 수 있어. 그러면 나를 도적이라고 붙잡을 테니 다시 밤이 되거든 가야겠다.'

남편은 얼른 나무 꼭대기로 다시 올라가 나뭇잎이 우거진 곳에 몸을 숨기자, 눈이 스르르 감기기까지 하였습니다.

많은 시간이 지난 후, 잠에서 깬 남편은 동산 한쪽에서 공부를 하고 있는 왕의 모습을 보고 기겁을 하였습니다.

'아니 저기 대왕님이 계신 거 아냐?'

그런데 왕은 나무 아래 높은 곳에 앉아 있고 선생님은 그 아래 낮은 곳에서 왕을 올려다보고 있었습니다. 그 광경을 숨어서 본 남편은 이상한 생각이 들었습니다. 선생님은 항상 높은 자리에서 학생들을 가르친다는 것을 알고 있었기 때문입니다.

'저 임금님은 실로 법을 모르고 있는 거 아냐. 어떻게 선생님보다 높

은 자리에 앉아서 공부를 하지.'

남편은 고개를 갸우뚱하며 그 광경을 자세히 살펴보았습니다.

'저 선생님도 법을 모르는 모양이네, 어떻게 저렇게 밑에서 공부를 가르치고 있다니… 그리고 보면 난 뭐야. 아내를 위한다고 내 목숨도 돌보지 않고 왕의 암라나무 열매를 따려고 여기 숨어들다니… 나도 너무 법을 모르는 거잖아.'

지금까지 자신의 행동에 깜짝 놀란 듯 남편은 천천히 나무에서 내려왔습니다. 그리고 늘어진 나뭇가지 하나를 붙들고 서서 왕을 올려다보며 말을 꺼내었습니다.

"대왕님, 저는 제 자신의 행동을 돌이킬 수 없음을 알고 있습니다. 그리고 대왕님은 어리석으셨으며, 저 선생님도 죽은 거나 마찬가지입니다."

"허허, 네가 지금 한 말이 무슨 뜻이냐?"

남편의 말을 가만히 듣고만 있던 왕은 그 까닭을 물었습니다. 그러나 남편은 머뭇거림 없이 자신의 느낌을 그대로 들려주었습니다.

"이것은 모두 천한 행위입니다. 대왕님이나 선생님 두 사람 다 함께 법을 모르는 것입니다. 법을 가르치고 배우는 이들, 그들은 모두 죽은 이들입니다. 모두 도리에 어긋나 있으니까요."

남편의 말을 듣고 있던 선생님이 얼른 그 말을 받았습니다.

"아사리의 깨끗한 밥에 고기를 곁들여 먹나니, 그러므로 나는 선인들의 의지하는 법을 의지하지 않는다."

선생님의 말이 끝나자마자 남편은 다시 말을 이었습니다.

"돌아다녀 보세요. 세상은 넓고 넓습니다. 다른 사람도 생물을 잡아 먹습니다. 선생님은 법을 어겨 단단한 돌로 만든 병을 깨듯이 그 법을 부디 깨트리지 마세요."

선생님을 바라보던 남편은 잠시 말을 멈췄다가 다시 이어나갔습니다.

"선생님이여, 명예를 얻고 재물을 얻는 데는 재앙이 있습니다. 그것은 지옥에 떨어지는 행동이지 법과 도리에 맞지 않는 행동이기 때문입니다."

남편이 하는 말 한 마디 한 마디가 쉼 없이 흘러나왔습니다.

그러자, 남편의 말을 듣고만 있던 왕은 그 말이 마음에 들었는지 조용히 물었습니다.

"그래, 너는 어떤 종족에 속하느냐?"

"네, 대왕님, 저는 천타라 종족입니다."

"그랬구나. 네가 만일 좋은 종족이었다면 나는 네게 왕위를 물려주었을 것이다. 그러므로 지금부터 나는 낮에만 왕이 될 것이니 밤에는 네가 왕이 되어 보거라."

왕은 자기 목에 걸었던 화환을 남편의 목에 걸어주고 성문지기로 삼았습니다.

"감사합니다. 대왕님. 열심히 해나가겠습니다."

아내를 위해 암라 열매를 따오려다가 성문지기가 된 남편은 너무 좋아 어쩔 줄을 몰라 했습니다. 왕에게 넙죽 절을 한 남편은 한동안 일어날 줄을 몰랐습니다.

성문지기가 목에 빨간 화환을 거는 것은 이때부터의 풍속이 되었습니다.

그 후, 왕은 암라나무 밑에서의 느낀 교훈처럼, 선생님을 존경하는 마음으로 자기보다 높은 자리에 앉게 하고, 자신은 선생님보다 낮은 자리에 앉아서 공부를 해나갔습니다.

그때의 그 천타라 종족의 남편이 지금의 부처님이셨습니다.

◐ 생각 키우기

우리가 함께 살아가는 사회는 아름다운 곳입니다. 서로가 사랑하고 감싸주는 마음들이 하나로 어우러져 행복하게 살아가고 있으니까요. 이런 모든 것의 힘은 서로가 잘 지켜나가자는 약속이 있기 때문입니다. 약속은 하나의 질서입니다. 이 질서를 잘 지켜나가는 것이 함께 살아가는 우리 모두의 바람이기도 합니다. 이 글에서처럼 질서를 지켜나가기 위한 찬타라 종족의 마음에 뜻하지 않은 행복도 찾아올 수 있음을 볼 수 있었습니다. 〈본생경 제309화 송장의 전생 이야기〉

보문심 · 박정숙(普門心 · 朴貞淑)
한국문인협회, 한국사진작가협회 회원
보건복지부장관상, 환경부장관상 수상
호원대 교수
저서 『서비스 경영론』, 『외식산업 경영론』, 『화훼산업 경영론』 등이 있다.

올리브나무로 태어난 부처님

박 춘 근

인도의 어느 마을 묘지 근처에 아름드리 올리브나무가 자라고 있었습니다.

이 나무는 나무의 정령이라고 믿어도 좋을 만치 키도 크고 가지도 넓게 뻗어 지나가는 사람들이나 짐승들이 쉬어갔습니다. 그리고 열매도 많이 열려 사람들은 이 나무 열매를 수확해서 기름도 짜고 간장에 졸여 반찬으로 먹으며 나무를 칭찬했습니다.

"이 올리브나무는 우리 마을에 없어서는 안 될 귀한 나무입니다."

"귀한 기름을 내주어서 우리가 튀김음식을 해 먹게 해 주고, 열매로 반찬을 만들어 먹을 수 있게 매년 선물을 주고 있습니다."

"하늘이 주신 선물입니다."

사람들의 칭찬을 듣다보니 올리브 나무도 자기가 하는 일이 복을 짓는 일이라 생각하고 더욱 뿌리를 깊이 내리고, 열매도 많이 맺게 해서

성 마을 사람들이 넉넉하게 따서 쓰도록 하였습니다.

하루는 험상궂고 살인마로 유명한 도둑이 마을로 찾아들었습니다.

도둑은 두려워하지 않고 마을의 유명한 재상의 집 담장을 허물고 비싼 보석과 돈을 훔쳤습니다.

"살인마가 왔다. 살인마가 재상의 집 담장을 허물고 재물을 훔치고 있다!"

"누가 저 도둑을 쫓아줄 수 있지?"

동네 사람들은 재상의 집을 도둑이 털고 있는 것을 알고 있었지만, 혹시 해코지나 당하지 않을까 두려워 문을 꼭 걸어 잠그고 어서 도둑이 이 마을을 떠나주길 기다리고 있었습니다. 마을의 덕 많은 원로도 그렇게 생각하고 있었습니다.

그런데 도둑은 훔친 물건을 어깨에 메고 천천히 원로의 집이 있는 언덕에 이르러 나무 밑에서 잠을 청했습니다. 도둑이라고 생각하기에는 너무 뻔뻔스러운 모습이었습니다. 그는 마을사람들이 자기를 쫓아온다고 해도 마을에서 존경받는 원로가 자기를 두려워해서 보호해줄 것이라고 생각했기 때문이었습니다.

"뭐라고 도둑이 우리 집 앞 언덕의 나무아래에서 자고 있단 말이냐?"

"예. 어르신, 도둑은 장로어른이 집에 계시느냐고까지 물었답니다."

"뭐, 내가 집안에 있느냐고? 그래서 뭐라고 했느냐?"

"장로어른이 알면 크게 노하실 것이니 어서 떠나라고 했지만 장로님이 자기를 보호해 줄 것이라며 빙글거리며 웃더랍니다."

"허허, 그 놈이 미쳤나? 내가 제 놈을 보호해 줄 것이라고 했다고? 허허, 자칫 내가 도둑놈이나 비호하며 마을사람들의 재물을 훔치며 사는 어른으로 알겠구나. 허 허, 이런 고약한 일이 있나?"

원로는 겁이 났지만 도둑을 어서 마을 밖으로 내보내야 한다는 생각에는 변함이 없었습니다. 하지만, 도둑질을 하다가 벌써 여러 명을 죽였다는 소문이 있어 자칫 나쁜 마음을 먹은 도둑이 자신을 해치지는 않을까 두렵기만 했습니다. 그래도 마을의 어른으로 가만히 있을 수가 없어 마구간에서 말을 한 마리 끌고 도둑이 쉬고 있는 언덕으로 올라갔습니다.

도둑은 인기척을 느끼고 날카로운 칼을 꺼내들고 원로를 겨누며 말했습니다.

"나는 당신의 집 재물을 훔친 적도 없거니와 당신의 논과 밭에 과일 하나라도 훔친 적이 없다. 나를 잡아 저 화살나무로 만든 꼬챙이에 꿰어 죽이거나 꼬챙이로 찔러 죽이는 죄를 묻는다면, 나는 당신을 이 자리에서 칼로 죽이고 달아날 것이다."

원로는 하인들을 물러서게 하고 도둑에게 말했습니다.

"나는 당신을 벌하거나 관가에 고발하여 벌을 주고 싶은 생각이 없다. 그대는 배고픔이나 생활이 곤궁해서 재물이 많은 집의 필요한 물건을 잠시 빌렸을 것이다. 당신은 본래 선하게 태어났으니 분명 앞으로 갚을 생각을 하고 있을 것이고, 여유가 생기면 갚을 것이라 믿는다."

도둑은 큰소리로 꾸짖을 것이라고 생각했다가 장로로부터 자신의 처지를 이해한다는 말을 듣고는 무릎을 꿇고 울며 말했습니다.

"아, 당신은 정말 말로 듣던 대로 현명한 선인이십니다."

마을 원로는 도둑의 손을 잡아 일으켜 세웠습니다. 그리고 말고삐를 손에 들려주었습니다.

"자, 어서 가시오, 내가 주는 이 말을 타고 왔던 길로 떠나시오. 소문을 듣고 관가에서 군사들을 이끌고 이 마을로 올 터이니 잠시도 지체하지 말고 어서 떠나시오. 나는 누구든 화살나무 꼬챙이에 찔려 고문을 받거나 고통 받는 사람들을 보고 싶지 않습니다."

도둑은 이 나라에서 나쁜 짓을 하다가 잡히는 사람은 누구든 화살나무 꼬챙이에 찔리는 벌을 받거나 몸이 꿰어 고통을 주는 벌을 주어 그동안 도둑이 없고 싸움이나 다툼이 없이 살고 있다는 것을 너무도 잘 알고 있었습니다.

"예. 은혜 감사합니다."

도둑은 마을 원로가 내어 준 말을 타고 그 자리를 떠났습니다. 올리브나무 숲 사이로 멀리멀리 사라져버렸습니다.

잠시 후, 말을 탄 군사들이 마을로 도둑의 발자국을 따라 찾아왔습니다. 군사들은 도둑이 존경받고 있는 마을 원로의 집 언덕위에 올리브나무 밑에까지 찾아왔습니다. 그들은 원로와 도둑이 그곳에서 만난 사실까지 발자국을 통해 알고 있었습니다.

"아, 원로님이 도둑을 벌주셨구나. 그리고 도둑을 용서하고 말을 주어 이 마을을 떠나게 하셨구나."

도둑을 잡으러 왔던 군사들은 고개를 끄덕이며 돌아서 가 버렸습니다.

군사들이 먼지바람을 일으키며 떠나자 올리브나무가 가지를 흔들며 화살나무에게 말했습니다.

"너 겁 먹은 아이들처럼 왜 그렇게 떨고 있니?"

화살나무가 휘파람소리를 내며 말했습니다.

"아, 다행이다. 난 그 도둑이 여기에서 잡혀서 내 가지를 잘라 꼬챙이를 만들고 몸을 꿰는 지지대를 만들까 가슴이 두 근 반 서 근 반 두려움에 떨었어. 그래서 도둑의 몸 위에 나뭇잎을 떨어트려서 깊은 잠이 들지 않게 하였지."

올리브나무가 말했습니다.

"너도 그 험상궂은 도둑이 두려워서 떨었던 거야?"

"도둑이 무서운 것이 아니라 내 몸이 상하게 될까봐 걱정을 했어."

"도둑이나 추장님을 걱정하거나 두려워한 것이 아니네?"

"내 몸이 상할까봐 걱정을 했다니까."

세월이 흘러 부처님이 제자들과 죽림정사에 머물고 있을 때였습니다.

하루는 으뜸제자인 목련스님이 부처님을 찾아와 왕사성 근처에서 어떤 도둑이 그 마을 재상의 집을 허물고 재물을 훔쳐가지고 달아나다가 자신이 수행하는 초막집에 이르러 하룻밤 재워줄 것을 청해 두려운 마음에 먹을 것을 주어 도망가게 했다는 말을 들려주었습니다. 부처님은 목련스님에게 이렇게 말씀하셨습니다.

"목련아, 두려워할 것을 두려워한 것은 그대뿐만이 아니라 옛날의 현인들도 그러했느니라."

하시며 올리브나무와 화살나무의 이야기를 들려주셨습니다.

부처님은 올리브와 화살나무의 전생이야기를 들려주시며 '그때의 화살나무는 사리불이며 올리브나무는 나였다'고 하시며 화살나무가 부르던 게송을 다시 외워 보이셨다.

두려워 할 것은 두려워하고
오지 않은 두려움은 막아야 한다.
지혜로운 사람은 두 세계를 볼 때
오지 않은 두려움을 먼저 보나니-.

◗ 생각 키우기
　이 설화는 본생경 제311화 '푸치만다나무의 전생 이야기' 중에 부처님이 목신으로 태어나 가르치던 시대의 우화를 정리한 것입니다.
　이 설화에서 부처님은 나무도 사람처럼 자기가 해침을 당할 때 두려움을 느끼고 보호하려 한다는 것입니다. 그리고 이 세상 우주만물이 모두 하나의 뿌리라는 천지동근(天地同根)의 마음을 일러주는 이야기입니다. 누구나 두려움은 가지고 있습니다. 그리고 두려움을 물리칠 수 있는 마음인 자신감과 더불어 함께 살기 위해서는 이해심을 가져야 한다는 것을 일깨워주는 설화입니다.〈본생경 제311화 푸치만다나무의 전생 이야기〉

도현 · 박춘근(道現 · 朴春根)
경북 경산 하양에서 태어남, 수필가, 동시인, 무궁화애호가
(사)한국문협 월간문학 편집위원, (사)한국무궁화연구회 고문
(사)한국종이접기협회 감사, 한국아동문학연구회 회원
수상 : 국화발전향상 및 무궁화애호운동공적 대통령 표창 외

못생긴 제자

박 춘 희

부처님이 계신 기원정사 문밖에는 각 지방에서 모여든 서른 명의 비구들이 있었습니다. 부처님을 만날 차례를 기다리는데, 키가 작고 얼굴도 못생긴 사미승(어린 남자 승려)이 그 문을 나왔습니다.

"얘, 넌 좀 이상하게 생겼구나."

한 비구가 사미승에게 말을 걸자, 다른 비구들은 웃음을 터뜨렸습니다. 비구들은 경쟁하듯 사미승 앞으로 다가갔습니다. 툭 불거진 이마를 만지거나, 옷자락을 움켜잡았습니다. 비뚤어진 코와 처진 귀를 잡아보는 비구들도 있었습니다. 사미승의 팔을 끌어당기며 팽이처럼 몸을 돌리기도 했습니다. 사미승은 비구들의 짓궂은 장난을 피하지 않았습니다. 그들의 손이 몸에 닿아도 싫은 표정 없이 잘 참았습니다.

얼마동안 사미승을 놀리던 비구들이 가사를 단정히 두르고 모두 안으로 들어갔습니다.

부처님께 절을 올린 다음, 어떤 비구가 여쭈었습니다.

"부처님, 라바나발제는 부처님의 제자 중에서 가장 설법을 잘 한다고 들었습니다. 그 존자는 어디에 계십니까?"

"비구들아, 그를 만나고 싶은가?"

"예, 만나고 싶습니다."

"이미 그를 만나지 않았느냐?"

"예?"

"문밖에서 괴롭혔던 그가 바로 라바나발제야."

"아이처럼 키가 작고 얼굴도 못생긴 그가 라바나발제 존자란 말씀입니까?"

비구들은 믿을 수 없다는 듯 고개를 가로저었습니다.

다른 비구가 여쭈었습니다.

"부처님의 제자 중에서도 가장 설법이 뛰어난 존자 아니십니까? 그런 분이 어찌 그리 못생기고 볼품없이 태어났단 말입니까?"

"전생에 지은 업보로다!"

"무슨 업보입니까?"

부처님은 길게 숨을 내쉬며 전생의 이야기를 시작했습니다.

"아득한 옛날 범여왕이 바라나시를 다스릴 때였지."

범여왕은 아주 고약한 성격을 가진 인물이었다고 합니다. '낡고 오래된 것'이면 무조건 싫다고 했습니다. 코끼리, 말, 소, 개 같은 짐승들이 나이를 먹으면서 늙고 쭈그러지는 것을 보려고 하지 않았습니다. 죄다 끌고 가서 들판에 버리라고 명령했습니다. 또 허리가 굽은 백발의 노인이나 병든 늙은이들을 보면 얼굴이 벌겋게 달아올랐습니다. 발길질 하는 시늉을 하며 당장 꺼지라고 명령했습니다. 늙은 부모를 모신 자식들은 어쩔 수 없이 성에서 멀리 떨어진 곳으로 이사를 갔습니다. 그러나 대부분의 늙은이들은 범여왕의 행패를 피할 수가 없었습니다.

범여왕은 짐승이나 사람은 물론 물건조차도 오래된 것이라면 싫어했습니다. 짐을 나르는 수레가 낡아서 삐거덕거려도 화를 냈습니다.

"저 낡은 수레를 어서 치우지 않고 뭣들 하느냐?"

범여왕의 그릇된 말과 행동을 바로 잡으려는 신하는 없었습니다. 존재하는 것은 목숨이 있든 없든 모두가 변한다는 사실을 차마 아뢰지 못했습니다. 벼슬에서 쫓겨날까봐 그저 명령에 따를 뿐이었습니다.

범여왕의 행패를 본받기라도 한 듯, 신하들도 백성을 함부로 대했습니다. 평화롭던 바라나시에는 웃음과 칭찬이 거의 사라졌습니다. 전에는 이웃이나 친척들이 서로 배려하고 도왔지만, 이제는 만나면 잘잘못을 따지며 싸우는 일이 잦았습니다.

사람들은 죽은 뒤에 그 업보대로 극락이나 지옥으로 갑니다. 그런데 극락왕생은 줄고, 지옥으로 떨어지는 숫자만 점점 늘었습니다.

하늘을 다스리는 보살, 즉 제석천은 진작부터 그 까닭을 알고 있었습니다. 범여왕의 행패를 더 이상 두고 볼 수가 없었습니다. 우유로 만든 타락죽 항아리 두 개를 준비했습니다. 두 마리 늙은 암소가 끄는 낡은 수레에 항아리를 실었습니다. 보살은 누더기 옷을 두르고 손수 수레를 몰았습니다.

한편 범여왕은 나라의 축제일을 맞아 빛나는 유리구슬과 온갖 색실로 장식한 코끼리를 타고 나타났습니다. 범여왕이 앉은 호화롭고 찬란한 코끼리와 그 행렬이 성문을 나섰습니다. 범여왕이 내려다보니 바로 앞에 낡은 수레 한 대가 멈춰 있었습니다. 누더기를 걸친 늙은이가 수레의 고삐를 잡고 있었습니다.

범여왕이 버럭 소리를 질렀습니다.

"여봐라, 저 낡은 수레를 내 눈 앞에서 빨리 치워라."

신하들은 어리둥절한 표정으로 주위를 두리번거렸습니다.

"서둘지 않고 뭣들 하느냐?"

"대왕마마, 수레가 어디 있다고 그러십니까?"

"아니, 이것들 봐라? 수레가 어디 있냐고? 두 마리 늙은 암소가 끄는 낡은 수레가 보이지 않는단 말이냐?"

"예? 저희 눈에는 아무것도 보이지 않습니다."

신하들은 물론, 축제를 구경 나온 백성들 눈에도 보이지 않았습니다. 보살은 낡은 수레가 범여왕의 눈에만 보이도록 위력을 발휘했던 것입니다.

보살은 수레를 단숨에 공중으로 몰아 범여왕의 머리 위에서 멈추게 했습니다. 타락죽 항아리를 하나씩 깨뜨렸습니다. 타락죽이 범여왕의 왕관 위로 쏟아지면서 얼굴, 어깨, 가슴으로 줄줄이 흘러내렸습니다. 범여왕이 어쩔 줄 몰라 허둥거릴 때, 보살은 허공에서 팔을 뻗었습니다. 보살의 손에는 법구인 금강저가 번쩍거렸습니다.

"어리석은 왕이여! 고운 꽃도 피었다가는 지고 시냇물도 흘러가면 그

뿐, 태어나면 누구나 늙고 병들어 죽음에 이르기 마련 아닌가! 하늘과 땅 사이에 그 무엇도 그대로 머물 수 없는 '제행무상' 을 어찌 모른단 말이냐? 늙은이를 괴롭히는 것은 미래의 자신을 해치는 일! 낳아서 길러 준 부모를 백성들이 섬기도록 가르치지는 못할망정 왕이 나서서 행패까지 부리다니 그 죄 값을 어찌할꼬? 백성들을 바르게 이끌지 못하고 지옥불의 고통에 허덕이게 한 그 죄 값을 또 어찌할꼬? 이후로도 나쁜 짓을 계속한다면 이 금강저로 그대의 머리를 쪼개고 말 것이야!"

범여왕은 보살의 준엄한 호통에 번뜩 정신을 차렸습니다. 코끼리 등에서 내려와 땅에 머리를 조아렸습니다.

"제석천이시여, 제 목숨을 걸고 맹세합니다. 하늘과 땅 사이에 그 무엇도 그대로 머물 수 없는 제행무상의 가르침을 명심하겠습니다. 노인을 공경하고, 낡은 것도 소중히 여기며 법도에 어긋나지 않게 살겠나이다."

보살은 고개를 끄덕이며, 인과응보를 일러주고 떠났습니다.

그 후로 범여왕은 늙은 백성은 물론, 병든 짐승이나 낡은 물건도 함부로 하지 않았습니다.

부처님은 비구들을 향해 전생과 현생을 이어서 설명했습니다.

"전생의 범여왕이 오늘날의 라바나발제일세.

비구들은 고개를 끄덕이며 합장했습니다.

"라바나발제의 지금 모습은 전생에 저지른 행동의 과보(인과응보)일세. 수많은 사람과 짐승과 물건에 고통을 안겼으니 마땅히 받아야 할 수모야. 작고 못생기고 볼품이 없는 모습으로 조롱과 놀림을 참고 살아야 하네."

"범여왕을 깨우쳐 주신 보살님, 하늘을 다스린 제석천은 누구입니까?"

한 비구가 다시 여쭙자,

"그 보살, 제석천은 전생의 나였느니라."

부처님의 말씀이 끝나자, 합장한 비구들은 입을 모아 염송했습니다.

"나무관세음보살, 나무관세음보살, 나무관세음보살."

　　◐ 생각 키우기
　'자신의 전생이 궁금하면 지금 사는 모습을 보라. 또 죽은 뒤의 세상이 궁금하다면 지금 어떻게 살고 있는지 스스로에 물어 보라' 라는 글을 본 적이 있어요.
　좋은 집에서, 잘 먹고, 잘 입고, 경쟁에서 이기고, 값진 물건을 많이 가지면 잘 사는 것일까요? 부처님의 지혜를 배우는 사람이라면 잘 사는 기준이 좀 다르겠지요? 자신의 말과 행동과 뜻을, 내 안의 부처님이 늘 지켜보신다고 생각해 보세요. 잘 사는 기준은 밖이 아니라, 내 안에 있으니까요.〈본생경 제202화 탐희의 전생 이야기〉

애락혜 · 박춘희(愛樂慧 · 朴春姬)
〈소년〉〈새교실〉 동화 추천 완료, 〈소년중앙〉 창간기념 동화최우수 당선.
한국아동문학상, 불교아동문학상 수상.
동화집 『달맞이꽃』, 『가슴에 뜨는 별』, 『점비와 우산할아버지』, 『들꽃을 닮은 아이』 등, 수필집 『모난 돌』이 있다.

저 반짝반짝이는 별을 보자

반 인 자

참새보다 작은 뱁새가 있습니다. 이 뱁새가 커다란 황새를 따라 가려 흉내를 내면 가랑이가 찢어진다는 말도 있어요. 너무 차이가 크면 균형이 깨져 무너진다는 뜻입니다.

하늘에서 사는 게 있고, 물에서 사는 게 있고, 땅에서 사는 게 있지요. 몸의 구조나 생김새가 세상에 나올 때부터 각기 다르거든요.

새들은 날개로 하늘을 날며 살아가고, 두더지는 땅속을 기어 다니며 살고, 짐승은 두 발 또는 네 발로 걷거나 뛰면서 살아갑니다.

사람도 날개를 달고 날아다니며 살고 싶었나 봐요. 그래서 비행기를 만들었을 것입니다. 창공을 쌩쌩 날며, 엄청 빠르기도 하잖아요.

하느님은 에덴동산을 만들어 사과나무도 심고 꽃도 가꾸셨으니 훌륭한 건축가이셨나 봐요. 그런데 부처님은 처음에 동화작가셨나 싶어요. 불교의 본생경이란 경전에는 재미있는 이야기가 참 많거든요. 그

중에 하나.

옛날 범여왕이 바라나시에서 나라를 다스리고 있을 때입니다.

보살은 히말라야의 눈이 쌓인 산 아래 지방에 사는 물까마귀로 태어났습니다. 작은 호수 가까이 살고 있었다고 해요. 그 이름은 비라카.

그때, 가시국에는 비가 오지 않아 흉년이 들었습니다. 사람들은 물론 짐승들까지 먹을 게 없었다고 해요. 까마귀들도 흉년든 그 나라를 떠나 모두 깊은 숲속으로 들어갔거든요. 사빗타카라는 까마귀 한 마리도 암까마귀와 함께 비라카가 사는 호수 가까이 가서 집을 짓고 살았습니다. 배가 너무 고파 힘이 하나도 없던 어느 날, 그 호수에서 먹이를 찾고 있던 그는 비라카가 호수에 들어가는 걸 눈여겨보았습니다. 빠르게 고기를 잡아먹고는 햇볕에 한가하게 몸을 말리고 있는 것을 보았지요.

"저 비라카가 너무 부럽구나!"

까마귀도 물속에 들어가려니 겁이 벌컥 났습니다. 한 번도 물속에 들어가 본 일이 없었거든요. 물론 수영도 전혀 할 줄 모르지요.

'저 물까마귀를 따르면 고기를 먹을 수 있을까?'

그 후, 그는 물까마귀를 극진히 섬기게 되었습니다. 물까마귀는 고기를 잡아먹고 나면, 다른 고기를 잡아 까마귀에게 갖다 주었지요. 그 까마귀는 제가 먹을 만큼만 먹고, 나머지는 암컷에게 주었습니다. 그 뒤로 까마귀는 받아먹을 때마다 미안해지기 시작했습니다. 그리고 차츰 게을러지는 걸 느꼈어요. 얻어먹는 것도 하루 이틀이지 부끄럽기도 하고 창피해서요. 내 손과 발이 있는 데…….

'저 물까마귀도 검다. 눈이나 부리나 발이나 다 나와 다를 것이 하나

도 없어. 지금부터는 저 비라카에게 먹이를 얻어먹을 필요가 없다. 내가 직접 잡아먹기로 하자.'

까마귀는 비라카 곁으로 가서 공손히 말을 했습니다.

"지금부터는 제가 직접 호수에 들어가 고기를 잡아먹겠습니다."

"안 돼. 그대는 물속에 들어가 고기를 잡을 수 있는 짐승으로 태어나지 않았어. 스스로 파멸에 빠져서는 안 돼. 공작처럼 고운 빛깔의 아름다운 몸매와 목소리를 가졌을 뿐. 그대는 뭍에서 살고, 나는 이름이 물에서 살기에 물까마귀란다. 물총새, 물병아리, 물까치, 물잠자리 등은 물에서 살기에 붙여진 이름이야. 곧 비가 오고 풍년이 들면 벌레나 개구리를 잡아먹도록 해. 좀 기다려 보자."

물까마귀는 까마귀를 한사코 말렸습니다.

까마귀는 비라카의 말을 귓등으로 듣고 말았어요. 그러고는 호수에 내려가 그만 물속에 들어갔지요. 한참을 허우적대다 물풀에 걸리고 말았습니다. 결국 나오지 못하고 꽁지 끝만 살짝 보이다가 숨을 쉴 수 없었어요. 끝내 물속에서 죽고 말았지요.

아내는 그가 온 종일 보이지 않으므로, 그 사정을 알아보기 위해 비라카에게 갔습니다.

"보십시오. 사빗타카가 보이지 않습니다. 어디 갔습니까?"

하며 이런 게송으로 물었어요.

"아름다운 음성을 가진 나의 남편
자상하고 항상 멋있는 나의 주인
친절한 사빗타카를 보지 못 했나요."

아내 역시 아름다운 음성이지만, 슬픔을 감추지 못하고 물었지요.

이 말을 듣고 비라카는

"당신 남편의 간곳은 알고 있지요."

그 또한 슬픈 음성으로 말을 했지요.

"항상 물고기를 잡아먹는 새

육지에서 벌레를 잡아먹는 새

각기 달라서 한사코 말렸지만

고집을 부려 물속에 들어가더니

숨 쉬지 못해 결국 죽고 말았네."

이 게송을 듣고 암까마귀는 슬피 울다가 고향인 바라나시로 돌아갔습니다.

그 후, 얼마 지나지 않아 암까마귀는 세 개의 알을 낳았지요. 15일 동안 정성껏 품고 있었거든요. 그런데 딱 한 마리만 부화되었습니다. 아빠를 쏙 빼어 닮은 귀여운 아기 까마귀가 태어난 것입니다. 엄마는 애지중지 키웠지요.

가시국에도 비가 오고 차츰 먹을 게 많아졌습니다.

별이 총총히 반짝이는 어느 날,

"엄마, 밤이면 무수한 별이 반짝이는 저 신비한 하늘을 바라봐요. 바라볼수록 알 수 없는 동경과 그리움이 느껴져요. 어딘가에 나와 닮은 친구가 꼭 있을 것 같은. 서로 알고 지내자고 무언가 신호를 보내고 있는 것 같지 않아요? 이런 아름다운 꿈을 꾸고, 상상에 날개를 달면서 튼실하게 자라고 싶어요."

"많이 컸구나. 그런 생각을 하다니……."

엄마는 아기 까마귀를 꼭 껴안아 주었어요.

"그런데, 아빠는 어디 가셨나요? 많이 보고 싶어요."

"응, 그건."

엄마는 한참을 망설였지요. 그러다 사실대로 이야기를 털어놓았습니다. 눈을 껌뻑껌뻑이며 엄마 말에 귀를 기울이던 아기 까마귀, 안타깝고 슬픈 마음으로 고개만 서서히 끄떡였지요.

"우리는 누구라도 좋은 점도 있지만, 반면 허물도 있다. 아빠가 너무 지나친 욕심을 부리지 않았나 싶어. 하지만, 가족을 지키려는 마음만은 소중히 간직하자. 꿈은 크게 가질수록 좋지만, 우리는 제 분수를 알고 지키면서 살아가면 좋겠어."

"제일 큰 저 별이 아빠별일 꺼야!"

"맞아. 우리를 지켜준다는 믿음을 굳게 갖고. 힘들면 저 반짝반짝 하는 별을 보자."

아기 까마귀는 초롱초롱한 눈으로 별을 보며 고개를 끄떡 끄떡이었어요.

엄마 까마귀는 속으로 이런 생각을 해 봅니다.

'잘못이나 실수를 깨닫고 그 허물을 조금씩 줄이기 위해. 또는 어제보다 나은 오늘을 만들기 위해. 그래서 지금 지구라는 초록별에 사는 게 아닌지 몰라.'

❶ 생각 키우기

아이가 자랄 때다, 5천 원짜리 옷을 입혀 놀이터에서 놀다 더럽혀졌을 때, 5천 원만큼만 야단치라고 합니다. 5만 원짜리 옷을 입혀 옷이 더럽혀 졌을 때, 5만 원어치 야단을 치지 말라고 합니다. 아이들은 땀을 흡수하고 조금 넉넉한 편한 옷이 가장 좋습니다.

우리는 유명한 상표의 옷이나 가방 또는 운동화를 좋아합니다.

그런 상표로 치장하지 않아도, 우리 어린이는 누구라도 명품입니다. 즉 무엇이든 될 수 있는 가능성을 듬뿍 가졌습니다. 희망을 현실로 이루어내는 능력을 얼마든지 키울 수 있습니다. 실수나 잘못은 인정하고 반성하면 얼굴이 환하고 빛이 납니다. 약속도 잘 지키고 제 일을 알아서 척척 해 내는 어린이. 그 재능을 꾸준히 가꾸고 우정도 가꾸면, 자신이 스스로 최고의 명품이 될 수 있습니다. 〈본생경 제204화 비라카 까마귀의 전생 이야기〉

연화심 · 반인자(蓮華心 · 潘仁子)
월간문학 동시 신인상. 평화신문 신춘문예 동화 당선. 대전일보 신춘문예 동화 당선. 색동회 동화구연가. 재능 시 낭송가. 한국아동문학 창작상. 성호 문학상. 한국 동시문학회 회원
수필집 『아침 무지개』, 동화집 『상처 입은 토끼의 꿈』, 『송화네 통통통 통통배』

똥벌레의 최후

백 두 현

아주 옛날에 '앙카' 와 '마갈타' 라는 두 나라가 있었습니다.

이웃하고 있는 두 나라 사람들은 사이가 좋았습니다. 서로 남는 것은 나눠주고 부족한 것은 얻어가며 자유롭게 살았습니다.

그런데 두 나라를 각자 오가려면 거리가 좀 멀었습니다. 꼬박 이틀이 걸리는 거리였습니다. 때문에 두 나라 사이의 국경에는 쉬어가는 사람들이 많았습니다.

집들도 대부분 하룻밤을 잘 수 있는 여관들이었습니다.

사람들은 그곳에서 쉬어가면서 밤마다 술과 고기를 즐겼습니다.

하루가 지나고……

이틀이 지나고……

갈수록 쉬어가는 사람들로 떠들썩했습니다.

그런데 그곳을 거쳐 가는 사람들이 많아질수록 문제가 생겼습니다.

사람들이 배설한 똥이 산처럼 쌓여간 것입니다.

음식을 먹은 후 배설하는 똥은 원래 농작물을 무럭무럭 키우는 거름으로 쓰여야 합니다.

그러나 그 마을에는 농부들이 살지 않았습니다.

이웃나라에 오가는 사람들만 붐볐기 때문에 똥을 필요로 하는 사람이 없었습니다.

그래서 자고 일어나면 똥 무더기는 점점 더 커져만 갔습니다.

정말로 커다란 고민거리가 아닐 수 없었습니다.

모두가 똥을 치우기는커녕 피해 다니기만 했습니다.

그런데 그 똥 무더기를 모두가 피한 것은 아닙니다.

거기에는 아주 뻔뻔스러운 똥벌레 한 마리가 살았습니다.

원래 똥벌레가 그의 이름은 아니었습니다.

똥을 먹고 살아서 똥벌레도 아니었습니다.

그곳에서 그는 사람들이 먹다 버린 음식을 주워 먹고 살았습니다.

그리고 실컷 먹고 배가 부르면 말랑말랑한 똥 무더기 위에 올라가 누워서 놀았습니다.

스스로 원해서 하는 짓이니 뭐랄 일은 아니었지만 문제는 그곳에 누워서 지나가는 사람들에게 시비를 거는 것이었습니다.

자신은 몸이 가벼워 올라가 누울 수 있었지만 다른 사람들은 올라오면 똥 무더기에 빠지기 때문에 마음 놓고 무례한 말을 지껄였던 것이지요.

그래서 모두가 얄미운 그를 똥벌레라고 불러주게 되었습니다.

그러던 어느 날 똥벌레가 누워 있는 똥 무더기 위로 커다란 코끼리 한 마리가 지나가게 되었습니다.

다들 피하는 곳이었지만 갈 길이 바쁜 코끼리가 어쩔 수 없이 지나가려고 했던 것입니다.

그러나 코끼리의 몸무게가 너무 무거워 똥 무더기를 밟을 적마다 발이 푹 똥에 빠졌습니다.

그때마다 똥냄새가 사방에 진동을 했습니다.

도저히 냄새를 견디기 힘들었던 코끼리는 포기하고 말았습니다.

다시 먼 길로 돌아가기로 한 것입니다.

그것을 지켜보던 거만하고 뻔뻔스러운 똥벌레가 가만히 있을 리 없었지요.

"하하하" 큰 소리로 코끼리에게 손가락질을 하면서 겁쟁이라고 비웃었습니다.

"덩치만 큰 코끼리야!"

"내가 그렇게 무서운가!"

멀어져 가는 코끼리를 향해 소리치며 약 올렸습니다.

"이 멍청한 놈아, 덤벼보렴!"

"코는 크면 다냐!"

하고 계속해서 소리쳤습니다.

그리고 지나가는 사람들에게 자신이 코끼리를 물리쳤다고 자랑했습니다.

갈 길이 바쁜 코끼리는 기가 막혔습니다.

그래서 가던 길을 멈추고 되돌아왔습니다.

"어리석은 녀석, 내가 너를 죽여주마!"

"그래? 나를 죽이려면 네 발에 똥이 가득 묻을 텐데?"

"천만에! 나는 너를 발로 밟아 죽이지 않을 거야."

"그럼? 코로 죽이실 텐가?"

"아니, 코로 말아 죽이지도 않을 거야."

"하하! 좋으실 대로 하시지."

"당해봐라!"

코끼리는 똥 무더기 위에 커다란 엉덩이를 들이댔습니다.

그리고 똥을 싸기 시작했습니다.

"더러운 놈이니 더러운 것으로 죽여야지."

"뿌지지직!"

순식간에 엄청난 코끼리의 똥이 똥벌레를 덮쳤습니다.

똥 무더기 위에 가뿐히 누워있던 똥벌레는 갑자기 쏟아지는 똥벼락에 묻히게 되었습니다.

"으아아악!"

몸이 가벼워 똥 위에서는 자유롭던 똥벌레였지만 똥 밑에 깔리게 되자 별 수 없었습니다.

갑자기 사방이 조용해졌습니다.

더 이상 뻔뻔한 똥벌레 소리를 아무도 들을 수 없었습니다.

똥 무더기 위에서 똥보다 더 더러운 말을 일삼았던 똥벌레는 끝내 자신도 똥이 되고 말았습니다.

이 이야기는 똥벌레의 전생 이야기로서 똥을 이용해 사람들을 괴롭힌 벌레가 결국은 스스로가 똥으로 응징 받는다는 내용입니다. 자신의 특수한 상황을 악용하여 사람들을 배려하지 못하고 뻔뻔스럽게 살지 말라는 교훈을 주고 있습니다.〈본생경 제227화 똥벌레의 전생 이야기〉

석교 · 백두현(石橋 · 白斗鉉)
충북 제천에 살면서 동시와 수필을 쓰고 있다. 저서로 수필집 『삼백리 성뭇길』이 있으며, 중봉조헌문학상과 불교아동문학작가상을 수상했다.

도망친 여행자의 전생

한 여행자가 염부제 곳곳을 돌아다니며 자신과 변론할 이를 찾고 있었어요.

"나를 좀 봐 주시오. 누구든 나를 상대로 변론해 준다면 억만금이라도 내겠소."

그가 며칠 동안 변론할 상대를 찾기 위해 온 염부제를 돌아다녔지만, 아무도 나서는 이가 없었습니다.

"비슷한 수준의 사람 천 명이 나선들 무슨 소용일까?"

"그, 그게 무슨 말이오?"

한 노인의 말에 여행자가 눈을 부릅뜨며 물었습니다.

"멀지않은 곳에 지덕이 높으신 분이 계시답니다. 염부제의 어떤 이라도 그분의 변론 앞에서는 입도 한번 못 벌리고 말 것이오."

"대체 그게 누구요?"

"쯧쯧쯔! 생각 짧은 속인이 부처님의 법을 알 리 없지……"

노인은 고개를 돌린 채 혼잣말처럼 중얼거렸어요.

"그분은 기원정사에 계시다네. 행여 지식과 말솜씨를 겸비한 이가 오더라도, 부처님 발치에만 오면 파도에 모래알이 쓸려가듯 형체 없이 사라지고 마는 것을!"

"흐음……!"

여행자는 노인이 그토록 칭송하는 이를 한번 만나보고 싶어졌습니다.

"내 기필코 변론으로 대적하리라!"

여행자는 구경삼아 모여든 이들에 둘러싸여 의기양양하게 기원정사를 향해 갔습니다.

"오호, 이곳이 사문 구담이 사는 궁전이란 말이오?"

당당하던 그는 궁전 앞에서 발걸음을 멈추고 움직일 줄 몰랐어요. 애초에 7천만금의 거액을 들여 만든 기원정사는 출입문부터 대단히 으리으리했습니다.

"입구를 보고 그리 놀란다면, 궁 안이 어떨지 상상도 못하겠군!"

여행자는 웅장하고 화려한 기원정사 앞에서 기가 죽고 말았어요.

"나, 난…… 그냥 돌아가리다."

그 안에 사는 사문과 변론으로 대적할 자신이 없어진 여행자는 얼굴을 붉힌 채 달아났습니다.

사람들은 그런 사실을 부처님께 아뢰었어요.

"여행자가 처음의 건방진 용기는 어디 가고 꼬리가 빠지게 달아났답니다."

"허허! 그가 허세를 부리며 내 집 문 앞까지 왔다 달아난 것은, 지금만이 아니니라. 전생에도 그러했거늘."

부처님은 모인 이들에게 그 여행자의 전생에 대해 설법하셨습니다.

"옛날, 건타라국의 득차시라에서는 보살이 왕이었고, 바라나시에서는 범여가 왕이었느니라. 범여는 득차시라를 빼앗고자 군사를 이끌고 나갔지."

코끼리와 말과 수레와 보병까지, 모두 전쟁터로 내보내면서 그의 욕심은 물불 안 가리고 번져나갔지……"

부처님의 설법은 게송으로 이어졌습니다.

구름같이 뛰어난 코끼리
화환같이 뛰어난 말에 의해
물결은 달리는 수레와
커다란 빗살 같은 화살에 의해
거세게 칼을 휘두르며
또 용감한 무사에 의해
이제 득차시라는 사방이 포위되었도다

달려라, 빨리빨리

일어서라, 어서어서

저 큰 이빨 가진 코끼리와 함께

온갖 소리로 함성을 질러라

오늘은 굉장한 소리를 내는

저 하늘 비구름 속 번개처럼

지체 없이 성을 포위하라

마침내 범여는 군사들을 이끌고 성문까지 이르렀답니다. 그러나 거대한 성문의 위엄에 기가 눌린 범여왕은 잠시 망설였지요.

"으으! 이곳에 온 국민의 존경을 받는 왕이 산다더니, 성 입구부터 내 담력을 내려놓게 하는군."

전쟁이라도 벌일 듯 거세게 달려온 그는 득차시라 성문 앞에서 발길을 멈추었어요.

그리고 도저히 명예로운 이웃 왕에게 함부로 할 수 없다는 생각에 도망치고 말았답니다.

"그때, 전생의 바라나시 왕은 지금의 저 달아난 여행자요, 득차시라의 왕은 바로 나였느니라."

부처님은 마지막 말씀에 모두 엎드려 고개를 숙였습니다.

◐ 생각 키우기

　부처님의 전생 이야기는 재미 속에 은근한 교훈이 들어 있습니다. 더불어, 석가가 수행자이던 시절의 이야기 속 지혜가 소중하게 느껴집니다.

　인디언들은 말을 타고 달리다 이따금 걸음을 멈추고 뒤돌아본다는 글을 읽은 적이 있어요. 정신없이 달리는 몸을 영혼이 미처 못 따라 올까봐 기다려 주는 거랍니다.

　몸보다 마음 먼저 챙기기, 부처님 법을 알아가는 공부가 쉽진 않을 것 같습니다.

〈본생경 제229화 도망친 여행자의 전생 이야기〉

선혜 · 백승자(善慧 · 白承子)
《아동문예》동화 당선(1988)
동화집 『해니네 집』, 『아빠는 방랑요리사』 등
한국아동문학상, 방정환 문학상 수상

보살왕의 전생 이야기

석 성 환

고대인도 갠지스강 중하류지역에 '바라나시'라는 왕국이 있었습니다. 바라나시왕국을 다스리는 왕은 보살님이었습니다. 보살님은 백성의 행복한 삶을 위해 팔정도를 실천하며 정사를 펴고 있었습니다. 그리하여 바라나시왕국은 고대인도 16개국 중에서 가장 평화롭고 부강한 나라가 되었습니다. 바라니시왕국의 이웃나라 중에서 건타라왕이 통치하는 '건타라'라는 나라가 있었습니다. 건타라왕은 바라나시왕국이 점점 부강해지자 보살왕을 시샘하기 시작했습니다. 건타라왕은 바라나시왕국을 무력으로 침범하려는 계획을 세웠습니다. 건타라왕은 수만 명의 군사를 이끌고 바라나시왕국의 성문 앞에 이르렀습니다. 건타라국의 군사들이 바라나시왕국 성문 앞에서 진을 치고 함성을 지르며 기세를 올리고 있을 때 건타라왕은,

"하늘을 찌를 듯한 건타라국 군사의 기세를 바라나시왕국의 군사는

당해낼 수 없다. 보살왕은 당장 성문 밖으로 나와 내 앞에서 무릎을 꿇어라."
며 큰소리로 외쳤습니다. 하지만 바라나시왕국 군사와 보살왕은 조금도 두려워하지 않았습니다. 그러자 건타라왕은 다시 게송을 외치기 시작하였습니다.

하늘을 찌르는 건타라국의 군세를 당할 자 어디 있으랴.
까치가 망망대해의 바닷물을 모두 마실 수 없듯이
바람결이 저 높은 산을 조금도 흔들 수 없듯이
바라나시왕국은 지금 우리의 기세를 꺾을 수 없다.

건타라왕의 게송을 듣고 있던 보살왕은 성곽 위로 홀연히 나가셨습니다. 그때 보살왕은 달빛처럼 환한 얼굴로 부드러운 미소를 머금고 있었습니다. 건타라왕은 보살왕의 황금빛 모습과 자비로운 미소를 보며 잔뜩 긴장하는 눈치였습니다. 건타라왕을 향해 보살왕은 자비로운 목소리로 말하였습니다.

"건타라여, 그대의 미련하고 어리석은 탐욕이 악마의 모습으로 변하였구나. 그대는 자신의 업장이 바닷물보다 깊고 넓으며 고산보다 더 높음을 어찌 모르는가. 끝없는 그대의 탐욕스런 업장이야말로 까치와 바람결의 모습과 다르지 않구나."

보살왕의 충언에 건타라왕은 크게 놀라며 어쩔 줄을 몰라 두리번거리고 있었습니다. 다시 보살왕은 게송을 천천히 읊었습니다.

어두운 욕망에 사로잡힌 건타라 그대의 모습이 참으로 가엾도다.
그대가 부르짖은 그 게송은 오히려 자멸을 불러오게 될 것이니라.
스스로를 낮추고 또 낮추며 악업을 멈추도록 하여라.
그리하면 그대의 업장은 호수처럼 고요히 소멸하게 될지니라.

보살왕의 게송을 듣던 건타라왕과 건타라국 군사들은 내내 어리둥절한 모습을 감추지 못하였습니다. 그러한 건타라국의 군사와 건타라왕을 보살왕은 자비가 가득한 눈빛으로 바라보았습니다. 건타라왕은 보살왕의 더없는 자비에 반성하는 모습이 역력했습니다. 건타라왕은 황금빛 얼굴의 보살왕에게 고개를 숙이고 다가서서 무릎을 꿇었습니다. 숨죽이며 지켜보고 있던 건타라국의 군사들도 모두 보살왕을 향해 무릎을 꿇었습니다. 건타라왕은,

"보살왕이시여, 그동안 무력의 힘만 믿고서 헤아릴 수 없는 업장을 쌓아온 죄를 부디 용서하십시오. 저와 군사들은 건타라국으로 되돌아가 보살왕의 게송을 깊이 새기고 실천하며 바라나시왕국처럼 평화로운 나라를 만들도록 노력하겠습니다. 지금 이 시간부터 저는 탐욕스런 자만을 내려놓고 만물에게 배려하는 마음가짐으로 살아가겠습니다."
고 참회의 눈물을 흘렸습니다.

건타라왕이 뉘우치는 말을 듣고 난 뒤에 보살왕은 손을 들어 보였습니다. 그러자 건타라왕은 뒤돌아서서 건타라국 군사들을 향해,

"지금 이 순간부터 나는 건타라국 백성의 안녕과 평화를 위해 헌신할 것을 다짐하노라. 이제 여러분들은 각자 고향으로 돌아가서 열심히 생

업에 종사토록 하여라."

● 생각 키우기
　이 글은 두 나라를 다스리는 보살왕과 건타라왕에 대한 이야기이지요. 건타라왕의
수많은 업장들을 보살왕이 자비로서 교화하는 내용이지요. 이 이야기는 남을 업신여
기거나 아집에 사로잡혀 자신의 욕망에만 눈이 어두운 사람들에게 업장으로부터 벗어
나게 하는 교훈을 안겨주지요. 자신의 욕망을 내려놓고 함께 행복할 수 있는 방편을
찾아야 한다는 교훈이기도 하지요. 우리는 서로 간에 배려하고 헌신하는 자비로운 마
음을 갖는다면 보살왕처럼 아름다운 사람이 될 수 있지요.〈본생경 제230화, 둘째 도망
친 이의 전생 이야기〉

정암 · 석성환(靜菴 · 石性煥)
경남 진주에서 나서 「한국문인」과 「아동문예」로 등단했다. 저서로는
《한국 현대시의 현상적 미학》과 정형시집《모래시계》가 있다. 문학박사
로 논문『무산 조오현 시조시 연구』외 여러 편이 있으며, 가락문학회,
오늘의시조시인회의, 창원문인협회, 경남아동문학회, 경남시조시인협
회, 경남문인협회, 한국시조시인협회, 한국문인협회 회원.《화중련》편
집위원으로 활동하고 있다.

바람이와 산마을

설 용 수

어느 마을에 코끼리를 손자처럼 아끼고 사랑하는 할아버지가 살았어요. 할아버지는 코끼리에게 묘기를 가르쳐 사람들에게 자랑하는 것을 낙으로 삼았어요. 코끼리가 긴 코로 할아버지를 번쩍 들어서 공중돌기 하는 것을 보면 사람들은 세상이 떠나가라 박수를 치곤했어요.

"할아버지와 코끼리는 전생에 연인이었을 거야. 저렇게 호흡이 척척 맞다니."

하며 둘의 사이를 부러워하기도 했어요.

할아버지와 코끼리가 처음 만난 것은 먼지바람이 폭풍처럼 불어오던 2년 전 어느 여름날이었어요. 그 해에 할아버지네 마을엔 봄부터 여름까지 단 한 방울도 비가 내리지 않았어요. 마을의 샘물은 말랐고 멀리 있는 냇물도 바닥에 돌멩이만 굴러다녔어요. 그러자 마을 사람들은 매일 물통을 들고 물을 찾아 이리저리 헤맸어요.

그날도 할아버지는 웅덩이를 찾아 헤매고 있었어요. 햇살이 어찌나 뜨거운지 저 먼 곳에서부터 이글거리는 열기가 할아버지를 삼키려고 달려드는 것 같았어요. 하늘에선 이글거리는 태양이 불화살을 들고 달려드는 것 같아서 얼른 눈을 감았지요. 하지만 현기증이 일어 다시 눈을 뜨니 저 멀리서 검은 구름 한 덩이가 들판을 가로지르고 있는 것이 보였어요.

'이상하다. 구름이 왜 땅위로 오지?'

그런데 마주오던 구름이 방향을 바꿔서 숲을 향해 가고 있어요.

아! 그건 검은 구름이 아니라 코끼리 떼였어요. 대장 코끼리가 어디선가 물 냄새를 맡은 모양입니다. 아기 코끼리들을 재촉하며 빠르게 걷고 있는 그들 뒤로 희뿌연 먼지구름이 일었어요. 할아버지는 얼른 그들을 따라가기 시작했어요.

할아버지에겐 오늘이 정말 행복한 날입니다. 코끼리 덕택에 제법 물이 남아있는 큰 웅덩이를 찾았거든요. 물가엔 먼저 도착한 코끼리와 얼룩말, 기린, 코뿔소들이 물을 마시고 있었어요. 할아버지는 동물들을 피해 풀이 많은 곳으로 가서 되도록 맑은 물을 떴어요. 벌떡벌떡 마시고나니 기운이 펄펄 나는 것 같았어요.

"빨리 가야지."

할아버지가 물통을 채워서 등에 지고 벌떡 일어서니 다리에 굵은 힘줄도 불끈 일어섰어요.

얼마나 걸었을까요? 할아버지가 갑자기 발걸음을 멈추었어요. 앞에서 다가오는 아기코끼리를 봤거든요. 한 발, 두 발 힘없이 걷던 아기코끼리도 할아버지를 봤어요.

"일행을 놓쳤구나. 부지런히 가렴. 엄마가 기다린단다."

할아버지가 애타게 말했지만 아기는 그 자리에서 푹 쓰러졌어요. 깜짝 놀란 할아버지는 얼른 물통을 내려놓고 바가지를 꺼내서 아기의 입에 물을 흘려줬어요. 한 번, 두 번, 세 번……

멀리서 큰 먼지폭풍이 밀려옵니다. 속도가 어찌나 빠른지 피할 겨를도 없었어요. 할아버지는 얼른 무릎을 꿇고 아기의 얼굴을 온 몸으로 감쌌어요. 흙과 모래와 마른 나뭇가지들이 팔과 다리를 치고 지나갔지만 아픈 줄도 몰랐어요. 아기코끼리가 살아나기만을 간절히 바라고 있었기 때문이지요.

휴우~ 바람이 많은 먼지를 남기고 사라졌어요. 할아버지는 얼른 일어나 아기코끼리의 몸에서 먼지를 털어냈어요. 가만가만 눈가의 먼지를 쓸어내고 있는데 아기가 눈을 반짝 떴어요. 아, 어찌나 기쁜지 할아버지는 그만……

할아버지는 아기에게 식구들을 찾아주려고 다시 웅덩이를 찾아갔지만 코끼리들은 이미 사라지고 난 후였어요. 그때부터 아기는 할아버지네 식구가 되었습니다.

아기는 할아버지를 졸졸 따라다니며 일을 거들었어요. 코로 할아버지가 베어놓은 나무등치도 옮기고 큰 귀를 펄럭이며 할아버지의 땀을 식혀주기도 했어요. 마을 사람들은 영리한 아기에게 묘기를 가르쳐보라고 했지만 할아버지는 거절했어요. 그런 걸 배우면 아기가 힘들어진다고 생각했거든요.

하지만 마을 청년들이 할아버지 몰래 쉬운 묘기를 가르치기 시작했어요. 손짓을 보며 앞으로가, 뒤로 가, 제자리에서 돌아 등을 어찌나 잘 따라하던지 사람들이 입에 침이 마르도록 칭찬을 했어요. 그러자 할아버지는 아기코끼리를 직접 가르치기 시작했어요. 한 발 들기, 코로 사람 들어올리기, 뒷걸음질 치기 등을 가르쳤는데 아기는 휘파람 소리와 손짓만으로도 훌륭히 잘 해냈어요. 소문은 바람을 타고 윗마을 아랫마을로 퍼져나갔어요.

어느 날 한 젊은이가 코끼리를 데리고 할아버지를 찾아왔어요.

"저에게 코끼리 묘기를 가르쳐 주십시오."

할아버지는 젊은이에게 물었어요.

"코끼리는 어디서 구했는가?"

젊은이가 자신만만한 태도로 대답했어요.

"샀어요."

"사다니, 어디서?"

"산 너머 마을에서요."

할아버지는 젊은이에게 묘기를 가르쳐주고 싶지 않았어요. 코끼리를 판 사람이 불법으로 사냥을 했거나 젊은이가 직접 사냥을 했을 거라는 생각이 들어서요. 그러자 젊은이는 아주 불쌍한 말투로 이야기를 했어요.

"제게는 늙은 부모님과 많은 동생이 있어요. 장남인 제가 돈을 벌어야 먹고 살 수 있습니다. 도와주십시오."

할아버지는 젊은이가 데려 온 코끼리를 찬찬히 살펴봤어요. 눈에는 생기가 없고 전체적으로 힘이 없는 걸 보니 코끼리에게 먹이를 충분히 주지 않고 일만 시킨 것 같습니다.

"코끼리가 묘기를 배우면 잘 먹이고 험한 일은 안 시킬 거지?"

할아버지가 묻자 젊은이는 꼭 그러겠다고 철썩 같이 약속했어요.

코끼리들에겐 이름이 생겼어요. 할아버지의 코끼리는 바람 속에서도 살아났다고 해서 바람, 젊은이의 코끼리는 산 너머 마을에서 왔다고 산마을이라고 불렀어요. 산마을은 바람이 보다 두 살 많아 보입니다. 그러니까 바람이 동생이고 산마을이 누나인 셈이지요. 다행히 바람과 산마을은 사이좋게 지냈어요. 묘기도 잘 배웠고요.

석 달이 지나자 코로 붓을 잡고 그림도 그리고 코로 훌라후프도 돌렸어요. 또 석 달이 지나자 바람과 산마을은 공을 차기도 하고 맨 땅에 털썩 주저앉아 아이들과 놀기도 했어요. 이제 코끼리들은 더 이상 가르칠 것이 없을 만큼 훌륭한 선수가 되었습니다.

어느 날 젊은이가 할아버지에게 심각한 표정으로 말했어요.

"산마을을 데리고 떠날까 합니다."

"고향으로 갈 테냐?"

"왕궁으로 가서 대왕님을 모시고 싶습니다."

할아버지가 젊은이에게 소개장을 써주자 젊은이는 의기기양양해서 임금님을 찾아갔어요.

"왕이시여, 저는 제 스승께 많은 것을 배웠습니다. 또한 제 코끼리는 세상에서 가장 묘기를 잘 부립니다. 저를 왕궁의 코끼리조련사로 취직시켜 주십시오."

임금님이 젊은이에게 물었어요.

"너는 얼마를 원하느냐?"

"저는 제 스승과 같은 실력을 가졌습니다. 스승님과 같은 급료를 주십시오."

젊은이의 당돌한 대답에 임금님이 잠시 망설이더니 입을 열었어요.

"내일 네 기예를 보고나서 결정하겠다."

젊은이가 자신만만한 표정으로 떠나자 임금님은 신하에게 편지를 한 통 써주며 빨리 할아버지 댁으로 가라고 일렀어요. 그리고 다른 신하에게 명령을 내렸습니다.

"내일은 스승과 제자가 코끼리 묘기를 보일 것이다. 많은 사람들이 볼 수 있도록 북을 쳐서 알려라."

임금님의 편지를 받은 할아버지는 깊은 생각에 잠겼어요. 내일 제자와 함께 묘기를 보이는 것도 신경 쓰였지만 제자가 자기와 같은 봉급을 요구한 것도 마음에 걸렸습니다. 더구나 임금님의 요구는 거절할 수가 없었어요. 그래서 할아버지는 바람이를 데리고 연습장으로 갔어요. 그리고 바람이의 긴 코를 쓰다듬으며 속삭였어요.

"바람아, 우리에겐 하루밖에 시간이 없단다. 그 하루에 너는 많은 것을 배워야 해. 그래야 임금님 체면도 살리고 나의 제자에게 큰 깨달음도 줄 수 있단다. 날 좀 도와다오."

할아버지의 말에 바람이는 긴 코로 할아버지의 머리를 쓰다듬었어요.

다음 날 왕궁 뜰에는 많은 사람들이 모였어요. 저마다 얼굴에 호기심이 가득했습니다. 스승이 이길 것인지 제자가 이길 것인지에 대해 서로 의견들이 달랐으니까요.

"젊은이가 이길 거야. 젊은이들은 행동도 생각도 빠르니까."

"천만에, 스승은 경험이 많으니까 코끼리를 다루는 요령이 좋잖아."

사람들이 웅성거리고 있을 때 북소리가 요란하게 울렸어요. 이어서 임금님과 대신들이 들어와 앞자리에 앉았어요. 다시 북소리가 들리자 할아버지가 바람의 등에 앉아 굳은 얼굴로 등장했고 이어서 싱글벙글 웃고 있는 제자가 산마을의 등에 앉아 손까지 흔들며 들어왔어요. 사람들은 두 사람에게 큰 박수를 보냈어요.

사회자가 사람들에게 큰소리로 알렸어요.

"이제부터 코끼리 묘기대회가 열리겠습니다. 먼저 젊은이가 시작하겠습니다."

젊은이와 산마을이 나와서 스승님께 배운 묘기를 보이기 시작했어요. 두 다리로 서기, 코로 사람 안아 올리기, 코로 악수 신청하기, 붓으로 그림그리기, 공굴리기 등 산마을의 묘기가 끝날 때마다 사람들은 큰 박수와 함께 환호성을 질렀어요.

"젊은이 만세!"

"역시 젊은이는 나라의 기둥이야."

그 소리에 젊은이는 스승을 보며 씨익 웃었어요. 그 웃음 속에는 스승을 이겼다는 자만감이 가득했어요.

할아버지와 바람이의 차례입니다. 할아버지가 '앞으로' 하며 손짓을 했더니 바람이가 뒤로 갔어요. '뒤로' 했더니 앞으로 갔어요. 사람들은 영문을 몰라 어리둥절했어요. '저게 뭐지?' 하며 의아해 했습니다. 순식간에 왕궁 뜰 안은 쥐 죽은 듯 조용해졌어요. 할아버지가 '앉아' 하고 부드럽게 말하니 바람이는 벌떡 일어섰어요. '일어서' 라는 소리에는 두 다리를 구부리더니 자리에 앉았습니다.

"쟤는 반대말을 알고 있어."

한 사람이 큰소리로 외치자 모든 사람들이 일제히 환호를 보냈어요.

"바람이 만세!"

"스승님 만세!"

그때 어디선가 음악소리가 들려왔어요. 사람들이 약속이나 한 듯 음악소리가 들려오는 곳으로 고개를 돌렸어요. 빨간 옷을 입고 악기를 든 궁중음악대가 들어오고 있었어요. 그런데 갑자기 바람이가 소리에 맞춰 춤을 추기 시작했어요. 코를 휘두르며 엉덩이를 씰룩거리고 다리를 흔들면서 온 몸으로 리듬을 타기 시작한 거예요. 사람들도 모두 일어나 덩실거리며 춤을 추기 시작하자 왕궁은 순식간에 축제장으로 변했어요. 음악이 끝나자 바람이가 코로 할아버지의 모자를 벗겨서 흔들며 한 다리를 구부려 인사를 했습니다.

"바람이 만세!"

하며 외치던 사람들이 젊은이를 향해 외쳤습니다.

"엉터리 제자야. 꺼져!"

또 다른 사람이 외쳤습니다.

"스승을 욕보인 놈은 혼나야 합니다."

그 소리에 사람들이 우르르 달려가자 젊은이는 걸음아 날 살려라 줄행랑을 놓았어요. 사람들이 따라가자 할아버지가 그들을 막으며 큰소리로 외쳤어요.

"여러분, 진정하세요! 제자가 아직 철이 없어서 그런 겁니다. 나쁜 아이는 아니니까 나이 들면 잘 깨달을 거예요. 훌륭한 코끼리조련사가 될 겁니다. 한 번만 용서해 줍시다!"

사람들이 할아버지를 들어 헹가래를 쳤어요. 그리고 할아버지와 바람이의 목에 꽃다발을 걸어줬어요.

할아버지가 임금님께 가서 절을 한 뒤 정중하게 말했어요.

"대왕님, 기예를 배우는 목적은 사람들에게 즐거움을 주기 위해섭니다. 근데 기예를 잘못 배우면 잘못 만든 나쁜 신을 신은 것처럼 그를 파멸에 이르게 할 것입니다."

하며 다음과 같은 게송을 읊었습니다.

마치 즐거움을 위해
괴로움을 없애기 위해
사람들이 산 신이 닳아서
그 밑의 뜨거움에 타서
그 발을 물어뜯는 것 같다.

그 가문과 성질이 나쁜 사람
네 스승과 학문과 지식을 빌어
그 지식 때문에 도리어 그 몸을 망쳤나니
성질이 나쁜 이는 나쁜 신에 비유된다.

◐ 생각 키우기

사람은 누구나 혼자 살 수 없어요. 남의 도움을 받기도 하고 남에게 도움을 주기도 하며 살지요.

도움을 받았을 때는 감사한 마음을, 도움을 주었을 때는 겸손한 마음을 갖는다면 서로의 마음에 예쁜 꽃 한 송이를 간직할 수 있을 거예요.

산들이 주인처럼 조금 배웠다고 잘난 척을 하거나 스승님을 무시하는 태도는 배우는 사람으로서의 자격이 없지요.

배울 때는 바른 마음가짐으로, 배움을 펼칠 때는 겸손한 마음으로!

여러분은 그렇게 잘 배우고 익힐 자신이 있겠지요?〈본생경 제231화 가죽신의 전생 이야기〉

용수행 · 설용수(龍樹行 · 薛龍水)
동시집 『뽕망치 구구단 외』 1권을 더 출간하였음. 동화집 『눈사람아 춥겠다』 외 여러 권을 출간하였음. 동극 「도깨비 이야기」 외 여러 편을 무대에 올렸음.

말의 향기

손 수 자

옛날, 범여왕이 바라나시에서 나라를 다스리고 있을 때였습니다.

보살은 어느 장자의 아들이었습니다. 장자에게는 네 사람의 아들이

있었습니다.

네 명의 아들이 성 안 네거리에 앉아서 이야기하고 있을 때였습니다.

어떤 사냥꾼이 고기를 가득 싣고 성 안으로 들어가고 있었습니다.

사냥꾼이 싣고 가는 고기를 보고 첫째가 말했습니다.

"저 사냥꾼에게 고기 한 조각 달라고 해볼까?"

"그래, 한번 해 보자."

첫째가 사냥꾼에게 다가가 말했습니다.

"어이, 사냥꾼! 그 고기 한 조각 주게."

사냥꾼은 첫째 아들에게 말했습니다.

"남에게 무리하게 부탁하는 사람은 친절한 말을 쓰지 않으면 안 된다. 당신이 쓴 그 말에 알맞은 만큼 고기를 주지."

고기를 떼어주면서 사냥꾼은 노래를 불렀습니다.

거친 말을 쓰면서

구하는 것이 있구나.

그대 말은 허파와 같으니

그대에게 허파 고기를 주노라.

고기를 얻어 온 첫째에게 둘째가 물었습니다.

"뭐라고 하면서 고기를 얻어왔지?"

"'어이!' 라고 했어."

"그래, 그러면 나도 얻어오지."

둘째가 사냥꾼에게 말했습니다.

"형님, 고기 한 조각 주십시오."

"당신에게도 그 말에 알맞은 고기를 주지."

세상 사람들은 말한다.

형제는 사람의 팔과 다리와 같다.

그대 말은 팔다리와 같으니

그대에게 팔다리 살을 주노라.

고기를 얻어 온 둘째에게 셋째가 물었습니다.

"뭐라고 하면서 고기를 달라고 했지?"

"'형님!' 이라고 했다."

"그러면 나도 얻어 올게."

셋째가 사냥꾼에게 말했습니다.

"아버지, 그 고기 한 조각만 주십시오."

"당신 말에 알맞은 만큼 고기를 드리지요."

그 아들이 아버지라 부르면

그 아버지 심장이 뛴다.

그대 말은 심장과 같으니

그대에게 심장의 살을 주노라.

노래를 부르면서 사냥꾼은 심장의 살과 다른 맛 난 살도 함께 주었습니다.

고기를 얻어 온 셋째에게 넷째가 물었습니다.

"뭐라고 하면서 고기를 달라고 했지?"

"'아버지!' 라고 했어."

"그러면 나도 얻어오지."

넷째가 사냥꾼에게 말했습니다.

"친구여, 그 고기 한 조각 주십시오."

"당신 말에 알맞은 만큼 고기를 드리지요."

마을에는 친구가 없고
숲 속과 같은 곳에 있어서
그대 말은 모든 것에 견줄 수 있기에
그대에게 수레 통째로 주노라.

노래를 부르면서 사냥꾼은 수레를 통째로 집에 가져가라고 말했습니다.

이 마지막 장자의 아들은 수레를 사냥꾼에게 맡기며 집으로 함께 가자고 했습니다. 그리고 친절하고 공손하게 대접하면서 사냥 일을 그만두게 하였습니다.

그리고는 오랫동안 깊이 사귀면서 평생을 함께 행복하게 살았습니다.

◐ 생각 키우기

옛날, 기원정사에 있는 비구들은 기름기가 있는 설사약을 먹었는데 그런 사람에게는 고깃국이 필요했습니다. 그래서 간병하는 사람들이 사위성으로 들어가 고기를 구해 오려고 했으나 모두 얻지 못하고 돌아왔습니다. 그러나 사리불 장로는 부드럽고 친절한 말씨로 고깃국을 얻어 환자에게 먹였습니다. 이 이야기를 듣고 계시던 부처님께서 고깃국을 얻은 사람은 저 사리불만이 아니고 친절한 말씨를 쓰던 옛날의 현명한 사람들도 고기를 얻었다는 이야기를 해주셨습니다. 부처님께서는 전생과 금생을 이야기하면서 그때, 그 사냥꾼은 지금의 사리불이고, 고기를 얻은 장자의 넷째 아들이 바로 부처님이라고 말씀하셨습니다. '말로써 천 냥 빚을 갚는다.'는 속담이 있듯이 상대방에게 알맞은 부드럽고 친절한 말씨를 쓰는 사람은 어떠한 힘든 일도 잘 이겨낼 수 있다는 이야기입니다.〈본생경 제315화 고기의 전생 이야기〉

연화심 · 손수자(蓮華心 · 孫秀子)
아호는 혜정(慧靜)이고 불명은 연화심이며 부산교육대학교 교육대학원 국어교육과를 졸업했다. 아동문학평론에 동화 「호박꽃이야기」로 등단 후, 제1회 눈높이아동문학상에 장편동화 『가슴마다 사랑』이 당선되고 부산아동문학상, 해강아동문학상, 한국불교아동문학상, 영남아동문학상, 이주홍아동문학상, 실상문학상 등을 수상하고 부산아동문학인협회 회장을 역임했다.

미늘화살을 맞은 악어

신 이 림

"풍악을 울려라! 오늘같이 좋은 날 어찌 춤과 노래가 없을쏜가."

나뭇잎이 연초록으로 물들고 꽃들이 동산을 수놓은 봄날이었습니다. 바라나시 왕의 명령에 마을은 금세 축제 분위기에 휩싸였습니다. 신하와 백성들이 어우러져 춤을 추고, 어른과 아이들이 어우러져 춤을 추었습니다.

왕은 백성들이 즐거워하는 모습을 흐뭇하게 지켜보다 천천히 연못가를 산책하기 시작했습니다. 그때 왕은 뜻밖에도 물고기들의 이상한 행동을 보게 되었습니다. 물고기들이 왕이 걸음을 옮기면 졸졸 따라오고, 걸음을 멈추면 같이 멈추는 것이었습니다.

"거참, 기특한 일이로고! 여봐라, 어찌하여 이 물고기들이 나를 따라서 행동하는고?"

왕은 발아래 몰려있는 거북이와 물고기 떼를 보며 신기하다는 듯이 말했습니다.

"대왕마마, 그것은 대왕마마께 문안인사를 드리기 위해 그런 것이옵니다."

"이런! 이 작은 생물들이 나에게 문안인사를 하려 한단 말이냐? 허허, 거 참 신통한 일이로세. 그렇다면 과인이 저 물고기들의 문안인사를 받아야 하지 않겠느냐?"

"네. 그렇사옵니다. 저들 또한 이 나라에 살고 있으니 대왕마마의 백성이라 할 수 있지 않겠습니까?"

왕은 신하의 말에 빙그레 웃으며 고개를 끄덕였습니다. 왕은 곧 연못 관리인을 불러 물고기들의 먹이를 가져오게 하였습니다.

"여봐라. 이 연못에 사는 물고기들 하는 짓이 참 귀엽고 사랑스럽구나. 앞으로 이들에게 먹이를 넉넉히 주도록 하라."

왕의 말에 물고기들은 떼를 지어 지느러미를 흔들며 감사의 뜻을 나타냈습니다.

그 뒤로 관리인은 날마다 넉넉한 먹이를 물고기들에게 주었습니다. 그러나 정작 먹이를 먹으러 오는 물고기 수는 그리 많지 않았습니다. 먹이 주는 시간을 알 리 없는 물고기들이 그 시간에 모여들기란 쉽지 않았던 것이지요.

문제는 그뿐만이 아니었습니다. 물고기들이 먹는 양을 알 수 없었던 관리인은 먹이를 되는대로 넉넉히 주었고, 그 바람에 연못물은 점점 썩어만 갔습니다.

"큰일이군. 이대로 계속 먹이를 주다간 연못물이 다 썩어버리겠는걸. 무슨 좋은 수가 없을까?"

관리인은 깊은 고민에 빠졌습니다. 먹이를 넉넉히 주라는 왕의 명령을 어길 수도 없고, 연못물이 썩어가는 것을 그대로 보고 있을 수만도 없었습니다. 할 수 없이 관리인은 왕에게 이 사실을 고하였습니다.

"지나침은 모자람만 못한 법, 짐이 그 사실을 미처 생각하지 못하였구나. 앞으로는 먹이를 줄 때마다 북을 두드려 연못에 사는 모든 물고기들이 다 모여들면 먹이를 주도록 하라."

"명심하겠사옵니다, 대왕마마."

궁에서 돌아온 관리인은 선걸음에 커다란 북부터 샀습니다. 과연 물고기들이 북소리를 듣고 모여들까 하는 생각도 들었지만 왕의 지혜를 믿기로 하였습니다.

"둥둥둥둥~"

관리인은 아침마다 북을 두드리고 먹이를 주었습니다. 처음에는 주변에 있던 몇 마리만 모여들었지만 곧 북소리가 먹이를 주는 신호임을 물고기들은 알아차리게 되었습니다.

"그래그래. 많이들 먹어."

관리인은 신이 나서 물고기들이 배불리 먹도록 먹이를 뿌려주었습니다. 물론 물고기들은 기다렸다는 듯 작은 입을 뽀끔거리며 맛있게 먹이를 받아먹었지요.

그 소문은 금방 온 나라에 퍼졌습니다. 사람들은 일부러 연못까지 찾아와 구경을 하고 돌아갔습니다.

"북을 쳐서 물고기를 모을 생각을 어떻게 하였소?"

"당신은 정말 재주꾼 중에 재주꾼이오."

사람들은 하나같이 관리인을 칭찬하였습니다. 관리인은 어깨가 들썩거렸지만 짐짓 겸손하게 말했습니다.

"그게 어디 내 머리에서 나왔답니까? 다 대왕마마의 지혜지요."

"그래도 물고기들을 모이게 한 건 당신이잖소. 정말 대단하오."

찾아 온 사람들의 감탄은 끊이질 않았습니다. 신바람이 난 관리인은 부지런히 연못 주변을 청소하고 물고기도 보살폈습니다.

한 달 쯤 지나자 연못물은 예전처럼 다시 맑아졌습니다. 퀴퀴한 물 냄새도 사라지고 물고기 수도 불어났습니다.

그러던 어느 날이었습니다. 그 날도 여느 때처럼 북을 울리고 먹이를 주는데 갑자기 물고기들이 사방팔방으로 흩어져 달아났습니다.

"거참, 별일일세."

이상히 여긴 관리인은 물고기들이 모여 있던 곳을 막대로 휘이 저어 보았습니다. 그러자 물속에서 악어가 불쑥 나타났습니다. 커다란 입을 쩌억 벌린 채였지요. 악어 입 속에는 미처 삼키지 못한 물고기들이 바둥대고 있었습니다. 관리인은 깜짝 놀라 엉덩방아를 찧으며 뒤로 나자빠지고 말았습니다.

"저런! 저런! 괘씸한 악어 녀석!"

관리인은 고래고래 소리를 지르며 벌떡 일어났습니다. 마침 구경을 나왔던 구경꾼들도 놀라 비명을 질렀습니다. 관리인과 구경꾼들은 주위에 있던 돌멩이를 주워들고 너도나도 악어를 향해 내던졌습니다.

"이윽! 이윽! 이윽!"

돌멩이에 머리를 된통 맞은 악어는 몇 차례 우는 소리를 내더니 곧 물속으로 사라졌습니다.

"휴우! 간 떨어지는 줄 알았네. 이제 다시는 안 오겠지?"

관리인은 가슴을 쓸어내리며 연못가에 풀썩 주저앉았습니다.

그러나 악어는 관리인을 조롱이라도 하듯 연못을 다시 찾아왔습니다. 그것도 물고기들이 모여 먹이를 먹는 시간에 찾아와 물고기들을 냉큼 집어삼켰습니다. 관리인은 애가 타서 병이 날 지경이었습니다. 돌멩이로 쫓는 것도 한두 번이지 날마다 악어를 쫓아내기란 쉽지가 않았습니다. 더구나 물고기 수가 점점 줄어들어 관리인은 가만있을 수만은 없었습니다. 관리인은 구경꾼들에게 의견을 물었습니다.

"대왕마마를 찾아가면 다시 지혜를 주지 않겠소?"

"바쁘신 대왕마마를 어찌 이런 일로 매번 찾아가겠습니까? 내 생각엔 먹이 주는 시간을 저녁으로 바꾸는 것도 좋을 것 같습니다."

"아! 그것 좋은 생각이오! 틀림없이 그 악어는 아침마다 이곳을 지나다니는 녀석일 거요."

관리인은 사람들의 의견대로 저녁에 먹이를 주기로 하였습니다. 물론 북도 저녁에 울렸지요.

저녁에 먹이를 주기 시작한 이틀째 되는 날이었습니다. 여느 때와 마찬가지로 북을 치던 관리인은 또 한 번 놀라 말문이 막히고 말았습니다. 북소리를 듣고 몰려드는 물고기들을 악어가 여전히 잡아먹고 있었기 때문입니다. 관리인은 커다란 돌멩이를 닥치는 대로 마구 던졌습니다.

"이 못된 놈 같으니라구! 내 너를 당장 잡아 물고기들의 밥으로 줄 테다!"

관리인은 분을 삭이지 못해 길길이 뛰며 소리쳤습니다.

"악어 녀석! 북소릴 듣고 오는 게 틀림없어. 그렇지 않으면 어떻게 먹이 주는 시간을 정확히 알고 찾아오겠어?"

관리인은 머리를 싸매고 고민에 빠졌습니다. 북을 울리지 않고 먹이를 주면 연못물이 썩고, 북을 울리고 먹이를 주면 악어가 물고기들을 잡아먹으니 기가 찰 노릇이었습니다. 관리인은 할 수 없이 다시 왕을 찾아갔습니다.

"허허, 정말 영특한 악어로구나. 북소리가 울리면 물고기들이 한 곳에 다 모여드니 그동안 얼마나 수월하게 배를 불릴 수 있었겠나."

"네, 대왕마마. 물고기가 반이나 줄어버렸으니 제대로 관리하지 못한 제가 죽을 죄를 지었습니다."

"그게 어디 네 탓이겠느냐. 이제 악어의 쾌락도 곧 끝장을 보게 될 것이니 너무 자책하지 말도록 하라."

왕은 궁사를 시켜 미늘바늘이 달린 화살을 가져오게 하였습니다. 낚시 바늘의 끝처럼, 화살 끝에 작은 갈고리가 붙어있는 굵은 화살이었습니다.

"여봐라! 이 미늘화살로 연못의 악어를 당장 잡도록 하라!"

"네, 대왕마마. 분부 받들겠나이다."

관리인은 궁사와 함께 연못으로 갔습니다. 발 없는 소문이 천리 간다고, 언제 소문이 퍼졌는지 사람들도 연못으로 모여들었습니다.

저녁 무렵이 되었습니다.

"둥 둥 둥 둥~ 둥 둥 둥 둥~"

북소리가 울리자 수초 사이에 있던 물고기들이 북소리를 듣고 몰려들었습니다. 그때였습니다. 스멀스멀 물길이 갈라지는가 싶더니 갑자기 악어가 물 위로 고개를 쑥 내밀었습니다. 궁사는 때를 놓치지 않고 악어의 목덜미를 향해 화살을 또 쏘았습니다.

"으익 으익 으익."

악어가 괴로운 듯 몸을 뒤틀며 강 쪽으로 달아났습니다. 궁사는 다시 한 번 화살을 쏘았습니다. 화살촉은 정확하게 날아가 악어 정수리에 박혔습니다.

"저 악어는 강 하류에 가기도 전에 아마 죽을 것이오. 설사 죽지 않는다 해도 다시는 이 연못에 찾아오지 않을 겁니다."

"쯧쯧, 돌멩이에 맞고 그만 왔더라면 죽지는 않았을 텐데……."

관리인은 연못가에 서서 강물 속으로 사라져가는 악어를 지켜보았습니다.

* 미늘 : 낚시나 작살의 끝에 있는, 물고기가 물면 빠지지 않도록 가시처럼 만든 작은 갈 고리.

◑ 생각 키우기

이 이야기 속에 나오는 악어는, 우연히 연못의 비밀을 알게 되면서 노력하지 않고 배불리 먹는 방법을 알게 되었습니다. 그러나 달콤한 유혹에는 언제나 나쁜 결과가 따르기 마련이지요. 악어는 유혹에서 빠져나오지 못해 죽음을 맞게 됩니다. 처음 발각되고 난 뒤 연못에 가지 않았더라면 목숨만은 구할 수 있었을 텐데 말이죠.

지혜로운 바라나시 왕은 부처님의 전생으로, 쾌락을 물리치지 못하면 스스로를 잃게 됨을 이 이야기를 통해 일러주고 있습니다. 〈본생경 제233화 미늘 화살의 전생 이야기〉

광명심 · 신이림(光明心 · 辛易臨, 본명 신기옥)
1996년 서울신문 신춘문예 동화 당선
2011년 '황금펜 아동문학상' 동시 당선
동화집 『염소배내기』 외. 동시집 『발가락들이 먼저』

물뱀의 이유, 물고기들의 이유

신 지 영

옛날 범여왕이 바라나시에서 나라를 다스리고 있을 때였습니다. 지금도 그렇지만 그때에도 사람들은 물고기를 잡기 위해 바다나 강에 큰 그물을 쳤습니다. 사람들이 쳐 놓은 그물 중 한곳에 많은 물고기들이 들어가 금방 가득 찼습니다.

처음엔 몰랐던 물고기들도 조금 지나자 그곳이 그물 안인 것을 알고 어떻게 하면 빠져나갈까 머리를 모아 고민을 하고 있었습니다.

그때였습니다. 가뜩이나 빠져나갈 곳이 없어 고민하던 고기들 사이로 물뱀 한 마리가 스르르 들어왔습니다. 주변도 돌아보지 않고 있는 대로 물고기를 잡아먹다가 그물로 들어 온 것이었습니다.

"물뱀이다!"

"어, 어떡하지?"

"저 물뱀 배 좀 봐! 얼마나 고기들을 잡아먹었으면 배가 볼록 나왔어!"

"도망치고 싶어도 그물에 갇혀 있으니 도망칠 수도 없잖아."

"이러다 우리까지 다 잡아먹히겠어!"

물고기들은 놀라서 소리를 질러대며 어쩔 줄 몰라 했습니다.

"자자, 조금만 차분히 생각하자. 소리만 지른다고 답이 나오는 건 아니잖아."

나이 많은 물고기가 주변의 고기들을 보며 차분하게 이야기했습니다.

잔잔한 호수 같은 목소리에 다른 물고기들도 마음을 가라앉히기 시작했습니다.

"우리는 이제 어떻게 하면 좋을까요?"

물고기들이 묻자 나이 많은 물고기가 한참을 생각하다 입을 열었습니다.

"잘 생각해 봐. 저 물뱀이 지금 혼자잖아. 우리는 지금 수백 마리가 함께 있고 말이야. 저 물뱀이 아무리 힘이 세도 우리가 힘을 합쳐 무찌른다면 이길 수 있을 거야."

그 말에 물고기들은 눈을 반짝반짝 빛내며 소리쳤습니다.

"맞아! 우리 힘을 합치자!"

"그래요! 있는 힘을 다하면 저 물뱀 따위는 아무 것도 아닐 거예요!"

용기를 얻은 물고기들은 그길로 물뱀에게 달려가 덤볐습니다. 영문도 모르고 속편하게 물고기를 먹고 있던 물뱀은 마른하늘에 날벼락이라도 맞은 듯 놀라서 눈이 휘둥그레졌습니다.

"내가 무슨 짓을 했다고 이러는 거야!"

물뱀은 물어 두들겨 맞으면서 소리쳤습니다. 하지만 물고기들은 들은 척도 안하고 힘을 합쳐 물뱀을 물어뜯었습니다. 물뱀은 곧 상처투성이가 되었습니다. 상처에서는 피도 흘러내렸습니다. 물뱀은 이러다 맞아 죽겠단 생각이 들었습니다. 그래서 있는 힘을 다해 도망치기 시작했습니다. 어디가 어딘지도 모르고 막 헤엄치다 간신히 그물을 빠져나갔습니다. 헐레벌떡 빠져나가자 그때서야 온 몸에 난 상처가 아파오기 시작했습니다.

물뱀은 지친 몸을 이끌고 물가에 나와 누웠습니다. 가만히 누워 있으니 억울한 생각이 들었습니다. 자기는 아무 잘못도 없는데 왜 그렇게 물어 뜯겨야 했는지 아무리 생각해도 분하기만 했습니다. 화가 나서 몸을 이리저리 뒤척거리다가 옆에 누워있던 청개구리를 발견했습니다. 청개구리는 따뜻한 볕을 쬐고 있었습니다.

"이봐 청개구리, 내말 좀 들어보게."

물뱀의 소리에 청개구리는 눈을 뜨고 고개를 돌렸습니다.

"나를 불렀나?"

"여기, 자네 말고 누가 또 있나."

"왜 그러지?"

"내 말 좀 들어보게. 내가 오늘 물어 뜯겨 죽을 뻔했다네. 살다가 이렇게 억울한 일은 처음이야."

물뱀은 기다렸다는 듯이 개구리에게 자기가 당한 일을 풀어 놓기 시작했습니다.

"생각해보게, 나는 그저 유유히 헤엄치며 배를 채우고 있었을 뿐이라고. 그런데 어떻게 나한테 그럴 수 있나? 그 물고기들은 정말 세상에서 제일 나쁜 물고기들이네."

침까지 튀어가며 목소리를 높이는 물뱀의 이야기를 청개구리는 아무 말 없이 듣고만 있었습니다. 그 모습을 보고 있자니 물뱀은 답답하기 짝이 없었습니다.

"아니 자네는 내말을 듣고도 아무렇지도 않나? 아무리 자기 일이 아니라지만 이런 억울한 일을 듣고 화도 안나나?"

그 말에도 청개구리는 특별한 대답이 없었습니다. 화가 난 물뱀이 소리쳤습니다.

"아무 죄도 없이 나를 물고기들이 물어뜯었는데 그건 너무한 거 아냐?"

청개구리는 물뱀을 보며 그때야 입을 열었습니다.

"물고기들이 너무한 건 없다고 생각하네. 물뱀인 자네가 살기 위해 매일 물고기를 잡아먹은 것처럼 물고기들은 자기들을 잡아먹기 전에 살기 위해서 힘을 합쳐 자네를 무찌른 것뿐이네."

그러고는 곧 다시 이야기를 했습니다.

"자신이 남을 괴롭힐 때는 그게 어떤 일인지 모르겠지만 자신이 그 일을 당하고 나면 그 일이 어떤 일인지 알게 되지. 이때까지 자네가 잡아먹은 물고기들은 어떤 잘못이 있어서 그런 일을 당한 건가?"

청개구리의 말에 물뱀은 할 말을 잃어 고개를 숙였습니다. 조금 있자 그물에서 빠져나온 물고기들이 헤엄쳐 오는 것이 보였습니다. 물뱀은 놀라서 도망치기 시작했습니다.

◑ 생각 키우기

사람들은 항상 자신의 입장만 생각하기 쉽습니다. 마치 이야기 속의 물뱀처럼 말입니다. 하지만 그래서는 함께 살아가기 쉽지 않습니다. 상대의 처지와 마음을 진심으로 이해할 때 비로소 마음이 열리고 상대와 진정한 마음을 나눌 수 있습니다. 항상 내 입장을 내세우기 전에 상대의 입장도 생각해 보세요. 그런 다음 상대와 마음을 터놓고 이야기를 해보세요. 그렇게만 한다면 서로 싸울 일도 없어지고 어떤 어려운 문제도 해결해 나갈 수 있습니다. 〈본생경 제239화 녹모의 전생 이야기〉

보리심 · 신지영(普提心 · 申智永)
푸른 문학상의 '새로운 작가상', '새로운 평론가상', '창비 좋은 어린이 책' 등을 받았다. 지은 책으로는 동시집 『지구영웅 페트병의 달인』, 청소년 시집 『넌 아직 몰라도 돼』, 동화집 『안믿음 쿠폰』, 장편동화 『짜구 할매 손녀가 왔다』, 『퍼펙트 아이돌 클럽』, 청소년 소설집 『프렌즈』 등이 있다.

하는 일을 때에 맞춰라

신 현 득

비가 계속되는 우기에 변방에서 반란이 일어났습니다. 구살라왕은 군사를 왕의 동산에 모았습니다. 동산이 수레군사, 코끼리 군사, 말을 탄 군사, 활과 창을 든 군사로 넘쳤습니다. 그러나 비는 계속되고 있었습니다.

슬기로운 신하 한 사람이 왕에게 여쭈었습니다.

"대왕님. 지금은 우기여서 군사를 일으키기에는 때에 맞지 않습니다. 군사가 비에 젖어야 하고, 코끼리와 말과 수레가 모두 비에 젖어야 합니다. 호수와 강에 물이 넘치고 있습니다. 군량미를 나르는 데에도 어려움이 많을 겁니다."

"하기는 그렇군. 부처님께 여쭈어보기로 합시다."

왕은 슬기로운 신하를 데리고 부처님을 찾아갔습니다. 부처님이 왕을 맞으며 물으셨습니다.

"대왕은 이 우기에 어디를 가시려는 것이오?"

"부처님! 저희 나라 변방에서 반란이 일어났습니다. 군사를 일으켜야 할지, 어찌해야 좋을지 부처님께 여쭈어보려고 왔습니다."

부처님이 미소를 띠우시며 왕에게 이야기하셨습니다.

"대왕은 전생에도 군사를 일으키려다가 올빼미의 실패를 보고 중지한 일이 있지요. 일은 때를 맞추어야 합니다. 나라의 일은 더욱 그렇습니다. 군사를 일으키는 일은 더더욱 그렇습니다."

부처님은 다음과 같은 올빼미 우화를 왕에게 들려주셨습니다.

구살라왕은 전생에서도 왕이었습니다. 왕이 다스리는 변방에 반란이 일어났습니다. 왕은 군사를 일으키기로 하고 젊은 군사를 왕의 동산에 모았습니다.

그때에 슬기로운 신하 한 사람이 여쭈었습니다.

"지금은 우기입니다. 군사를 일으키기에는 때에 맞지 않습니다."

"그렇다면 어쩌지?"

"알맞은 때를 기다려야 할 것입니다."

신하의 대답이었습니다.

바로 보이는 왕의 동산에 대나무 숲이 있었습니다. 왕과 신하는 나라 일을 걱정하면서 대숲을 바라보고 있었습니다. 그때였습니다. 까치 무리에 쫓기던 올빼미 한 마리가 날아와 대숲에 숨었습니다.

"꽥 꽥! 아이쿠 살았다!"

올빼미 외치는 목소리가 들렸습니다.

"그거 잘했다. 올빼미가 슬기롭군. 대숲은 대나무가 촘촘해서 따라오던 까치 무리가 들어갈 수 없지. 올빼미를 공격할 수 없거든."

왕이 올빼미를 칭찬하며 말했습니다.

"대왕님이 바르게 보셨습니다."

슬기의 신하가 왕의 말씀에 맞장구를 쳤습니다. 왕은 올빼미 칭찬을 계속했습니다.

"올빼미는 슬기 있는 동물이야. 올빼미가 까치 무리에 쫓기는 것은 낮에 눈이 어둡기 때문이야. 대신 밤눈이 아주 밝거든. 밤에 다니면서 먹이를 찾는단 말야. 그러니까 날이 어두운 다음 대숲을 나가서 집을 찾아가면 까치들이 공격할 수 없지."

"대왕님이 바르게 보셨습니다."

슬기의 신하가 왕의 말씀에 한 번 더 맞장구를 쳤습니다.

그런데 올빼미는 성미가 급했습니다. 올빼미는 빨리 까치 무리에서 벗어나려고만 했습니다. 밤이 될 때까지를 참지 못했습니다.

'기회를 보아 낮 시간에 탈출을 하자. 올빼미숲 내 집으로 돌아가야 맘 놓고 지낼 수 있다.'

올빼미는 밤을 기다리지 않고 대나무 숲을 떠나려했습니다.

"저런? 안 된다, 안 돼!"

보고 있던 왕이 소리쳤습니다. 신하도 같이 소리쳤습니다.

그런데 낮눈이 어두운 올빼미가 더듬거리며 대숲을 떠났습니다. 지키고 있던 까치 떼들이 달려들었습니다. 땅에 떨어진 올빼미는 계속 까치 떼의 공격을 받았습니다. 그러다가 그만 목숨을 잃고 말았습니다.

"저런 저런! 슬기로운 올빼미가 아니었어. 성미가 너무 급했어. 밤이 될 때를 기다렸어야 하는 건데."

왕은 올빼미를 나무랐습니다.

"대왕님이 바로 보셨습니다. 올빼미의 성미가 너무 급했습니다. 밤이 될 때를 기다렸어야 하는 건데요."

슬기의 신하가 또 한 번 맞장구를 쳤습니다.

부처님은 이야기를 마쳤습니다.

"부처님, 그 이야기는 끔찍한 실패입니다."

구살라왕의 말을 받아 부처님이 말씀하셨습니다.

"일은 때에 맞추어야 돼요. 이 우기에 군사를 일으키는 것은 때에 맞지 않아요."

"부처님, 고맙습니다. 때를 기다려보겠습니다."

구살라왕은 부처님 말씀을 알아듣고 부처님을 고마워했습니다.

얼마 뒤 변방에서 소식이 왔습니다.

"대왕님, 변방의 반란군이 모두 흩어져 달아났습니다. 대왕님이 군사를 일으켜 도성을 출발하신다는 것과 출발에 앞서 부처님의 지시를 받았다는 소문을 들었기 때문입니다. 질겁을 하고 달아났지요."

화살 하나 쏘지 않고 전쟁을 이긴 구살라왕이 말했습니다.

"부처님 위력이 참으로 크다! 부처님 말씀이 참으로 옳다!"

◑ 생각 키우기

때에 맞춰 일하라는 부처님 말씀은 일을 두고 너무 서두르지 말라, 일을 두고 게으름 피우지 말라, 기회를 놓지지 말라, 기다리는 사람에게는 기회가 온다, 하는 여러 뜻을 지니고 있습니다. 구살라왕은 나라의 어려움을 당해서 때를 기다렸기 때문에 힘들이지 않고 어려움을 이겨냈습니다. 부처님과 의논한 것이 잘한 일이지요. 우리 모두 어려운 일을 당했을 때는 부처님과 의논합시다. "부처님, 내 게으름을 어쩌면 좋지요?" 하고 물어보세요. 좋은 방법을 가르쳐주실 거예요. 〈**본생경 제226화 올빼미의 전생 이야기**〉

선행 · 신현득(善行 · 申鉉得)
경북 의성 출생(1933). 안동사범 · 대구교대 · 한국사회사업대 · 단국대 대학원 수학(문학박사), 초등학교 교사를 거쳐 한국일보사 소년한국일보 취재부장 역임, 조선일보 신춘문예 동시부 입선(1959). 세종아동문학상(1971) 등 수상. 동시집 『아기눈』(1961), 『해적을 잡으러 우리도 간다』(2015) 등

마음의 귀를 열어라

양 인 숙

옛날에 열심히 학생을 가르치는 스승님이 있었습니다.

그 스승님은 바라문이라는 좋은 집에 태어났지요. 어려서부터 공부를 잘 해서 '베다' 라는 어려운 학문을 20세가 되기 전에 다 배웠답니다.

베다는 기원전 1200년경 다신교를 중심으로 새로운 종교를 탄생시키고 하늘(天), 비(雨), 바람(風), 우뢰(雷) 등 자연 현상을 지배하는 힘을 신격화하여 법률신과 창조신으로 숭배할 정도로 귀중한 학문이었답니다. '베다' 가 무슨 뜻이냐구요? '베다' 란 '알다' 라는 산스크리스트어랍니다. 그러니까 베다는 석가모니 부처님이 이 세상에 오시기 전부터 기록되어 온 문헌이나 생각으로 이루어진 지혜라고 할 수 있겠지요. 석가모니부처님 또한 그렇게 열심히 수행을 하고 마음을 다스려 2558년이 지난 지금까지도 사람들에게 존경을 받는 분이 되셨답니다.

그 스승님이 열심히 공부를 하여 마음이 깊고 지혜롭다는 소문이 나자 사람들이 모여들었습니다. 오백 명 넘는 청년들이 모여 스승님의 깊은 지혜를 배웠지요. 그들도 스승님처럼 열심히 공부하여서 많은 것을 알게 되었습니다.

오백 제자 중에 열심히 공부한 두 청년이 있었습니다. '문바' 라는 청년과 '라바' 였습니다. 그들 또한 열심히 공부를 하여 스승님과 같이 지혜롭고 마음이 깊은 사람이 되었다고 생각했습니다.

"이봐 문바, 자네는 참 대단해, 스승님보다 더 많이 아는 것 같아."

라바가 말했습니다.

"자네도 참, 별 소릴 다 하는구만, 내가 어찌 스승님을 따라 갈 수 있겠는가. 스승님보다 더 잘 알고 지혜로운 것은 라마 자네지."

문바도 라바를 칭찬했습니다.

누가 봐도 둘이 서로를 칭찬해 주는 아름다운 말이었습니다.

"우리 이제는 스승님께 뭘 배우지?"

문바가 말했습니다.

"그렇지, 스승님도 그러셨지 않나? 너희들의 학문이 나보다 더 나은 것 같다고. 이제는 그만 배워도 되지 않겠나?"

라바가 대답했습니다.

"이제는 더 이상 배울 것이 없는데 뭘 하지?"

문바가 말했습니다.

"뭐 배우지 않는데 스승님 앞에 나아가서 일 할 필요도 없지."

라바도 표정이 편하지는 않았지만 문바의 말에 대답했습니다.

"스승님이 아시는 것을 우리도 다 알고 있으니 우리 이제 다른 것을 해 볼까?"

문바가 말했습니다.

"다른 배울 것이 뭐가 있어, 우리 스승님은 바라문 가문의 출신에 세상이 다 알아주는 분인데, 그런 스승님께 우리가 더 이상 배울 것이 없다는 것은 스승님이나 우리나 같다는 것이지."

라바도 말했습니다.

그리고 그들은 다른 사람들이 자기들을 스승님 대하듯 하지 않는다고 불평을 했습니다.

"우리도 스승님처럼 많이 안다고!"

그러나 아무도 그들을 스승님처럼 대하지는 않았습니다.

그들의 말 속에는 뭔가 이상한 점이 있었습니다.

스승과 자신들이 다를 것이 없는데 뭐 하러 공부를 하느냐며 공부도 게을리 하고 스승님을 찾아가지도 않았습니다.

그러던 어느 날이었습니다. 라바와 문바가 한들거리며 스승님이 계시는 곳을 지나가려 할 때였습니다. 스승님이 대추나무에 기대어 앉아 있었습니다. 라바와 문바가 마주보았습니다. 두 눈빛이 마주치며 빛을 냈습니다.

"턱! 턱! 턱! 왜 이 나무는 심이 없지?"

스승님이 기대고 있는 나무를 두드리며 낄낄낄 웃었습니다.

"그래 그렇구나, 심이란 눈으로 볼 수 있는 것이 아니지. 배움도 마찬가지다. 눈으로 볼 수 있는 것은 겉모양뿐이지."

스승님의 말씀에 두 제자는 그때야 스승님을 알아본 듯 말했습니다.

"스승님이 계시는 줄 몰랐습니다."

라바가 먼저 인사를 드렸다.

"아이쿠, 죄송합니다. 나무가 커서 스승님이 계시는지 몰랐습니다."

문바도 얼른 말을 했지만 그 또한 다른 뜻이 있는 것 같았습니다.

작은 나무에 가려서 스승님이 안 보였다는 것은 스승님이 별 볼일 없다는 말이었으니까요.

"제일 공부를 열심히 하던 문바와 라바구나. 그래 그동안 잘 지냈느냐?"

"네, 스승님도 잘 지내셨습니까?"

두 제자는 스승님의 눈앞에서는 깍듯이 인사를 했습니다.

"그래, 너희들은 언제 어느 자리에 있어도 열심히 할 것이다. 내가 질문 하나 해도 되겠느냐?"

"네 그럼요. 말씀하십시오."

"우리가 더 많이 아는데 대답 못할 것이 없지요."

두 제자는 자신 있게 말하였습니다. 그도 그럴 것이 두 제자는 베다의 내용을 줄줄이 외고 있었거든요.

스승님이 조용히 눈을 감고 말씀하셨습니다.

"나 자신도 모든 생물도,

시간은 다 같이 먹어버린다.

시간을 다 먹은 생물은

생을 태우는 것을 다 태워버렸다.

"이 뜻이 무슨 뜻일까?"

스승님은 이렇게 말하고 두 제자의 표정을 보았습니다. 눈동자가 움직이는 것을 보아하니 둘이 다 머릿속에서 베다의 내용을 찾고 있는 것 같았습니다.

한참이 지났습니다. 그러나 둘 다 선뜻 질문에 대한 답을 하지 못했습니다.

그러자 스승님이 또 말씀하셨습니다.

"너희들은 이 문제가 베다 가운데 있는 것이라 생각해서는 안 된다. 너희들은 내가 아는 것은 모두 다 알고 있다고 생각하여 나를 대추나무와 같다고 보았다. 너희들은 너희들이 모르는 것을 나는 많이 알고 있음을 모른다. 자 지금부터 이레 동안의 여유를 줄 것이니 그동안에 가서 이 문제를 생각해 보라."

스승님이 말씀을 하셨습니다.

"생각해 보고 오겠습니다."

스승님께 인사를 하고 물러났습니다.

"뭐 깊은 뜻이 있겠어? 우리들에게 그냥 물어보시는 것이지."

라바가 말했습니다.

"그러게, 우리가 모르는 것이 뭐가 있어. 괜히 그러실 것이야."

문바도 고개를 갸우뚱하며 말하고 각자의 집으로 갔습니다.

날이 밝자 문바가 라바를 찾아갔습니다.

"뭐 좀 떠오르는 게 있어?"

라바도 잠을 못 잔 듯 퀭한 눈입니다.

"아니, 전혀 무슨 뜻인지 모르겠어."

문바가 마루에 걸터앉으며 말했습니다.

"그럼 우리 오늘부터 베다를 다시 읽어보며 생각해보세."

"베다에는 없는 것이라 했지 않나."

"베다는 수수천년동안 살아보면서 기록해 놓은 온갖 지혜가 적힌 책이야. 우리는 그 책을 다 외우며 알고 있으니 다시 읽고 외우며 생각해보세. 그러면 스승님이 말씀하신 '나 자신도 모든 생물도, 시간은 다 같이 먹어버린다. 시간을 다 먹은 생물은 생을 태우는 것을 다 태워버렸다.' 는 뜻을 알 수 있지 않겠나."

두 제자는 스승님이 준 이레 동안 베다를 앞에 놓고 다시 읽으며 생각을 해 보았습니다. 그러나 스승님이 질문하신 뜻을 알 수 없었습니다.

이레 째 되는 날 두 제자는 풀이 죽은 모습으로 스승님 앞에 나아갔습니다.

"그래 문제는 풀었는가?"

"무슨 뜻인지 알 수가 없습니다."

"베다를 다시 읽으며 생각했지만 그런 내용은 없었습니다."

"내가 말했지 않느냐. 베다에는 없다고. 너희들은 밥을 이론으로 먹는다고 생각하느냐? 베다는 어떻게 밥을 먹는다는 이론에 불과하다. 그것을 바탕으로 나는 어떻게 내가 먹을 밥을 구하느냐 그것은 각자의 몫이다. 지금 목숨을 지닌 자가 밥을 먹는 것은 실제이며 밥을 먹지 못했을 때는 배가 고파야 하는 일이다. 너희들처럼 적힌 것을 줄줄이 외면서 자기가 먹을 밥 한 줌 구하지 못하는 이론은 아무 필요가 없다."

스승님은 두 제자를 꾸짖으며 다음 시를 외웠습니다.

"사람의 머리는 그 수가 많다.

거기에 털이 났고

그 모양 크며

그것은 다 목 위에 붙어 있는데

그 중에서 귀 가진 이는 실로 드물다."

시를 마친 스승님은 한참 눈을 닫고 입을 닫고 움직이지 않았습니다. 세 사람이 내 쉬는 숨소리가 지구 굴러가는 소리처럼 웅웅웅 들렸습니다.

한참을 그렇게 있던 스승님이 조용히 눈을 떴습니다. 두 제자는 스승님의 소리 없는 움직임까지도 놓치지 않았습니다.

라바는 생각했습니다.

"역시 스승님은 보통분이 아니구나."

문바도 생각했습니다.

"우리가 건방진 생각을 했구나."

두 제자가 그런 생각을 하는 것까지 알고 있는 듯 스승님이 조용히 입을 열었습니다.

"무릇 미련한 자들은 이론을 다 배웠다고 세상 모든 것을 안다고 생각한다. 이론은 저기 저 피어있는 하찮은 풀꽃보다 못하다. 저 풀꽃은 우주가 돌아가는 이치를 알고 시간을 알고 제가 언제 꽃을 피워야 하는지를 안다. 왜 그러는 줄 알겠느냐?"

"모르겠습니다. 가르쳐 주소서."

두 제자가 동시에 말했습니다.

"너희들은 책에 적힌 글자만을 보고 들었을 뿐 글자 속에 담긴 깊은 뜻을 읽지 못했다. 마음의 눈을 뜨지 못했고 마음의 귀를 열지 못했다. 세상을 마음으로 보고 마음으로 듣고 실천하는 자만이 살아가는 지혜가 생길 것이다. 시간을 먹는 생물이란 너희들을 두고 한 말이다. 시간을 먹은 생물은 너희들의 인생을 태워버릴 것이다. 필요 없는 고민으로 너희들의 인생을 축내지 말기 바란다."

"스승님, 잘못했습니다. 자만심을 버리고 오늘부터 다시 스승님의 말씀을 따라 마음의 눈을 뜨고 마음의 귀가 열리도록 공부하겠습니다. 어찌하면 되겠습니까?"

두 제자가 무릎을 꿇고 물었습니다.

"저 작은 풀꽃은 온 몸으로 살기 때문에 글자 한 자 모르지만 시간을 알고, 시기를 알고 제 있을 자리를 아는 것이다. 너희가 해야 할 일이 무엇이며 배고픔을 스스로 해결하려면 어찌 해야 하는지, 내가 남들로부터 존경을 받으려면 어찌 해야 하는지를 스스로 깨우치면 될 것이다."

스승님은 말을 마치고 조용히 깊은 생각에 드셨습니다. 두 제자는 더 이상 묻지도 그곳에 머물지도 못했습니다.

스승님의 마음을 흩트리지 않으려고 무릎걸음으로 물러나오며 속삭였습니다.

"우리는 스승님 곁에 머물려면 아직 멀었네. 글자를 안다고 우리가 스승님의 지혜까지 아는 것이 아니었어."

이후 문바와 라바는 스승님의 삶에 대한 지혜와 깊은 생각을 존경하고 따랐습니다.

◐ 생각 키우기

이론을 안다고 지혜로운 것은 아닙니다. 지혜로운 삶이란 서로 품위를 지켜주고 함께 살아가는 것입니다. 밥을 먹어야 사는 근본적인 것부터 더불어 살기 위해서는 자기만 살겠다는 자만심이나 나만한 사람이 없다는 교만함보다는 마음으로 보고 마음으로 듣고 생각하는 평등심을 갖는 일입니다. 이론으로 조금 더 배웠다고 교만하지 않고 조금 더 가졌다고 으스대지 않고 마음을 나누며 실천하는 삶입니다.〈본생경 제245화 근본 방편의 전생 이야기〉

월하연 · 양인숙(月下蓮 · 梁仁淑)
아동문학평론신인상(1993), 조선일보신춘문예, 대산창작기금 수혜, 화순문학상 광주문학상 등을 받았으며, 작품집으로는 『웃긴다웃겨 애기똥풀』, 『뒤뚱뒤뚱 노란신호등』, 『담장 위의 고양이』, 『셸리와 머피』, 『덕보야 용궁가자』, 『달을 건진 소녀』 등을 펴냈으며 현재, 초등학교 글쓰기 전담, 보성문화원 설화조사연구원으로 활동하고 있다.

내 욕심, 남의 욕심

양 정 화

기원정사에 장로 우파난타라는 사람이 있었습니다. 우파난타는 크고 작은 물건뿐만 아니라 무엇이든지 끌어 모아서 자기 것으로 만들어야만 마음이 놓이는 사람이었습니다.

아무리 많이 먹어도 더 먹어야 했고, 큰 수레에 물건이 가득 차 있어도 전혀 만족하지 못할 정도로 욕심이 많았습니다.

머물고 있던 정사에서 나서며 짐을 싸고 있을 때였습니다.

"수레에 빈자리가 없어서 물건을 더 실을 수가 없습니다."

옆에서 짐을 꾸리는 일을 돕고 있던 스님이 말했습니다.

"아이고, 그게 무슨 말씀이십니까? 이렇게 하면 얼마든지 더 실을 수 있습니다."

우파난타는 아직 싣지 않은 물건을 수레 위에 있는 짐 위로 올리더니, 그 위에 나머지 짐을 또 올리면서 더 높이 더 많이 쌓아 올렸습니다.

바닥에 있던 물건이 모두 수레 위로 올라가자 우파난타는 안타깝다는 듯이 말했습니다.

"더 실을 수도 있는데, 물건이 없군."

아무리 많은 물건을 가져도 우파난타는 결코 만족하지 못했습니다.

어느덧 비철이 되었습니다. 우파난타도 정사에서 안거를 지내기 위해서 바쁘게 준비를 하고 있었습니다. 그런데 이상한 일이었습니다. 우파난타가 안거를 지내기로 한 정사에 신 한 켤레만 있고 사람은 보이지 않았습니다. 다른 사람이 안거를 지내려고 정사로 찾아왔지만, 우파난타가 언제 올지 알 수가 없어서 다른 이에게 자리를 내어 줄 수가 없었습니다.

이런 일은 다른 여러 정사에서도 발생했습니다. 그곳에는 우파난타의 지팡이가 자리를 차지하고 있었고, 또 다른 정사에는 물병이 있었습니다. 정작 우파난타는 물건을 두지 않은 전혀 다른 정사에서 머물고 있었습니다.

"더 많은 정사에서 안거를 지낼 준비를 해 둬야 하는데, 몇 곳밖에 마련하지 못했군."

우파난타는 이렇게 말하면서 무척 안타까운 표정을 짓곤 했습니다.

어느 날이었습니다. 우파난타가 지방에 있는 정사에 가게 되었습니다. 입구에 이르자 스님들이 온갖 도구를 준비하고 있었습니다. 그 모습을 본 우파난타는 한걸음에 그쪽으로 달려갔습니다.

"좋은 물건이 많이 들어왔군요?"

우파난타는 하나도 놓치지 않고 모두 살펴보았습니다. 스님들을 위해 사람들이 지어 올린 깨끗한 가사가 보였습니다. 그러자 우파난타는 재빨리 앞으로 나서서 말했습니다.

"비구는 탐심을 버리고, 도를 닦는 이로써 검소하고 청렴하게 살아야 합니다. 그러니 여러분께서는 분소의*를 입으시어 청렴한 수도승이 되시기 바랍니다."

"장로님의 말씀이 옳습니다."

스님들은 그곳에 있는 모든 옷을 우파난타에게 넘기고 분소의를 가져갔습니다. 기대하지 않았던 물건을 손에 넣자 기분이 좋아진 우파난타는 다른 사람이 달라고 할까봐 얼른 옷을 모두 자기 수레에 실었습니다.

이번에는 바루가 눈에 띄었습니다. 우파난타는 조금 전에 했던 것과 똑같이 말하며 비구들에게는 흙바루를 가지게 하고 자기는 깨끗하고 고운 바루와 금속으로 만든 바루를 가졌습니다. 그리하여 온갖 물건과 도구를 수레에 가득 싣고 기원정사로 돌아왔습니다.

이 모습을 본 스님들이 모두 법당에 모였습니다.

"법우들 들어보십시오. 부처님의 제자 우파난타는 어디서든지 남들보다 많이 먹고, 욕심이 많아 남들보다 더 많이 가지고 있습니다. 그런데 남에게는 선행을 권장하면서 사문의 도구를 자기 수레에 가득 싣고 돌아왔습니다. 이 사람을 어떻게 해야겠습니까?"

"우파난타는 만족함이 없습니다. 아무리 채우려 해도 채워지지 않으니, 이 욕심을 가지고 수도자의 길을 나아갈 수 있을지 걱정입니다."

스님들은 우파난타에 대한 걱정과 비난이 섞인 이야기를 나누고 있었습니다.

그때 부처님이 와서 물었습니다.

"비구들이여, 그대들은 지금 무슨 이야기를 하기 위해서 여기 모여 있는가?"

스님들은 우파난타가 지금까지 여러 정사를 다니면서 많은 스님들에게 했던 수많은 일을 아는 대로 모두 사실대로 말했습니다.

모든 이야기를 듣고 난 부처님이 말했습니다.

"비구들이여! 우파난타가 다른 사람에게만 성종(聖種)의 의지할 일을 말하는 것은 좋지 못하다. 그보다 먼저 그 자신이 욕심을 억제해야 할 것이다."

그리고 부처님은 우파난타를 불러 이렇게 꾸짖었습니다.

"먼저 자신을 바른데 두어야 하고, 그 다음에 남을 가르쳐야 한다. 그래야만 슬기로운 사람이 되고, 모든 이 앞에서 부끄러움 없다."

부처님은 우파난타와 제자들을 한자리에 모았습니다. 그리고 욕심 많은 물까마귀에 대한 이야기를 시작했습니다.

"우파난타가 욕심이 많은 것은 지금만이 아니다. 전생에는 다른 이들에게 바다의 물도 아끼지 않으면 안 된다고 했다."

바로 우파난타의 전생에 대한 이야기였습니다.

먼 옛날 범여왕이 바라나시에서 나라를 다스리고 있을 때, 부처님은 해신(海神)으로 있었습니다.

그때 물까마귀 한 마리가 바다 위를 계속 날아다니면서 물속의 고기와 새들이 하는 일을 무조건 막으려고 했습니다.

"바닷물을 적당히, 알맞게 마셔라. 조금씩만 마시고 아껴야 한다."

그것을 본 해신이 호통을 쳤습니다.

"너는 누구냐? 넓은 바다를 돌아다니면서 물고기와 새를 방해하고 그들을 괴롭히는 너는 누구냐?"

물까마귀는 그 말을 듣고 이렇게 대답했습니다.

"나는 무한을 마시는 선수의 새입니다. 모두들 내가 만족을 모른다고 모두들 말합니다. 맞습니다. 나는 이 바닷물을 모두 다 마셔버리고 싶습니다. 모든 흐름의 왕인 바다를 모두 내가 마시고 싶습니다."

물까마귀의 말을 들은 해신은 무섭게 꾸짖었습니다.

"이 바닷물은 한 번 빠져도 그 자리에서 당장 다시 차니, 지금까지 이것을 다 마시는 이를 보지 못했다. 바닷물은 도저히 다 마실 수 없다."

그리고 무서운 형상을 나타내어서 그 물까마귀를 바다에서 당장 쫓아내 버렸습니다.

* 분소의 : 세속 사람들이 버린 헌 천을 주워서 깨끗하게 빨아서 지은 가사.

◑ 생각 키우기

　사람들은 자신이 가지고 있는 큰 욕심은 모르고 다른 사람이 가진 욕심만 보며 쉽게 꾸짖습니다. 남에게 옳은 일을 가르치고자 한다면 자신이 먼저 자신의 욕심을 버리고 옳은 행동을 지켜가야 합니다. 그래야만 모든 이 앞에서 부끄럽지 않을 수 있습니다.〈본생경 제269화 바다의 전생 이야기〉

여래심 · 양정화(如來心 · 梁貞花)
단국대 대학원 문창과 졸업. 아동문학평론 등단.〈도련님〉등 청소년권장도서 시리즈를 편집. 현재 서경대학교 출강하며 우리신화 연구회 북적에서 활동.

까마귀 왕 수팟타

먼 옛날에 많은 사람들의 존경을 받는 어질고 지혜로운 보살이 있었어요.

보살은 살아서 좋은 일을 많이 했기에 죽어서 까마귀로 다시 태어났어요.

까마귀로 태어난 보살은 어질고 지혜로워서 많은 까마귀들이 따랐습니다.

"모두 나를 믿고 따르는구나. 나는 이들에게 무엇을 해주지?"

까마귀보살은 왕이 되어서 그들을 평화롭고 행복하게 살도록 해주어야겠다고 생각했어요.

까마귀보살은 까마귀들을 모두 모아놓고 의견을 물었어요.

"우리가 이렇게 모여 살아도 지도자가 따로 없습니다. 우리를 대표할 수 있는 지도자가 있었으면 좋겠다고 생각하는데 여러분들 생각은

까마귀 왕 수팟타 203

어떻소?”

그러자 까마귀들은 모두가 그것이 좋겠다고 했습니다.

“그러면 이 자리에서 우리의 지도자를 정하는 것이 어떻습니까?”

“그렇게 합시다. 보살님을 우리의 대표로 했으면 좋겠습니다.”

“찬성입니다. 우리의 대표가 아니라 우리의 임금님이 돼주십시오.”

“옳소. 보살님을 임금님으로 모시도록 합시다.”

까마귀들은 일제히 환성을 지르며 까마귀보살을 임금으로 모시겠다고 했습니다.

“여러분의 뜻이 그렇다면 내가 까마귀 나라 임금이 되겠습니다. 감사합니다.”

“만세, 만세! 우리 임금님 만세!”

팔만 무리의 까마귀들이 모두 까마귀보살을 둘러싸고 만세를 불렀습니다.

“이제부터 나는 까마귀보살이 아니고 우리 위대한 까마귀나라의 수팟타 임금이다. 그리고 나의 아내는 왕비로서 수팟사라고 부르도록 하겠다.”

“예, 수팟타 임금님, 그렇게 하겠습니다.”

“그리고 나를 도와줄 신하는 수마카라 부르도록 해라.”

“예, 수팟타 임금님!”

까마귀들은 일제히 합창을 하며 머리를 조아렸어요.

수팟타 임금은 까마귀들의 의견을 물어 신하를 뽑았습니다.

신하로 뽑힌 수마카는 수팟타 임금을 위해서는 목숨을 바칠 만큼 충성스러웠어요. 까마귀들도 수팟타 임금의 지시에는 무조건 복종했어요.

수팟타 임금은 까마귀들이 모두 부지런히 일해서 먹을 것을 저축하게 하고, 늙고 병든 이웃을 도우며 모두가 정답게 지내도록 잘 이끌었어요. 까마귀나라는 조용하고 태평스러웠습니다.

또 나라에 경사가 났어요. 수팟사 왕비가 임신을 했어요. 임금은 왕비의 몸속에서 왕자가 자라고 있다고 생각하니, 왕비가 먹을 음식을 생각했습니다.

"여보, 특별히 먹고 싶은 것이라도 있으면 말해 보시오."

수팟사 왕비는 잠시 생각하더니 말했어요.

"바라옵건데, 바라나시 왕은 매우 특별한 음식을 드신다는데 그 요리가 어떤 것인지 한번 먹어봤으면 합니다."

수팟타 임금은 대답을 못 하고 망설였어요. 바라나시는 인도 갠지스 강 중류에 있는 나라로 부처님이 계시는 곳이었기에 까마귀가 그곳 왕의 음식을 얻어오기는 불가능했습니다.

수팟타 임금은 깊은 고민에 빠졌어요. 그것을 눈치 챈 신하 수마카가 물었어요.

"임금님, 무슨 걱정이라도 있습니까?"

"나의 사랑하는 왕비가 아기를 가져서 바라나시 왕이 드시는 요리가 먹고 싶다는 구나."

"걱정하지 마십시오. 제가 그 요리를 구해 오겠습니다."

수마카 신하는 힘세고 날쌘 까마귀들을 데리고 바라나시 왕이 있는

궁궐로 갔지요. 수마카는 까마귀들에게 궁궐 둘레 나무숲에 숨어서 요
리상이 나올 때를 기다리라고 했어요.

　궁궐의 요리간 문이 열리며 음식을 가득 실은 수레가 나타났어요.

　신하 수마카가 까마귀들에게 지시를 했어요.

　"여봐라. 저 요리운반 수레를 습격해라. 너는 생선, 너는 육회, 너는
죽과 밥, 너는 다른 반찬을 낚아채오도록 하여라."

　"요리사가 곁에 따라오고 있는데 어떻게 빼앗을 수 있습니까?"

　"내가 우두머리 요리사의 가슴을 발톱으로 할퀴면 다른 요리사들이
갈팡질팡할 것 아니냐? 그때를 이용하면 된다."

　"예. 알겠습니다."

　수마카 신하가 잽싸게 날아가서 우두머리 요리사의 가슴을 발톱으로
할퀴었어요. 그 순간 까마귀들이 일제히 요리를 실은 수레를 공격했습
니다.

　이것을 보고 바라나시 대왕이 소리쳤어요.

　"여봐라 저, 저 까마귀들 봐라. 까마귀들을 잡도록 하여라."

　궁궐을 지키던 병사들이 달려오자 요리수레를 공격하던 까마귀들은
놀라서 모두 달아났어요. 신하 수마카만 우두머리 요리사에게 잡혀서
병사들에게 끌려갔어요. 바라나시왕이 병사들에게 끌려온 수마카에게
물었어요.

　"너는 어찌하여 내가 먹을 음식을 빼앗으려 하였느냐?"

　"대왕님, 저는 우리나라 수팟사 왕비님께서 아기를 가져서 대왕님
이 드시는 요리가 먹고 싶다 하기에 목숨을 걸고 그렇게 한 것이 옵

니다."

"뭐라고? 너의 왕비를 위하여 목숨을 희생한다? 너는 참으로 훌륭한 신하로구나."

"그것은 신하의 도리로서 당연히 그렇게 해야 되는 것 아닙니까?"

"허허! 신하의 도리라? 나의 신하들은 많은 돈을 주어도 나를 위해 목숨을 바치려는 자를 보지 못했느니라. 너의 기특한 마음을 보니 벌을 내릴 수가 없구나."

바라나시왕은 수마카를 칭찬하며 수팟타 임금과 수팟사 왕비에게 많은 음식을 보냈어요.

그리고 수마카도 정중히 돌려보내며 말했어요.

"너희 임금을 만나보고 싶구나. 어떻게 하면 만날 수 있겠느냐?"

"우리 임금님께서는 팔만무리 까마귀들의 공양을 받고 있습니다. 제가 모셔오겠나이다."

까마귀나라로 돌아온 수마카는 수팟타 임금을 모시고 바라나시로 갔어요.

바라나시 왕은 수팟타 임금의 설법을 듣고 식단표를 알려주고 맛있는 요리를 고루 대접한 후 팔만무리의 까마귀들이 먹을 수 있는 쌀을 맛있게 볶아 주었어요.

모든 까마귀들은 또 한 번 수팟타 임금의 지혜롭고 착한 마음을 기리며 만세를 불렀습니다.

◑ 생각 키우기

　지혜롭고 착한 사람도 복을 받지만 훌륭한 부하나 친구를 가진다는 것은 참으로 큰 행운입니다. 까마귀 나라의 수팟타 임금은 자신도 어질고 착했지만 수마카 같은 훌륭한 신하를 데리고 있었기에 바라나시 왕을 감복시켜서 자기나라 백성인 까마귀를 더욱 행복하게 지내도록 할 수 있었습니다. 〈본생경 제292화 수팟타 까마귀의 전생 이야기〉

묘길상 · 연경희(妙吉祥 · 燕敬姬)
(사)한국반달문화원 이사
서울미래유산 제1호 윤극영 가옥 운영자, 교육담당강사.
서울국립맹학교언어치료전임강사
시니어동화구연강사
학교, 문화원, 문화센타 동화구연스피치강사.

코브라 조련사와 원숭이

오 해 균

바라나시는 많은 재주를 가진 사람과 큰 장사를 하는 상인들이 많아서 항상 북적거리는 곳입니다.

바라나시 중심의 큰 곡물상에는 항상 손님이 많았습니다.

이 나라에는 독이 있는 뱀을 길들여서 돈을 버는 재주꾼이 있는데 그는 곡물상에 손님이 많은 것을 알고는 그 가게 앞에서 뱀을 부리면서 곡물상 손님들이 주는 돈을 받아 살아가고 있었답니다.

자기가 뱀을 부리다 보니 늘 어디를 놀러가거나 쉬고 싶어도 갈 수가 없고 쉴 수가 없는 것이 항상 불만이었어요.

그러던 어느 날 그는 나무 그늘에서 곰곰이 생각을 해 봤습니다.

'나도 좀 쉬고, 또 놀러 다녀야 되니 원숭이 한 마리를 잡아서 훈련시켜서 살모사를 부리게 하면 더 좋을 것이야.'

생각을 마친 그는 즉시 숲속에 들어가서 덫을 놓고 원숭이 한 마리를 잡아서 '사라카' 라고 이름을 지어 주고 말을 듣지 않으면 때리고 약을 먹여서 말을 잘 듣게 하였습니다.

사라카 원숭이는 매를 맞고 마약에 취해서 고분고분 뱀 부리는 재주꾼 말을 듣고 있지만 속마음은 언제나 도망갈 궁리만 하게 되었답니다.

'언제고 이 못된 뱀장수를 벗어나야 내가 살 수 있어.'

그러던 어느 날 관리가 곡물상 담벼락에 종이를 하나 붙여두고 갔는데 재주꾼이 다가가서 읽어보니 이웃마을에서 큰 축제가 벌어진다는 광고문이었습니다.

'축제장엘 놀러가서 재미있는 구경을 해야겠구나.'

구경할 생각에 들뜬 재주꾼은 뱀과 원숭이를 곡물상에 맡겨두고 이웃마을 축제장에서 시간이 가는 줄도 모르고 일주일을 놀다가 축제가 끝나고 나서야 곡물상으로 돌아왔습니다.

"장자시여 내가 키우는 사라카 원숭이를 돌려주세요."

뒤뜰 창고에서 놀던 사라카는 주인의 소리에 얼른 나왔습니다.

그러나 재주꾼은 반가워하며 안아주지는 않고 대꼬챙이로 사라카의 등을 찌르고 머리를 때렸습니다.

그리고는 목에 줄을 매달아 숲속으로 끌고 가 나무에 매어놓고 그물을 씌어 놓았습니다. 그리고 자신은 나무 그늘에서 잠이 들었습니다.

몸과 마음이 아프고 배가 고픈 원숭이는 탈출을 결심하고 자신의 날카로운 송곳니로 줄을 끊고 그물을 뚫고서는 키가 큰 암라나무 위로 올라가서 열매를 따먹고 씨는 뱀 부리는 재주꾼에게 던졌습니다.

잠이 깬 재주꾼이 나무 위를 보니 자신의 원숭이가 탈출하여 자신을 원망하며 씨를 던지는 모습을 보고 원숭이를 달콤한 말로 꼬드겨서 잡아야겠다는 생각에 달콤한 말로 노래를 불렀답니다.

"사라카야 나는 너를 내 아들처럼
잘 보살펴주고 매일 밥도 주는데
어찌하여 나무위에 있니?
어서 내려와서 나와 함께 집으로 가자,
어서 이 아버지의 말을 들으렴."

그러나 그것이 자신을 속이기 위한 술책인 걸 아는 사라카는 다음과 같이 대꾸를 해 주었습니다.

"나에게는 이 숲이 나의 집이니 당신은
당신의 집으로 가세요.
그렇게 달콤하게 말하면 내가 속을 줄 알지만
나를 때리고 멸시하고, 매일 코브라 뱀에게
물릴까 걱정하는 것 보다는 이 숲이 좋으니
나는 여기에 살 것이오."

그리고는 다른 나무로 건너 뛰어 숲속으로 사라져 버렸습니다.
화가 난 재주꾼은 곡물상으로 와서는 주인에게 하소연을 하였습니다.
"장자시여, 원숭이가 날 배신하고 숲으로 갔으니 화가 납니다."

"평소에 잘해주고 때리지 않았으면 도망가겠소, 그것은 당신이 잘못해서 그런 것이니 내게 하소연 하지 마소."

곡물상 주인은 그동안 재주꾼이 동물들에게 달콤한 말을 하여 잡아다가 온갖 괴롭힘을 주어 학대한 죄를 나무랐습니다.

이에 자신의 잘못을 크게 뉘우친 재주꾼은 살모사도 숲속에 풀어주고, 다시는 동물들을 괴롭히지 않았습니다.

◑ 생각 키우기

이 이야기 속에서 곡물상은 부처님이시고, 사라카 원숭이는 어린 사미요, 재주꾼은 장로의 전생이니 인연의 끈은 계속하여 연결이 된다고 할 수가 있습니다.

남에게 좋은 마음, 좋은 행동으로 믿음을 주면 항상 믿게 되지만 행동은 나쁘게 하면서 입으로만 좋은 말을 하면 결코 상대방에게 신뢰를 줄 수 없다는 가르침을 부처님은 주셨습니다.

몸과 입과 생각을 항상 올바르게 하여 친구들과 선생님과 부모님께 사랑받는 어린이는 성인이 되어서도 훌륭한 사람이 된다는 생각을 키워 가시기 바랍니다.〈본생경 제249화 사라카 원숭이의 전생 이야기〉

영각 · 오해균(影覺 · 吳海均)
1955년 충북 청원에서 나서 불교문학과 불교음악에 전념하고 있다. 세광음반 대표로 작사 · 작곡 및 음반제작자로 수많은 기성가수를 배출했으며, 전국의 산사음악회는 거의 독점하고 있다. 대한민국환경대상, 용호연예대상, 대한민국찬불가요대상 등 많은 상을 받았고, 현재 가릉빈가소리 봉사단 단장으로 일하며, 장편 불교소설을 쓰고 있다.

소금나무 보살의 열매

우 점 임

옛날, 범여왕이 바라나시에서 나라를 다스리고 있을 때였습니다.

나무의 목신이 된 보살은 청정한 염부제 땅에서 오랜 시간을 참고 견디며 소금나무에 감로수 잎을 달고 만행화 꽃을 피우며 보리과 열매를 익혀 모두가 원하는 공양물을 만들었지요.

소금나무 가지에는 공작새 둥지가 있어 아름답고 우아하게 자라나는 새끼를 볼 수 있어 모두 좋아했지만, 이웃에 사는 가리까마귀와 달다승냥이의 탐욕스러움에 골치를 앓기도 했답니다.

소금나무 보살은 육법공양*을 꿈꾸면서 노래를 부릅니다.

　감로다는 불사약 잎으로 중생 갈증 풀었네
　만행화는 중생의 소원꽃으로 피어났네
　보리과는 깨달음 열매로 마음속에 열렸네

열매는 마음이요 줄기와 한 몸이라네
착한 사람이 잎과 꽃과 열매를 가질 수 있을 거야.

열매가 익어 가는 어느 날, '쩝쩝, 소금나무 열매 냄새다' 가리까마귀가 소금나무 위로 퍼드득 날아들자 가지팔이 마구 휘둘린 소금나무는 깜짝 놀랐어요.

그 나뭇가지의 공작새 둥지도 '푸드덕 지지지' 잠시 소란스러웠지요.

"까악 깍깍!"

가리까마귀는 나뭇가지에 앉으면서도 예의 없이 짖어 댔어요.

"어이 넌 아직도 지겐*으로 떠나지 않았느냐?"

소금나무 보살이 까마귀에게 묻자

"소금나무 보살님 배… 배가 몹시 고파요!"

"며칠 전에도 길 떠난다고 하지 않았느냐?"

"열매 하나만 따 먹고 가면 안 될까요?"

"열매공양을 하려면 남에게 칭찬의 공덕을 쌓고 오느라!"

"……"

때마침 소금나무 아래에 찾아든 달다승냥이 한 마리가 어슬렁거리며 열매를 올려다보았지요.

'누구에게나 칭찬할 수 있다면 저 열매를 얻을 수 있을 텐데 까마귀에게 먼저 칭찬을 걸어볼까?'

"음~ 까만 망토가 아리따운 까마귀님 몹시 아름답군요!"

"히힛~ 호랑이처럼 늠름한 승냥이님 정말 멋져요?"

"아름다운 목소리로 까마귀님 노래 한 곡 부탁해요."

"덕 높으신 승냥이님 같이 노래해요."

"어힝어힝 꺄악꺄악 캑캑캑!"

이 모습을 보고 있던 점잖은 공작은 아름다운 깃털을 세워 아기 새들이 듣지 못하게 귀를 살짝 막아주고 있었지요.

보다 못한 소금나무 보살은 게송을 읊기 시작했습니다

> 허풍쟁이 구가리는 바라문 집안의 골치덩어리였어
> 까마귀로 다시 탐욕스럽게 태어났지.
> 욕심쟁이 제바달다는 마하삼마다왕*의 두통꺼리였어
> 승냥이로 다시 탐욕스럽게 태어났지.
> 거짓말쟁이들이 모여 있는 곳 나는 오랫동안 지켜보았지
> 거짓말로 서로 찬양해주며 집집마다 공양물을 얻으며 돌아다녔지
> 잔칫집 지붕에서 까악 까악 울어대다가 쫓겨나기도 했지,
> 토한 것 먹고 짐승고기 먹으면서 서로 그 덕 찬양했지
> 맑은 물도 젖소가 마시면 우유가 되고 독뱀이 먹으면 독을 만들지
> 소금나무 열매는 덕이 있는 사람들만이 나눌 수 있는 공양물이야
> 공양물은 자기 마음을 가져다주는 것이지.

소금나무 보살 앞에 가리까마귀와 달다승냥이는 무릎 꿇고 머리를 조아렸어요.

소금나무 열매를 마구 따서 콕콕콕 쪼아 먹고, 우걱우걱 먹던 지난

날 모습이 아수라의 걸신들처럼 부끄러워졌기 때문이지요.

공작이 나무 위에서 내려와 가리까마귀와 달다승냥이에게 다가가 무지개 깃털로 도닥여줍니다. 가리까마귀 마음이 고운 빛으로 물들고, 눈물도 진주 빛이 납니다.

가리까마귀는 까만 깃털로 승냥이를 도닥거려주고 승냥이도 공작의 어깨를 도닥거려주고 서로서로 많이 어깨동무하며 도닥여줍니다.

탁했던 가리까마귀 울음소리가 옥구슬 굴러가듯 청아해지고, 달다승냥이 이빨도 쪽니처럼 예쁜 웃음을 머금었습니다.

이 모습을 지켜보던 소금나무 보살은 흐뭇한 듯 열매를 자꾸 떨어트려 줍니다.

서로가 서로에게 덕담을 하며 열매공양을 나누어 먹었답니다.

나무 목신 소금나무 보살은 부처님의 전생이었습니다.

* 육법공양 : 향, 등, 꽃, 과일, 차, 쌀 등 여섯 가지 중요한 공양물이다.
　① 헌향공양 : 향의 연기는 하나로 융합되는 화합과 공덕
　② 헌등공양 : 밝은 지혜와 맑음의 등불
　③ 헌화공양 : 꽃은 피기 위해 온갖 인고의 세월을 수행
　④ 헌과공양 : 수행과 보살행의 깨달음
　⑤ 헌다공양 : 하늘에서 내려오는 단맛의 이슬로 마음 씻기
　⑥ 헌미공양 : 복밭에 씨앗 뿌려 가꾼 기쁨과 환희
* 북쪽 지겐이라는 나라로부터 하샬리란 나라로 까마귀를 데려옴.
* 마하삼마다 : '선택된 대왕' 이라는 뜻으로서 전설에 의하면 인간 최초의 왕이라 한다. 그는 마갈타왕의 조상으로서 석존도 그 자손이라 한다.

공양이란 불법승 삼보에 정성을 담아 향, 초, 차, 꽃, 쌀, 과일 등을 올리는 것을 말하며 온 정성을 다해 올리는 공양은 자기 마음속에 숨겨진 부처님의 성품을 기르는 부처님 공부 중 하나입니다.〈본생경 제294화 염부나무 열매의 전생 이야기〉

자은심 · 우점임(慈恩心 · 禹点任)
2009년 「오늘의 동시문학」 신인상, 「단국문학상」 동시부문 신인상,
서울문화재단창작기금 수혜(2012), 경남 아동문학상 수상
동시집 『바람 리모콘』, 『같은 생각 하나 봐』 외 동인지 다수

경면왕의 지혜

윤 사 월

옛날에 바라나시의 결민(結民)왕은 이 세상에서 하지 않으면 안 될 일을 경면(鏡面)왕자에게 가르치고, 그 왕자가 일곱 살 되던 해에 죽고 말았습니다.

대신들은 왕의 장례를 치르고 '왕자는 아직 어리므로 왕이 될 수 없다' 고 궁중에 모여 의논하여, 왕자의 지혜를 시험해 보기로 하였습니다. 마법에 의해 집터의 좋고 나쁨을 아는 관지사의 옷을 원숭이에게 입혀

"이 사내는 부왕(父王) 때에 궁궐의 터를 잡은 유명한 지관입니다. 이를 채용하여 관직에 두십시오."

이 말에 왕자는

"원숭이란 만든 물건을 부술 줄은 알아도 물건을 만들거나 고안할 줄 모른다. 이것은 집터 잡는 명공(名工)이 아니다."

대신들은 왕자의 말이 옳다고 하였습니다. 이틀이 지난 뒤에 원숭이를 변장시켜

"이 사람은 부왕 때에 사법 대신이었으므로 이 사람을 채용하여 주십시오."

"마음과 뜻이 있는 자의 몸 털은 이렇지가 않다. 마음도 없는 원숭이에게 사법의 사무를 맡길 수 없다."고 왕자가 말하자 대신들은 그렇다고 했습니다.

다음 날 다른 원숭이를 변장시켜

"전하, 이 사내는 부왕 때 부모를 잘 섬기고 노인을 존경하였습니다. 이 사내를 채용하여 주시면 어떻겠습니까?"

"원숭이란 마음이 잘 변한다. 이런 물건은 부모와 형제자매를 기르지 못하므로 그런 선업을 할 수 없다."

이때 대신들은 탄복하고 모두 머리를 숙여

"전하의 말씀 백 번 옳습니다. 왕자님은 역시 현명하여 나라를 다스릴 수 있다고 판단합니다."

경면왕자는 곧 왕위에 올라 나라를 잘 다스렸습니다.

왕자가 왕위에 오르자 부왕의 시복(몸종)이었던 가마니 찬다는 '지혜 있는 왕이니 이 나라는 번영해 나갈 것이다. 이제 젊은 왕을 섬기지 않아도 된다. 촌에 가서 농사나 짓고 살자' 하고 성에서 떠나 먼 촌에 가서 살게 되었습니다.

그는 어느 날 친구에게 소 두 마리를 빌어 종일 밭을 갈고 소꼴을 먹인 뒤에 소를 돌려주려고 갔는데 그 주인은 아내와 마주앉아 저녁식사를 하고 있었습니다. 소는 주인을 알아보고 음매— 소리를 내며 제 집으로 들어갔습니다.

찬다는 두 부부가 식사 중이므로 말하지 않고 곧장 집으로 돌아왔습

니다. 그날 밤 도둑이 들어 소를 훔쳐 몰고 갔습니다. 아침에 나와 본 주인은 외양간이 텅 빈 것을 보고

"친구야 우리 소를 돌려주게."

하고 억지소리를 하였습니다.

"그 소는 자네 외양간에 있지 않은가?"

"어제 그 소를 내게 직접 주었는가?"

"직접 주지는 않았지만……"

"그렇다면 이것은 왕이 그대에게 보내는 사자(使者)다 자, 이리 오너라."

이 나라 풍속으로 '왕이 보낸 사자' 라는 말을 한 사람을 따르지 않으면 왕의 엄중한 벌을 받게 되는 정책이 있었습니다. 찬다와 친구는 왕의 성을 향해 가는 도중에 아는 친구가 사는 마을을 지나게 되었습니다.

"친구야 나는 몹시 배가 고프다. 마을에 들어가 식사하고 올 때까지 기다려 주게."

하고 찬다는 혼자 친구의 집을 찾아갔는데 친구는 없고 그 아내가

"지금 만들어 놓은 음식이 없습니다. 잠시 기다리면 장만해 드리겠습니다."

하고 창고가 있는 이층을 사다리로 오르다가 그만 떨어졌습니다.

이때 불행하게도 임신 7개월, 태아가 낙태 유산되고 말았습니다. 그때 마침 친구가 와서 그 광경을 보고 말았습니다.

"자네는 내 아내를 때려 태아를 유산시켰다. 이것은 그대에게 보낸 왕의 사자다."

이젠 두 사내가 찬다를 가운데 두고 왕의 성을 향해 걸어가는데, 어

느 마을 입구에서 어떤 마부가 도망친 말을 붙잡도록 해 달라는 것이었습니다. 챤다는 돌 하나를 던졌는데 공교롭게 말 다리가 부러졌습니다.

"아저씨 때문에 우리 말 다리가 부러졌소. 이것은 당신에게 보내는 '왕의 사자'입니다."

이젠 세 사람과 함께 길을 걸어가는데 챤다는 생각해 봅니다.

'이 사람들은 나를 왕에게 고소할 것이다. 나는 두 마리 소 값을 치를 수 없고, 더구나 태아를 유산시킨 보상금도 지불할 길이 없다. 또 말 값은 어떻게 지불할 수 있겠는가. 에잇! 차라리 죽어버리자.'

얼마쯤 가자 높은 벼랑이 눈에 띄었습니다. 이때다 싶어 챤다는

"나는 대변이 급하다. 일을 보고 올 때까지 기다려주게."

하고 벼랑에서 몸을 던졌습니다. 그 벼랑 그늘 밑에서는 마을에 사는 부자(父子)가 바구니를 엮고 있었습니다. 그래서 챤다는 그 아버지 머리 위에 떨어져 아버지는 죽고, 그는 무사했습니다.

"너는 우리 아버지를 죽인 악한이다. 이것은 너에게 주는 '왕의 사자'다."

하고 아들이 울며 외쳤습니다.

네 사람이 챤다를 복판에 두고 걸어갑니다.

어느 마을 입구에 다다르자 촌장이 챤다 일행을 보고, 왕을 만나러 가는 것을 눈치 채고 챤다에게

"챤다씨 임금님을 뵙거든 저의 사정도 물어 주세요? 나는 이전에는 얼굴도 아름답고 재산도 명예도 있었으며 몸도 건강했는데 지금은 가난하고 더구나 황달병에 걸렸습니다. 이것은 무슨 까닭인지 왕에게 물어 전해주시오."

찬다는 그러마 하고 걸어가는데 어느 마을 입구에서 창부 한 사람이

"찬댜 아저씨, 왕이 매우 현명하다는데 제 말도 전해주시오. 나는 이전에 수입이 많았는데 지금은 빈랑나무 열매만큼도 얻지 못하고 아무도 내게 오지 않습니다. 이것은 무슨 까닭인지 왕에게 묻고 내게 전해주시오."

또 어느 마을 입구에서 어떤 젊은 여자가 그를 보고

"저는 시가에 살 수 없고 친정에도 살 수 없습니다. 무슨 까닭인가 왕에게 묻고 전해주시오."

큰길가 개미둑에 사는 뱀 한 마리가 그를 보고

"찬댜님 저는 먹이를 찾아 나갈 때는 굶주려 몸이 가늘어도 개미둑의 구멍이 좁아 겨우 나갑니다. 그런데 여러 곳을 돌아다니고 돌아올 때는 배가 부르고 몸이 커져도 같은 구멍인데 쉽게 들어옵니다. 이것은 무슨 까닭인가 왕에게 묻고 전해주시오."

사슴 한 마리가

"나는 다른 장소에서는 풀을 먹을 수 없고, 오직 나무 밑에서만 먹을 수가 있는데 이것은 무슨 까닭인가 왕에게 묻고 전해주시오."

또 더펄새 한 마리가 그를 보고

"나는 산기슭에서는 유쾌하게 울 수 있지만 다른 장소에서는 울 수가 없습니다. 무슨 까닭인가 왕에게 묻고 전해주시오."

어떤 목신(木神)이

"나는 이전에는 사람들의 숭배를 받았는데 지금은 한 줌의 어린 가지만큼도 존경을 못 받는다. 무슨 까닭인가 왕에게 물어 전해다오."

용왕이 보고

"전에는 이 호수가 맑았지만 지금은 떠도는 찌꺼기가 덮여있어 숨도 못 쉴 지경이오. 무슨 까닭인지 물어 전해주시오."

성 가까운 동산에 살고 있는 어떤 고행자가 그를 보고

"이전에 이 동산의 과일은 모두 맛있었는데 지금은 맛이 없습니다. 무슨 까닭인지 왕에게 묻고 전해주시오."

성 가까이 이르자 젊은 바라문들이 그를 보고

"이전에는 우리에게 안긴 문제는 모두 풀었는데 지금은 조금도 머리에 남지 않고 깜깜한 것은 무슨 까닭인지 왕에게 묻고 전해주시오."

챤다는 열네 가지 문제를 안고 법정에 계신 왕 가까이 이르렀습니다.

왕은 챤다를 보고

"이 사람은 과거 우리 부왕의 시복으로 나를 업고 다녔다. 오랫동안 어디 가 있었는가? 무슨 일로 왔는가?"

"대왕님 우리 선왕(先王)님이 세상을 떠나신 뒤로 촌에 가서 농사를 짓고 있었습니다. 친구가 소 사건으로 '왕의 사자'를 내어 저를 여기까지 데리고 온 것입니다."

"그러면 그 사내는 어디 있는가?"

"대왕님 저기 저 사람입니다."

왕은 그에게 물었습니다.

"벗이여, 챤다에게 왕의 사자를 내었다는데 사실인가?"

"대왕님 사실입니다."

"무슨 까닭인가?"

"이 친구가 소 두 마리를 돌려주지 않았습니다."

"챤다여, 그것이 사실인가?"

이에 챤다는 그간의 사정을 다 이야기 했습니다. 그 말을 듣던 왕은 그 소 주인에게 묻기를

"벗이여, 그대는 그 소가 외양간에 들어가는 것을 보았는가?"

"대왕님 저는 보지 못했습니다."

이에 왕은 "벗이여 세상 사람들이 나를 '경면왕' 이라고 부르는 말을 듣지 못했는가? 분명히 말하라."

"대왕님 들었습니다."

"벗 챤다여 소를 직접 손에 잡혀 주지 않았으므로 그 소 값은 물어야 한다. 이 사내는 본 것을 보지 않았다고 지금 거짓말을 하였다. 그대 손가락으로 이 사내의 두 눈깔을 후벼 파내고 그 소 값은 지불하라."

이때 소 주인은 '두 눈을 잃으면 돈을 받은들 무엇 하랴' 생각하고 챤다의 발아래 꿇어 앉아 "챤다님 소의 대금은 당신에게 드리겠소. 그리고 덤으로 더 드리니 받아주시오." 하고 천 냥을 더 주고 달아났습니다.

두 번째 사내가 왕에게 아뢰었습니다.

"대왕님 이 사람은 제 아내를 때려 태아를 유산시켰습니다."

"챤다여, 이 사내의 아내를 때려 낙태 유산시켰는가?"

"대왕님 유산시킨 일이 없습니다."

"너는 챤다가 태아를 유산시킨 것을 본래대로 만들 수 있겠는가?"

"대왕님 그것은 할 수 없습니다."

"그렇다면 어쩌자는 것인가?"

"제 아내를 얻고 싶습니다."

왕은 이에 "챤다여 너는 그 아내를 데리고 가서 아이가 생기고 출산하게 되면 그 여자를 데리고 가서 저 사내에게 돌려 주거라."

이때 그 사내는 챤다의 발 앞에 꿇어 앉아

"부디 우리 가정을 파멸시키지 말아 주시오."

하고 천 냥을 주고 달아났습니다.

세 번째 사내가 나와

"대왕님 이 사내가 제 말 다리를 부러뜨렸습니다."

왕은 챤다에게 그것이 사실인가 묻자

"대왕님 제 말을 들어 주십시오."

하고 그 동안의 사정을 자세히 이야기하였습니다. 이 말을 듣고 왕은
마부에게

"너는 무엇으로나 그 말을 때려 붙들어 달라고 했는데 사실인가?"

"대왕님 저는 그렇게 말하지 않았습니다."

왕이 계속 캐묻자 그는 그렇다고 자백했습니다.

"챤다여, 이 사내는 거짓말을 하고 있다. 이 사내의 혀를 잘라버려라.
그리고 그 말 값을 주어라."

이에 마부는 천 냥을 더 주고 달아났습니다.

바구니 만드는 사람 아들이 나와

"이 사람은 저의 아버지를 죽인 악한입니다."

왕은 챤다에게 물었습니다. 챤다는 그간 사정을 자세히 아뢰었습
니다.

그런데 아들은 막무가내로 "대왕님 저는 아버지를 얻고 싶습니다."

이때 왕은 "챤다여, 이 사내는 아버지를 얻고자 한다. 그러나 죽은 이
를 데려올 수는 없다. 이 사내의 어머니를 데리고 가 이 사내의 아버지
가 되어 주어라."

이에 아들은 생각 끝에 "부디 돌아가신 우리 아버지 가정을 파괴하지 마세요."

하고 찬다에게 천 냥을 주고 달아났습니다.

찬다는 소송에서 이기고 기뻐하며 왕에게 아뢰었습니다.

"대왕님 여러 사람들로부터 대왕님께 전해달라는 부탁을 받았습니다. 이제는 그것을 아뢰겠습니다."

"찬다여, 말해보라."

왕은 먼저 바라문이 전하는 말을 듣고

"이전에 그들이 살고 있던 곳에는 시각을 알고 우는 닭이 있었다. 그 닭소리를 듣고 경정을 외우면 해가 올라왔던 것이니, 그 때문에 기억했던 것을 잊지 않았지만 지금 그들이 사는 곳에는 밤중에 울기도 하고 날이 밝아 울기도 한다. 밤중에 우는 소리를 듣고 일어나 경전을 읽으면 졸려 외울 수 없고 다시 자게 되며, 날이 밝아 우는 소리에 일어나면 그것은 외우지 못한다. 그러므로 읽은 것을 다 깨닫지 못한 것이다."

목신이 전하는 말을 듣고 "그들은 사문의 법을 이전에는 실행했지만 지금은 등한시 한다. 그러므로 삿된 법에 의지하기 때문에 숭배를 받지 못한다. 이전처럼 행하면 다시 얻게 될 것이다."

"그 더펄새가 유쾌하게 우는 개미둑 밑에는 보물항아리가 많다. 그것을 파내어 가져라."

"그 사슴이 풀을 먹는 나무는 많은 벌꿀이 있다. 그 벌꿀이 떨어지는 풀에 집착하여 다른 풀은 먹지 못한다. 그대는 그 꿀벌 집을 가져가라. 그리고 가장 좋은 꿀은 내게 보내고, 나머지는 그대가 먹도록 하여라."

"그 뱀이 사는 개미둑 밑에는 보물 항아리가 많다. 그것을 지키면서 살기 때문에 나갈 때는 탐욕으로 몸이 묶이는 것이다. 그러나 배불리 먹은 뒤에는 기분이 좋아 빨리 들어갈 수 있었다. 그대는 그 보물항아리를 파서 모두 가져라."

"젊은 여자의 시가와 친정 중간에는 그녀의 애인이 있다. 그에 대한 애욕으로 시가에 있을 수 없고, 친정에 간다하고 그 애인 집에서 며칠 묵고는 친정에 가서 며칠 묵는다. 다시 애인 생각으로 시가에 간다고 하고 그 애인 집으로 간다. 그대는 그 여자에게 왕의 명이다 하고 '반드시 시가에서 살지 않으면 왕은 너를 묶어내어 죽일 것이다.' 라고 전하거라."

"그 창부는 남자에게 몸값을 받고 반드시 일을 치루어 수입이 많았지만 지금은 그렇지 않으므로 수입이 적고 아무도 가까이 하지 않는다. 그 의무를 지키면 이전처럼 될 것이다."

"그 촌장은 이전에는 공정하게 사건을 해결하였으므로 사람들은 그를 존경하고 많은 선물도 받았다. 얼굴도 아름답고 재산과 명예도 얻은 것은 그 때문이다. 지금은 공정하지 않으므로 가난하고 황달병에 걸려 신음하고 비참하다. 이전처럼 공정하게 처리하면 본래대로 될 것이다."

챤다는 갖가지 전하는 말을 왕 앞에 아뢰었고, 경면왕은 일체 지혜를 가진 부처님처럼 모두 설명해 주었습니다. 그리고 챤다에게 보시금을 주어 그가 사는 마을로 돌아가게 했습니다.

챤다는 왕의 성을 나와 젊은 바라문, 고행자, 용왕, 목신에게 왕의 말을 전하였습니다. 그리고 더펄새가 앉아있는 장소에서 보물을 파내었고, 사슴이 풀을 먹는 곳에서는 나무의 벌꿀을 취해 왕에게 보냈습니다. 뱀이 사는 개미둑을 부수고 보물을 모두 가졌습니다. 또 젊은 창부와 촌장에게는 왕의 말을 그대로 전하여 큰 이름을 떨치고, 마을로 돌아와 일생을 보낸 뒤에 그 업에 따라 좋은 곳에 태어났습니다.

경면왕은 많은 보시를 행하고, 선업을 쌓아 죽은 뒤에 천상세계에 다시 태어났습니다.

이렇듯 부처님 지혜는 큰 지혜, 많은 지혜, 재치 있는 지혜, 날랜 지혜, 예리한 지혜, 통달한 지혜로서 천상세계와 인간세계를 초월한 것입니다.

부처님은 전생과 금생을 결부시켜 그때의 찬다는 지금의 아난다요, 그 경면왕은 바로 나였다고 말씀하셨습니다.

◗ 생각 키우기

남을 속이지 않고 정직한 마음으로 성실한 자기 믿음으로 행동하면 어떠한 모함과 역경을 당하더라도 다 극복하고 마침내 자기 소망을 이룰 수 있습니다.

어린이 여러분, 지금 내가 당면하고 있는 어려움이 무엇인지 생각해 봅시다. 그러면 그것을 헤쳐 나갈 수 있는 지혜도 떠오를 것입니다. 〈본생경 제257화 가마니 찬다 농부의 전생 이야기〉

선해 · 윤사월(禪海 · 尹麝月)
월간「아동문학」으로 등단. 불교아동문학회, 미당문학회 이사.
불교청소년도서저작상, 세계문학 동화부문 대상 수상
경수사 창건주, 명예문학박사
동화집『해와 달과 별』,『천재와 바보』등
현재 고창 선운사 그 산 서해가 보이는 토굴에서 도거 수행 중

그때의 보살은 바로 부처님

윤 이 현

그러니까 지금부터 약 3천 년 전으로 거슬러 올라갑니다.

범여왕은 가시국이란 나라를 다스리고 있었습니다.

그때, 한 보살이 어느 바라문(고대 인도의 가장 높은 지위의 승려)의 집에 태어났습니다.

이름은 '티리타밧챠' 라고 불렀습니다.

'티리타밧챠' 는 부모의 사랑을 듬뿍 받으며 무럭무럭 자라서 어느새 어른이 되었습니다. 그러는 사이 '티리타밧챠' 는 '득차시라' 라는 도시로 나가서 여러 가지 기술을 배웠습니다. 그리고 다시 고향인 바라나시로 돌아와서 부모님을 모시고 행복하게 살고 있었습니다.

이렇게 세월이 흘러가는 사이, 부모님은 늙어서 세상을 떠나고 말았습니다. 생각지 않게 일찍 부모님을 여읜 '티리타밧챠' 는 너무 슬프고 허무했습니다.

이때, 마음에 크게 느낀 바가 있어서 그만 속세를 버리기로 했습니다. 그리고는 깊은 숲속으로 들어가서 나무뿌리와 열매를 따 먹으며 살고 있었습니다. 그렇게 몇 해를 살고 있을 때, 그만 바라나시 국경에 내란이 일어났던 것입니다.

그리하여 가시국의 범여왕은 군사를 거느리고, 국경으로 나갔습니다. 왕의 군사는 평소에 전쟁준비도 잘 하지 않았을 뿐더러, 숫자도 적군보다 적었습니다. 왕은 그만 싸움에서 지고 말았습니다. 왕은 죽음의 두려움에 떨면서, 코끼리를 타고 한 쪽의 외진 길로 빠져나와 숲속을 헤매게 되었습니다. 한동안 숲속을 헤매다가 '티리타밧챠'가 살고 있는 암자에 이르렀습니다. 왕은

"옳거니, 틀림없는 고행자의 암자로구나. 여기서 물을 좀 얻어먹고 가야겠군."

하고 생각하면서 코끼리 등에서 내렸습니다.

바람과 더위에 피곤하고, 몹시도 목이 말라서 물병을 찾았으나 아무데도 물병은 없었습니다. 밖으로 나와서 여기저기 찾아 돌아다니다가 겨우 우물을 발견했으나, 두레박이 없었습니다. 왕은 갈증을 견디기가 힘들었습니다. 그래서 코끼리 목에 매어둔 밧줄을 풀어서, 코끼리 발에다 매었습니다. 그 밧줄 끝을 잡고서 조심조심 우물 안으로 내려갔습니다. 그러나 밧줄이 짧아서 발끝이 물에 겨우 닿았으나 더 내려갈 수가 없었습니다.

"에라 모르겠다."

왕은 밧줄을 놓고 뛰어내려서 한껏 물을 마셨습니다.

그러나 다시 올라갈 수가 없었습니다. 왕은 그만, 우물 안에 그대로 서 있어야만 했습니다. 코끼리는 잘 훈련되어 있었기 때문에 다른 데로 가지 않고, 우물 밖에서 왕을 지켜보고 서 있었습니다.

저녁나절이 되어, 보살(티라타빗챠)은 과일 바구니를 들고 돌아오다가 코끼리를 보고서

"아니, 왕이 오셨나 보구나. 그런데 무장한 코끼리만 서 있는 것은 무슨 까닭일까?"

하면서, 코끼리 곁으로 갔습니다.

여기서, 우물 속의 왕을 발견한 보살은 깜짝 놀라면서

"대왕님, 걱정하지 마십시오."

그러고선, 얼른 암자로 가서 사다리를 가지고 왔습니다.

왕은 무사히 우물 밖으로 나올 수 있었습니다.

보살은 왕의 몸을 문지르고, 배추씨기름을 바르고, 목욕을 하시게 한 다음 과일을 대접하였습니다. 그리고 코끼리에 매인 밧줄도 풀어주었습니다.

왕은 보살의 암자에서 3일 동안 휴식을 취한 뒤, 보살에게 자기의 왕성으로 꼭 찾아와 줄 것을 약속 받고 떠나왔습니다.

그 후, 한 달 반이 지났습니다. 보살은 왕성이 있는 바라나시로 찾아 갔습니다.

성 밖에서 하룻밤을 묵고, 이튿날 탁발하면서 왕성의 문까지 갔습니다.

그때, 왕은 큰 창을 열어놓고 궁정 밖을 바라보고 있다가 보살을 발

견하였습니다. 그냥 반가운 마음에, 곧 높은 다락에서 내려와 달려 나갔습니다. 그리고 보살을 맞아 큰 방으로 안내하였습니다. 그리고 옥좌에 앉게 하였습니다. 그리고 특별히 준비한 맛있는 요리를 대접하였습니다.

그 다음, 궁중 정원 한 켠에 마련해둔 집으로 안내하였습니다. 물론 수행자에게 필요한 여러 가지 도구도 있었습니다. 그리고 시중을 드는 사람들에게도 극진히 모실 것을 당부하였습니다.

그 뒤로 보살은 궁궐 안에서 큰 환대와 존경을 받으면서 지내고 있었습니다.

그러던 어느 날, 보살의 그런 모습을 언짢게 생각한 몇몇의 대신들이 왕의 아들인 부왕(副王)에게 말하였습니다.

"전하, 우리 대왕님은 어떤 고행자에게 함뿍 빠지셨습니다. 그 일을 어떻게 생각하십니까? 전하는 대왕께 충고해 주십시오."

부왕은 고개를 끄덕이고, 대신들과 함께 대왕께 인사를 드린 뒤에 아래와 같은 게송을 읊었습니다.

"저 사람에게는 아무 지혜도 없네
그는 친족이나 벗도 아니네
대체 무엇 때문에 세 지팡이를 가진
저 티리타밧챠는 맛난 음식을 먹는가"

이 말을 들은 대왕은 태자인 부왕에게 말했습니다.

"태자여, 그대는 내가 국경의 싸움에 나갔다가 실패하여, 3일 동안 돌아오지 못했던 일을 기억하고 있겠지?"

"예, 기억하고 있습니다."

대왕은 또 말했습니다.

"그때에, 나는 저 보살 덕분에 목숨이 살아남을 수 있었다."

하면서 그 사정을 자세히 이야기 했습니다.

"태자여, 내 목숨을 살려 준 은인이 내게 왔을 때, 나는 내 나라를 주더라도 그에게서 받은 은혜를 갚을 수 없다."

고 하며, 다음 게송을 읊었습니다.

"싸움에 지고 무서운 벌판에서 나 혼자 물속에 빠져,
괴로워 할 때에 그는 손을 뻗치어 고난에 빠진 나를 구했네.
그의 힘을 입어 나는 돌아왔으니,
염마의 나라에서 이 인간 세상으로.
티리타밧챠는 복 받을 사람,
그에게 번영과 공물(供物)을 주자."

왕은 이렇게, 하늘에 오른 달인 듯이 보살의 덕을 칭찬하였습니다. 그래서 보살의 덕은 가는 곳마다 퍼졌습니다. 물론 그에 대한 보시는 더욱 많아지고, 그에 대한 존경은 더욱 높아졌습니다.

그 뒤로는 부왕도, 대신도, 또 다른 사람들도 왕에 대해서 감히 아무 말도 하지 못했습니다. 그리하여 왕은 보살의 훈계에 따라, 보시를 행하고 공덕을 더욱 쌓았답니다. 물론 죽어서는 천상세계로 갔답니다.

또 보살은 신통과 선정을 닦아서 범천세계에 태어나실 몸이 되었답니다.

◗ 생각 키우기

이 이야기는 부처님이 보살로 태어나서 고행을 하면서, 전쟁에 패한 가시국의 왕의 목숨을 구해줍니다. 그리고 왕을 찾아온 그 보살을 깍듯이 모시는 왕을 태자인 부왕과 대신들이 못마땅하게 여겨서 진언을 드립니다. 이에 왕은 부왕과 신하들에게, 은혜를 갚는 것은 당연한 사람의 도리임을 설득합니다. 그리하여 모든 이들로 하여금, 은혜에 감사할 줄 알고 보답을 실천할 수 있도록 일깨워 주었습니다. 〈본생경 제259화, 티리티밧챠의 전생 이야기〉

고현 · 윤이현(高賢 · 尹伊鉉)
전북 남원시에서 자라고, 전주사범학교, 원광대학교교육대학원 졸업, 초등학교 교장으로 정년퇴임. 현재는 완주군 상관면에 살고 있다.
한국아동문학 작가상, 한국불교아동문학상, 목정문화상, 전북문학상, 전북아동문학상 등 수상. 동시집 『꽃집에 가면』, 동화집 『다람쥐동산』 외 4권 등. 현 한국문인협회 자문위원, 한국아동문학회 지도위원, 한국문협 완주군지회장.

탐욕스런 사내

이 계 섭

하얀 뭉게구름이 마치 그림을 그려놓은 듯이 파란 하늘에 둥실 떠 있고 곱게 핀 들꽃들이 불어오는 실바람에 하늘거리는 그 풍경이 하도 좋아 어디선가 아기사슴이 금방이라도 뛰쳐나올 듯한 평화롭고 살기 좋았던 옛날 인도에 범여왕이 '바라나시'에서 나라를 다스리고 있을 때였습니다.

"응애~ 응애~"

큰 울음을 터트리고 예쁜 아기왕자가 탄생했습니다.

참으로 경사스러운 일이었습니다.

왕자는 세상 부러울 것 없이 귀여움과 사랑을 독차지하며 자랐습니다.

어느덧 세월이 흘러 어린왕자가 성년이 되었습니다.

어려서부터 남다른 뛰어난 재주가 많았던 왕자는 어느 날 무심코 먼

산을 바라보다가 문득 생각이 떠올랐습니다.

"그래! 나는 기술을 배워야 해!"

혼잣말로 중얼거리며 굳은 결심을 하게 되었습니다.

그리고 바로 왕이신 아버지께 자기 소신을 말씀드렸습니다.

"아바마마, 저는 기술을 배우고 싶습니다."

"아니! 그게 갑자기 무슨 얘기냐?"

"저는 기술을 배워 유능한 기술자가 되려 합니다."

"흠… 네 뜻이 그렇다면 그렇게 해야지, 하지만 기술을 배운다는 게 그리 쉬운 일은 아닐 텐데?"

"네, 잘 알고 있습니다. 열심히 배워 성공해서 돌아오겠습니다."

"아무튼 몸 건강히 잘하고 오너라."

"네, 명심하겠습니다."

왕자는 왕이신 아버지께 하직 인사를 드리고 집을 나섰습니다.

길가에 가로수 나무들도 왕자의 힘찬 용기 있는 발걸음을 칭찬의 박수를 치는 듯이 나부끼고 있었습니다.

왕자가 기술을 습득하러 가는 그곳은 인도의 고대 문화도시로 파키스탄에 있는 '득차시라' 이었습니다.

왕자는 이곳에 정착하면서 이곳저곳 다니면서 온갖 기술을 습득하게 되었습니다.

그럴 때쯤 왕이신 아버지가 지병으로 유명을 달리하게 되었습니다.

아버지의 뒤를 이어 왕자는 왕위에 오르게 되었습니다.

허나 그는 엄청난 미식가였습니다. 모든 사람들이 다 알고 있을 만큼 소문난 미식가였기에 미식왕으로 불리게 되었습니다.

그리고 한번 식사비용이 10만 냥을 쓸 만큼 사치스러운 요리를 먹었습니다.

그것도 궁 안에서 조용히 먹는 것이 아니라, 자기가 식사하는 그 광경을 멋들어지게 자랑이나 하듯 모든 사람들에게 보여주기 위하여 광택이 번쩍번쩍 빛나는 값진 보석 장식으로 된 정각을 성문에 짓고 황금 옥좌에 떡하니 버티고 앉아 아리따운 귀족 아가씨들의 시중을 받으며 호호 깔깔 웃음 지며 온갖 음식을 먹고 있었습니다.

길을 멈추고 잠시 그 광경을 지켜보던 탐욕스런 한 사내가 그 음식을 먹고 싶어 꼴깍꼴깍 군침이 절로 돌아 도저히 참을 수가 없었습니다.

"옳지!"

그는 하나의 좋은 방법을 생각하게 되었습니다.

눈부신 값진 패물을 주렁주렁 허리에 가득 차고 두 손을 번쩍 들고

"대왕님! 나는 사자입니다. 나는 사자입니다!"

하고 큰 소리를 치면서 왕에게 가까이 다가갔습니다.

그 시절 그 나라 풍습으로는 '나는 사자(使者)다' 하면 그를 아무도 막지를 못했습니다.

그리하여 사람들은 양쪽으로 피해서서 그에게 길을 내주었습니다.

그는 기회를 놓칠세라 재빠르게 나아가 차려놓은 음식을 덥석 한 덩어리 집어넣었습니다.

그때 곁에 있던 큰 칼잡이가 흠칫 놀라 그 목을 베려고 칼을 뽑아들었습니다.

그 광경을 보고 있던 왕은 죽이지 말라며 그를 저지하고는

그 사내에게 "괜찮다 염려 말고 먹어라" 라고 하였습니다.

그가 음식을 먹고 자리에 앉았습니다. 그러자 왕은 그 사내에게 음료와 빈랑자를 건네주고는 물었습니다.

"벗이여 그대는 '나는 사자다' 라 하였는데, 그러면 누구의 사자인가?"

"대왕님! 나는 탐욕의 사자입니다. 밥통의 사자입니다."

"탐욕이 내게 명령하여 '너는 가거라' 하면서 사자로 보냈습니다."

하고 다음 글을 읊었습니다.

'탐욕을 위해서는 원수에게까지

일부러 멀리 가 구걸한다고 하네

나는 바로 밥통의 사자이거니

대왕님 나를 나무라지 말라

밤이나 낮이나 젊은 사람들

모두 그 밑에 모여든다 하네

나는 바로 밥통의 사자이거니

대왕님, 나를 나무라지 말라'

이 말을 다 듣고 난 왕은

"그래 그 말은 진실이다."

살아있는 모든 생명체는 탐욕에 의해 움직이는 것이다. 이 사람은 참 특이한 말을 하는 재주를 가졌다며 다음 글을 읊었습니다.

'바라문아 너에게 주홍색 소를 주리
천 마리 암소에 황소도 곁들여
어떻게 사자가 사자에게 안 주리
진실로 우리들은 그 사자이네'

왕은 글을 읊고는 이 사내에 의해
"지금까지 듣지도 생각하지도 못한 말을 들었다."
왕은 탐욕에 대해 새로운 깨우침을 준 그에게 많은 선물을 주었습니다.

◗ 생각 키우기
　지나친 탐욕은 어리석어져서 다른 사람을 헤치게 되지만 적당한 욕심은 삶을 살아가는 기본 에너지가 됨을 부처님께서 일깨워 주시는 이야기입니다. 좋은 성적을 올리고 싶고, 맛있는 음식을 먹고 싶고, 친구를 사귀고 싶은 마음은 나 자신을 발전시키는 요소입니다.〈본생경 제260화 사자(使者)의 전생 이야기〉

유정·이계섭(柳廷·李桂燮)
음성동요학교 교장, 한국동요음악협회 운영위원, 한국아동문학연구회 상임위원, 한국예술인협회 고문, 한국동요보급회 회장, 한국문인협회 세계문인협회 정문회 회원. 불교아동문학상, 세계환경문학대상, MBC공모 '오늘같이 좋은날' 최우수상, 제2회 바다노래대회 은상, 가작, 병아리 창작동요제 1, 2회 우수상 수상. 저서 : 『사랑앓이』, 『하나가 될 수 있는 것』, 『구름은 참 이상해』, 『620인성교육창작동요』 62권 외 다수.

진실의 힘

이 동 배

옛날 부처님이 기원정사라는 곳에 계실 때였어요.

어느 날 부처님은 보리나무를 심으시고 그곳에 아름다운 화환을 공양하였대요.

그래서 주변에 사시는 많은 스님들이 여러 가지 꽃으로 화환을 만들어 공양하곤 하였는데 어느 날 아주 먼 시골에 사시는 스님 한 분이 부처님이 계신 이곳을 찾아 보리나무에 화환을 공양하려고 했어요. 꽃을 구하기 위해 마을 여기 저기 헤매었지만 좀처럼 꽃을 구할 수 없었어요.

한참을 찾아다녀도 꽃을 구할 방도가 없자 '그래, 이곳에 사는 스님은 꽃을 구하는 방법을 알겠지!' 하고 생각을 하고 이번에는 스님을 찾아 도움을 청했어요.

"스님 시골에서 올라왔는데 혹 꽃을 구할 수 없는지요?"
하고 도움을 요청했지만 대부분의 스님들은

"바쁜데 나도 모르오!"

"모두가 꽃을 구하려고 환장했구먼! 꽃만 있으면 비싼 값에 팔 수 있겠네!"

"내가 구해주면 얼마나 주겠소?"

모두들 성의도 없이 답을 하거나 불쌍하듯 쳐다보거나 희롱하며 도와주지 않았어요. 그리고 또 몇 사람을 만났으나 아무도 시원하게 대답을 하거나 꽃을 구하는 방법을 가르쳐 주지 않았어요.

그때 큰 짐을 지고 바쁘게 지나가는 〈아난다〉란 큰 스님을 만나

"법우님 우리는 시골에서 지금 도착하여 보리나무에 화환을 공양하려고 꽃을 구하러 연꽃도로까지 갔으나 결국 꽃을 구하지 못하고 돌아가게 되었으니 부디 꽃을 구해주실 수 없는지요?"

하고 청하자 〈아만다〉는 큰 짐을 그 자리에 놓고 아주 반갑고 정다운 표정으로

"정말 어려운 발걸음을 하셨는데 제가 구해 보도록 하지요!"

라고 말하고 절 이곳저곳을 찾아 해매다 많은 꽃을 구해다 주었으니 그 스님뿐만 아니라 다른 시골 스님도 그 꽃을 나누어 화환을 만들어 공양할 수 있었으니 그 이야기를 들은 많은 사람들의 칭송이 대단하였어요. 어느 날 부처님이 그 얘기를 듣고 전생*의 이야기를 하셨답니다.

옛날 범여왕이 바라나시에서 나라를 다스리고 있을 때 축제가 크게 열려 그 고을의 큰 벼슬아치의 아들 셋은 서로 다투어 아름다운 꽃으로 화단을 장식하고 축제를 즐기려 하였어요.

그런데 성내 연못에 연꽃이 환하게 피어 있었으나 그곳에는 코가 큰 사고로 닳아 없어진 고집이 센 사내가 그곳의 연꽃을 관리하고 지키고 있어 모두들 생각을 접어야 했지요.

그래도 행여나 싶어 3형제는 그 사내를 꼬드겨서 그 연꽃을 얻으려고 했어요.

큰 형이 먼저

"마치 머리털이나 수염이 잘리거나 감기어도 다시 자라나는 것처럼 그대 코도 그렇게 자라나리라."

"어 흠! 청하노니 그대는 그 연꽃을 달라."

큰 소리로 말하며 거만스럽게 팔짱을 끼고 쳐다보니 그 말에 화가 난 사내가

"뭐라고? 내 코가 당신한테 뭐라고 하던? 왜 남의 코를 가지고 시비야! 꺼져 버려!"

하며 화를 내며 주지 않자 이번에 둘째가 아주 공손한 말투로

"가을에 열매 맺는 저 종자가 밭에 뿌려져 자라나는 것처럼 그대 코도 그렇게 자라나리라."

"여보게! 청하노니 그대는 그 곳의 연꽃을 좀 꺾어 달라."

하며 손을 내밀자, 더 크게 화를 낸 사내는 돌아보지도 않았어요.

그들 두 형제는 농담으로 그 사람의 얼굴모습을 조롱한 것이었지요.

그러자 셋째는 환한 얼굴로

"누가 말하거나 말하지 않거나 그대 코는 자라날 까닭이 없다. 그런데 내가 연꽃이 꼭 필요하니 청하노니 내 벗이여! 그대는 내게 연꽃을

좀 구해 주지 않겠소?"

그 소리는 들은 사내는

"저 두 사람은 거짓말을 하며 나를 조롱하였다. 그러나 당신은 진실을 말하였다. 이 연꽃은 그대에게 주는 것이 좋겠다."

하고 많은 연꽃을 꺾어 화환까지 만들어 주었어요.

＊ 전생 : 이 세상에 태어나기 전에 생활, 불교 용어

◐ 생각 키우기

사람은 어떤 일이나 행동을 할 때 진실 되게 해야 감동을 주며 자기가 바라는 바를 성취할 수 있습니다.

우리는 말이나 행동을 할 때 진심을 담아 남을 대해야 그 사람도 진심으로 대해 줍니다. 모든 일은 진심이 통합니다. 즉 진실의 힘은 이렇게 위대합니다.〈본생경 제261화 연화(蓮華)의 전생 이야기〉

청심 · 이동배(淸心 · 李東培)
계간 현대시조 신인상(1996년), 한국아동문예상(2010년) 현대시조 동인, 섬진시조문학회장, 한국 · 합천 · 김해문협회원, 진주시조시인협회장, 경남시조시인협회 부회장, 경남문협 이사, 경남아동문학회 부회장, 경남현대불교문인협회원, 한국불교아동문학회원, 국제펜클럽한국회원, 시조집 『합천호 맑은 물에 얼굴 씻는 달을 보게』 3인 사화집 2004.『흔적』 도서출판 고요아침 2013, 동시집 『돌멩이야 고마워』 아동문예 2015. 현 김해삼성초등학교장

부드러운 손으로 지켜 낸 공주의 사랑

이 성 자

옛날, 부처님이 기원정사에 계실 때였습니다. 득차시라에서 많은 공부를 하고 돌아온 왕은 정의로 나라를 다스리는 성군이 되었습니다. 그에게는 딸과 누이의 아들인 생질이 있었는데, 둘 다 몹시 아끼고 사랑하였습니다. 왕은 어린 생질과 귀여운 딸이 사이좋게 자라는 모습을 바라보며 흐뭇해하였습니다.

어느 날이었습니다.

"내가 죽은 뒤에는 내 생질을 왕으로 삼고 내 딸을 왕비로 삼도록 하라!"

대신들 앞에서 부탁을 하였습니다.

왕의 바람대로 공주인 딸은 지혜롭게 자랐고, 왕자로 직위를 받은 생질도 늠름하게 자라 둘은 서로 사랑하는 사이가 되었습니다. 왕으로부터 결혼까지 약속받았으니, 그들은 날마다 행복했습니다. 물론 주변에서도 그들의 사랑을 인정하였습니다.

그런데 자랄수록 학문과 지혜가 출중한 공주를 보며, 왕은 마음이 흔들리기 시작하였습니다. 딸인 공주를 통해 친족을 더 많이 늘리고 싶은 욕심이 생긴 것입니다. 오래 고민하던 왕은 대신들을 다시 불러 모았습니다.

"내 딸, 공주는 다른 왕가에 출가시키도록 하라!"

왕은 명령하였습니다.

"그러면 왕자는 어떻게 할까요?"

대신들이 고개를 갸웃하며 물었습니다.

"생질은 왕궁에서 내 보내고, 다른 처녀와 결혼시키도록 하라!"

지엄한 왕의 명령을 누구도 거역할 수 없었습니다.

어렸을 때부터 결혼하게 될 거라는 믿음으로 서로 사랑했던 공주와 왕자는 하늘이 무너지는 것 같았습니다.

며칠 후 다시는 왕궁에 들어오지 말라는 왕의 명을 받고, 생질은 왕궁에서 나가게 되었습니다. 물론 왕자의 자리도 내놓았습니다.

사랑하는 사람이 떠나자, 공주는 날마다 눈물을 흘렸습니다. 공주의 슬픔을 지켜보는 유모도 안타깝기는 마찬가지였습니다.

그러던 어느 날이었습니다. 생질은 공주의 유모를 몰래 만났습니다.

"유모, 어떻게 하면 공주를 밖으로 불러낼 수 있을까요?"

생질은 진심으로 도움을 청했습니다.

"예, 공주와 의논하면 될 것입니다."

공주를 향한 생질의 마음이 달라지지 않았다는 것을 알아챈 유모는 기쁜 마음으로 돌아왔습니다.

"공주님, 오늘은 머리의 이를 잡아드리겠습니다."

유모는 공주를 낮은 의자에 앉히고 자신은 높은 의자에 앉아 공주의 머리를 손톱으로 긁었습니다. 지혜로운 공주는 곧바로 유모가 사랑하는 사람을 만나고 온 것을 눈치 챘습니다.

"유모, 왕자님께 갔다 오셨습니까?"

공주가 물었습니다.

"공주님, 그렇사옵니다."

대답을 마친 유모는 왕자님이 공주님을 밖으로 데리고 나갈 방법을 찾고 있다고 전했습니다. 유모의 말을 듣고 있던 공주는 두 눈을 감고 조용조용 어떤 게송을 외우기 시작했습니다.

　　　만일 부드러운 손이 있고
　　　또 잘 훈련된 코끼리 있으면
　　　또 어두운 밤, 비가 올 때
　　　그때야말로 하고 싶은 일 있으리.

게송 외우기를 끝낸 공주가 눈을 떴습니다.

"만일 그분이 현명하다면 반드시 제가 외우는 게송의 뜻을 알 것입니다. 유모는 이 게송을 잘 기억하여 왕자에게 전해주십시오."

공주의 말을 들은 유모는 곧바로 왕자를 만나러 갔습니다. 그러고는 왕자에게 공주가 외웠던 게송을 들려주었습니다.

게송을 듣자마자 왕자의 얼굴이 환해졌습니다.

"유모여, 이제 돌아가도 좋소!"

현명한 왕자는 공주의 마음을 알아차리고 기쁨을 감추지 못했습니다.

왕자는 바빠졌습니다.

곧바로 아름답고 부드러운 손을 가진 소년 한 사람을 찾았습니다. 사람을 사서 왕이 타는 코끼리를 준비하고, 움직이지 않도록 훈련시키며 때가 오기를 기다렸습니다.

드디어 기다리던 날이 다가왔습니다. 밤중이 조금 지났을 때, 하늘에 검은 구름이 내려앉더니, 비를 뿌리기 시작한 것입니다.

"오늘이야말로 공주가 말해 보낸 날이구나!"

왕자는 기뻐하며 코끼리를 탔습니다. 물론 부드러운 손을 가진 소년도 태우고 왕궁을 향해 떠났습니다. 왕궁의 뜰을 향한 벽에 코끼리를 메어 두고 창 바로 가까운 곳에서 비를 맞으며 서 있었습니다.

한편, 왕은 공주의 잠자리까지도 직접 호위하였습니다. 자신의 방 한쪽 침대에 공주를 눕혀놓고 감시했습니다. 그러나 공주는 오늘밤에 분명 왕자가 자신을 데리러 올 것이라는 확신이 있었기에 자는 척 누워만 있었습니다.

"아버지 잠이 안 와서 목욕을 하고 싶습니다."

"그러면 나와 같이 가자."

왕은 직접 공주를 데리고 창밖에 있는 연못으로 나왔습니다. 딸이 물속으로 들어가자, 혹시 도망갈지 몰라 눈을 감은 채 손을 잡고 서 있었습니다.

공주는 목욕을 하면서 왕자가 서 있는 쪽으로 한 손을 내밀었습니다. 왕자는 공주의 손에서 얼른 장식을 빼내어 그것을 소년의 손에 끼웠습니다. 그러고는 그 소년을 공주 옆에 넣었습니다. 공주의 다른 손 장식도 빼내어 소년의 둘째 손에 끼웠습니다. 공주는 왕의 손에서 슬그머니 자신의 손을 빼낸 후 소년의 부드러운 손을 잡혀 주고, 왕자와 함께 달아나버렸습니다.

왕은 부드러운 손이기에 자기 딸인 줄만 알고, 목욕이 끝나자 그 소년을 침실로 데리고 가서 침대에 눕혔습니다. 창을 닫아 봉인하고 경호인을 두고 자기 침실로 가서 누웠습니다.

날이 밝자 왕은 공주가 자는 방의 문을 열었습니다. 공주는 없고 웬 소년이 앉아있었습니다.

"어떻게 된 일이냐?"

소년은 왕에게 그동안의 일을 자초지종 아뢰었습니다.

왕은 배신감이 들어 몹시 화를 냈습니다.

그러나 가진 것을 모두 버리고 생질을 따라나선 공주의 지극한 사랑을 생각하며 곧바로 마음을 가다듬었습니다.

"마치 강에 물을 채우기 어려운 것처럼 부드러운 말로도, 손을 잡고 있어도 공주의 사랑을 막을 수는 없구나."

결국 왕은 공주와 왕자의 사랑을 받아들이기로 결심했습니다.

서로가 사랑을 유혹하지 않고 진정한 사랑으로 대하는 것을 알고 마음을 바꾼 것입니다.

왕은 생질을 궁으로 불러들여 다시 왕자로 삼았습니다. 그리고는 대신들과 모든 사람들 앞에서 존경하는 마음으로 공주와 결혼시켜 부왕으로 삼았습니다. 왕자는 왕이 죽은 뒤에 왕위에 오르게 되었습니다. 사랑하는 사람을 부드러운 손으로 지켜낸 공주와 왕자의 현명하고 지혜로운 사랑 이야기는 오래도록 살아남아 우리들 가슴을 따뜻하게 어루만져 줄 것입니다.

◐ 생각 키우기

요즈음은 사랑을 너무 쉽게 생각하는 사람들이 많습니다. 더러는 목적을 위해 사랑을 거래하기도 합니다. 그러나 돌이켜보면 사랑처럼 숭고한 것이 없습니다. 이야기의 주인공인 공주는 욕심이나 물질이 아닌 부드러운 손으로 아버지인 왕의 마음을 얻게 됩니다. 사랑에 대한 믿음을 가지고 지혜롭게 기다려서 얻은 결실입니다. 이처럼 서로가 믿음을 주는 사랑이라면 어떤 고난도 헤쳐 나갈 수 있을 것입니다.

〈본생경 제262화 부드러운 손의 전생 이야기〉

평등행 · 이성자(平等行 · 李成子)
아동문학평론신인상(1992), 동아일보신춘문예, 계몽아동문학상, 눈높이 아동문학상, 방정환문학상, 한국아동문학상 등을 수상. 작품집으로는 『너도 알 거야』, 『키다리가 되었다가 난쟁이가 되었다가』, 『입안이 근질근질』, 『손가락 체온계』, 『엉덩이에 뿔났다』, 『내 친구 용환이 삼촌』, 『딱 한 가지 소원』, 『달려라 펭귄』 등을 펴냈으며 현재, 광주교육대학교와 동 대학원에 출강.

궁전을 들어 올린 아라한

이 승 민

옛날 부처님은 사위성에서 우안거를 지내신 뒤에 발타라 청년을 구제하려고 비구들에게 둘러싸여 발제시에 도착하셨습니다. 부처님은 그곳의 자야타숲에서 3개월을 머무르시며 발타라 청년의 지혜가 성숙하기를 기다리셨습니다.

발타라 청년은 명성이 대단하고 재산 또한 어마어마한 발제시의 큰 부자 상인의 외아들이었습니다. 그에게는 세 개의 궁전이 있어 4개월씩 한 궁전에서 살았습니다. 4개월이 지나면 아름다운 춤을 추는 여인들에게 둘러싸여 사치와 호사를 보이면서 다른 궁전으로 옮겨가곤 했습니다. 그럴 때마다 그 모습을 구경하러 나온 사람들로 거리는 야단들이었습니다. 궁전과 궁전 사이에는 수레가 잇닿아 있을 정도로 화려한 모습으로 이러한 행사를 하곤 하였습니다.

자야타숲에서 3개월을 머무신 부처님께서는 내일 그곳을 떠날 것이라고 마을 사람들에게 알렸습니다. 그러자 마을 사람들은 부처님과 비구들에게 드릴 보시물을 준비하고 거리 한복판에 임시로 거처할 집을 마련하고 아름답게 꾸민 뒤 부처님과 비구들을 초대하였습니다. 그곳에서 식사를 마치고 부처님은 설법을 하셨습니다.

그때 마침 발타라 청년은 한 궁전에서 다른 궁전으로 옮겨가던 중이었습니다. 다른 때와 달리 그의 화려한 이동 모습을 보기 위해 사람들이 나오지 않았고, 자신을 호위하는 하인들뿐이었습니다.

이상하게 여긴 발타라 청년은 하인들에게 그 이유를 물었습니다.

"다른 때는 내가 궁전에서 궁전으로 옮겨갈 때 온 거리가 떠들썩하고 수레와 수레가 이 궁전에서 저 궁전까지 잇닿아 있을 정도로 구경꾼이 많았는데, 오늘은 어찌된 일로 내 하인들 외에는 아무도 없느냐?"

"예, 부처님께서 이 거리 근교에서 3개월 동안 계시다가 오늘 떠나십니다. 지금 부처님께서는 식사를 마치시고 대중들에게 설법을 하고 계십니다. 거리 사람들은 모두 거기 가서 설법을 듣고 있습니다."

"그렇다면 우리도 그곳에 가서 설법을 듣도록 하자."

발타라 청년은 화려하게 꾸민 모습으로 많은 하인들을 데리고 대중들의 맨 뒤에 섰습니다. 부처님의 법문에 귀를 기울이고 듣다가 모든 번뇌를 버리고 가장 높은 단계의 경지인 아라한과를 얻게 되었습니다.

그러자 부처님께서는 그 발제시에서 가장 부자 상인인 발타라 청년의 아버지에게 말씀하셨습니다.

"부상이여! 그대 아들은 오늘 아름다운 모습으로 법문을 듣다가 수행의 최상 경지인 아라한과를 얻었다. 그러므로 오늘 출가를 시키거나 열반에 들게 하는 것이 좋으리라."

"부처님, 제 아들이 열반에 들어서는 안 되니, 출가를 시켜주십시오."

부처님은 그의 말을 승낙하고 발타라 청년을 출가시켰습니다. 그런 다음 정식 승려에게 주는 계율인 구족계를 주셨습니다.

그러자 그의 부모는 7일 동안 부처님께 경의를 표하였습니다. 부처님은 7일간 그 집에 머무르시다가 그 청년을 데리고 나와 구리촌으로 가셨습니다.

그곳에서 부처님께서 많은 대중들에게 설법을 하실 동안 발타라 청년은 마을을 빠져나와 나루터의 어느 나무 아래에 앉아 선정에 들었습니다.

스님이 된 발타라 청년은 얼마나 깊은 명상에 잠겼던지 선배 비구들이 오는 것도 모르고 있다가 부처님이 오시자 그때 일어났습니다. 그러자 선배 비구들은 출가한 지 얼마 되지 않은 발타라가 버릇이 없다고 나무라기도 했습니다.

부처님께서 구리촌을 떠나려고 하자, 부처님 일행이 갠지스 강을 건널 수 있도록 구리촌 사람들은 뗏목을 만들었습니다.

부처님과 비구들이 뗏목을 타자 부처님께서는 발타라 청년에게도 뗏목을 같이 타라고 하셨습니다. 함께 배를 타고 갠지스 강의 한 가운데 왔을 때, 부처님은 발타라 청년에게 말씀하셨습니다.

"발타라여, 그대가 전생에 마하파라나왕으로 살았던 그 궁전은 지금 어디에 있는가?"

"예, 부처님, 여기 이 강 속에 잠겨 있습니다."

그러자 다른 비구들이 발타라 청년이 엉뚱하다고 쑤군댔습니다.

"발타라여, 그러면 저 비구들의 의심을 풀어주어라."

그러자 발타라 청년은 부처님께 예배를 하고 신통력으로 그 궁전의 지붕을 손끝으로 잡고 들어 올렸습니다. 그때 전생에 친족이었던 사람들이 궁전에 대한 탐욕으로 고기, 거북, 뱀, 개구리로 다시 태어나 궁전 밑에 있다가 궁전을 들어 올리자 물속으로 떨어졌습니다.

그것을 보고 부처님께서

"발타라여, 그대의 친족들이 괴로워하고 있다."

라고 말씀하셨습니다. 그 말씀을 듣고 발타라 청년은 그 궁전을 다시 제 자리에 놓았습니다.

그리고 나서 뗏목은 갠지스 강 건너편에 닿아 부처님 일행은 언덕에 자리를 잡고 둘러앉았습니다.

"부처님, 발타라는 언제 저 궁전에 살았습니까?"

라고 비구들이 여쭈었습니다.

"그것은 그가 마하파라나왕으로 있을 때였다."

라며 과거의 말씀을 더 해주셨습니다.

"발타라 청년이 마하파라나왕으로 있을 때 크고 아름다운 궁전에 살았는데, 그 궁전의 장식은 황금으로 되어 있었으며, 많은 하인들과 사람들을 거느리고 살았다."

당시 부처님은 마하파라나왕에게 봉사하는 제석천왕이었다는 말씀도 해주셨습니다.

그러자 비구들의 의심이 풀렸습니다.

이어서 부처님께서 말씀하셨습니다.

"발타라 청년의 전생인 마하파라나왕으로 있을 때 크고 아름다운 궁전을 얻은 것은, 마하파라나왕의 전생에 벽지불에게 갈대와 우담바라 나무 등으로 초막을 지어준 공덕이 있었기 때문이다."

라며 부자로 태어난 청년의 전생 이야기를 들려주셨습니다.

◑ 생각 키우기

　　부처님께서는 이 전생 이야기를 통해, 부자로 태어나 크고 아름다운 궁전을 얻은 사람들이 전생에 공양과 보시의 공덕이 있었음을 알려주셨습니다.〈본생경 제264화 마하 파라나왕의 전생 이야기〉

지장행 · 이승민(地藏行 · 李承珉)

아동문학연구(1991) 신인상, 창주문학상(1994), 한국아동문학창작상(2008)을 받았으며, 작품집으로는 『물소리 바람소리』, 『기차를 따라오는 반달』 등이 있다.

용감한 산지기

이 시 구

　세상의 동쪽 끝에 자리 잡은 작은 나라가 있었습니다. 비록 땅덩어리는 작았지만 크고 깊은 산이 많았습니다. 산이 많으니 갖가지 신기하게 생긴 나무나 바위도 많았습니다. 한 그루 한 그루 저마다의 모습으로 위풍당당하게 산을 채우고 있었습니다. 깊은 계곡엔 시원한 물이 언제나 맑게 흘렀습니다. 물은 맛도 좋고 몸에도 좋아서 작은 나라 사람들은 병이 나고 다치면 물을 마시거나 상처를 씻기도 했습니다. 또, 산에서 나물도 뜯고 버섯도 캐며 멧돼지나 꿩 같은 짐승을 먹을 만큼만 사냥했습니다. 사람들은 작은 나라의 풀 한 포기에까지 감사하며 평화롭게 살았습니다.

　작은 나라에는 산을 지키는 산지기도 많았습니다. 행여나 산이 더러워질까 청소도 하고 비바람에 쓰러진 나무도 세우고 다친 동물들도 치료해 주었습니다. 그 중에 신의라는 산지기가 있었습니다. 신의는 마음씨가 곧고 정직했습니다. 산도 잘 타서 높은 산을 하루에도 몇 번 씩 오르내릴 수 있었습니다. 그런 신의를 비단이라는 아가씨가 좋아했습니다. 비단은 얼굴이 곱고 손끝이 야무져서 바느질을 잘 했습니다. 신의의 바느질 솜씨는 임금님이 사는 궁궐에도 알려져서 왕비가 입는 옷을 짓기도 했습니다.

어느 날 왕비가 이웃나라로 행차를 가는 길에 비단이 따라 나섰습니다. 마침 신의가 지키는 산을 지나다가 드디어 신의와 비단이가 만났습니다. 비단은 신의의 소문을 벌써 들어서 알고 있어 마음속으로 좋아하는 터였지만 신의는 비단을 처음 보았습니다. 신의도 첫 눈에 비단이 마음에 들었습니다. 신의와 비단은 작은 나라 사람들의 축복을 받으며 결혼을 했습니다.

비단이는 곧 아기를 가졌고 건강한 아들을 낳았습니다. 신의는 무척 기뻤습니다. 아기의 이름을 하늘이라고 지었습니다. 신의는 하늘을 목욕시키고 가슴에 품고 재웠습니다. 하늘은 자장자장 자장가를 불러주면 눈을 맞추며 웃다가도 금방 새근새근 잠이 들었습니다. 하늘은 무럭무럭 자랐습니다. 비단이가 해 주는 음식을 무엇이든 가리지 않고 맛있게 먹었습니다. 신의를 따라서 산도 탔습니다. 깊은 계곡에서 헤엄도 쳤습니다. 하늘은 아버지를 닮았는지 제법 산을 잘 탔습니다. 산에 사는 짐승들 하고도 친구가 되었습니다. 아침마다 새들이 창가에 찾아와 노래를 불렀고 노루는 하늘을 보면 반가워서 깡충깡충 뛰었습니다.

어느새 하늘은 다 큰 청년이 되었습니다. 다리는 단단하고 팔뚝은 울퉁불퉁하게 튼튼했습니다. 매일 아침 마음을 고요히 하고 체력도 단련

했습니다. 어느 날 신의가 하늘을 조용히 불렀습니다.

"내 아들 하늘아."

"네. 아버지."

"나는 이제 늙었으니 네가 산을 지키거라."

하늘은 아버지의 뜻을 이어서 산지기가 되었습니다. 하늘은 산을 지키는 일이 무척이나 좋았습니다. 산이 마치 아버지 어머니의 품과 같이 푸근하게 느껴졌습니다. 나무냄새, 지저귀는 새소리, 졸졸, 때로는 콸콸 흐르는 물소리, 든든한 바위까지 어느 것 하나 소중하지 않은 게 없었습니다. 산의 모든 것들도 하늘을 좋아했습니다. 하늘의 마음을 잘 알아서 모두 하늘을 믿고 따랐습니다.

그러던 어느 날이었습니다. 이웃 마을 산지기가 찾아왔습니다.

"이보게 하늘이, 큰일 났네. 요즘 산적들이 자주 나타난다는구먼."

들자하니 산적들이 나타나서 산을 지나가는 사람들의 돈을 빼앗고 다치게까지 한다는 거였습니다. 하늘의 걱정이 이만저만이 아니었습니다. 하늘은 더 많은 산지기를 모았습니다. 그리고 칼과 창, 화살과 방패 같은 무기를 준비하고 무술까지 연마했습니다. 아침 동이 틀 무렵이었습니다. 어떤 남자가 하늘을 찾아왔습니다. 차림이 깨끗하고 걸음걸이가 반듯한 게 한 눈에 보기에도 예사로이 보이지 않았습니다.

"여보시오 산지기님. 나는 큰 장사를 하는 상인이오. 내일 오백 명의 상인이 오백 마리의 말에 짐을 싣고 깊은 산을 넘어가야 하는데 요즘 산적들이 자주 나타난다고 하니 걱정이오. 당신이 좀 우리를 안전하게 지켜주시오."

하늘은 오백 명의 산지기를 모았습니다. 그리고 곳곳에 산지기를 숨게 했습니다. 그들은 모두 무기를 하나씩 가지고 내일 꼭 상인들이 무사히 산을 넘어갈 수 있도록 하리라 다짐했습니다.

드디어 다음 날이 되었습니다. 오백 명의 상인이 탄 오백 마리의 말이 물건을 가득 싣고 산 입구에 다다랐습니다. 하늘은 바짝 긴장했습니다. 한 명 두 명, 한 마리 두 마리 지날 때마다 침이 꼴깍꼴깍 넘어 갔습니다. 삼백 명의 상인과 삼백 명의 말이 지나 갈 즈음 갑자기 '와' 하는 함성이 들리더니 오백 명의 산적 떼가 나타났습니다. 그들은 나무줄기를 타고 내려오거나 바위 위에서 뛰어내리기도 했습니다. 산지기 못지 않게 산적들도 날쌨습니다. 오백 명의 산지기와 오백 명의 산적 떼가 뒤엉켜 싸웠습니다. 산지기들이 아무리 용감해도 사나운 산적들을 물리치기가 쉽지 않았습니다. 그래도 산지기들은 이를 악물고 맞서 싸웠습니다. 화살이 비가 쏟아지듯이 산을 덮었습니다. 쉽게 승부가 날 것 같지 않았습니다. 점점 다치는 사람이 많아졌습니다. 피를 흘리며 쓰러지는 산지기도 있었습니다. 하늘은 재빨리 다친 산지기를 끌어다 숨겼습니다. 그때 산적 하나가 하늘의 팔을 찔렀습니다. 하늘은 그만 칼을 떨어트렸습니다.

하늘의 팔을 찌른 사람은 산적 두목이었습니다. 비록 칼을 떨어트렸지만 자기 목숨이 위태로운 상황에서도 다친 사람을 구하려다 곤경에 처한 하늘의 행동에 두목은 무척 놀랐습니다.

"한 사람만 목숨을 내놓으면 그냥 돌아가겠다."

하늘은 조금도 망설임 없이 산적 두목 앞으로 나섰습니다. 산적 두목은 기름을 바른 듯 반질반질한 칼과 무시무시한 커다란 활을 가지고 있었습니다. 하늘은 조금도 두렵지 않다는 듯이 산적 두목을 바라보았습니다. 산적 두목은 하늘의 앞에 다가가 칼을 번쩍 쳐들었습니다. 그리고는 있는 힘껏 내리쳤습니다. 주변 사람들은 '악' 하고 소리를 질렀습니다. 눈을 감아버리는 사람도 있었습니다. 그러나 하늘은 내리 치는 칼을 똑바로 보았습니다. 눈도 깜빡이지 않았습니다. 칼은 하늘의 옆 땅바닥에 꽂혔습니다.

"비록 적이나 용기가 참으로 훌륭하오. 남의 것을 빼앗으려던 내가 부끄럽소."

산적 두목은 용감한 하늘에게 무릎을 꿇고 돌아갔습니다. 남은 사람들은 크게 기뻐했습니다. 나무 뒤에서 지켜보던 상인이 나왔습니다.

"산지기님. 어찌 칼날 앞에서 그리 두려움이 없을 수가 있소?"

"죽기를 각오하고 맞서 싸우는데 물러남이 있을 수 없습니다. 뜻한 대로 나아가면 오히려 큰 기쁨이 있습니다."

상인도 산지기의 용기에 감동하여 오백 명의 산지기에게 골고루 물건을 나누어 주고 맛있는 음식을 대접했습니다. 하늘의 이야기는 작은 마을에 퍼져서 모르는 사람이 없게 되었고 다시는 산적이 나타나지 않았습니다.

● 생각 키우기

이 이야기는 정진을 게을리 하는 비구에게 부처님께서 들려 준 가르침입니다. 용감한 산지기 하늘은 부처님이었습니다. 누구나 재미있고 좋아하는 일만 하면서 살 수는 없습니다. 자기가 맡은 책임과 본분을 다하기 위해 노력해야 하는 경우도 많습니다.

예를 들어 공부가 싫고 재미없다 하더라도 상인이 장사를 하듯이 학생은 공부가 본분이므로 열심히 노력하고 앞으로 나아가야 한다는 뜻입니다. 하늘이 산을 지키기 위해 목숨도 두렵지 않은 정신으로 맞선 것이 결국 산을 지켜낸 것과 같은 이치입니다.〈본생경 제265화 화살의 전생 이야기〉

약왕화 · 이시구(藥王花 · 李始九)
1968년 서울 출생.
2003년 아동문학평론 신인상.
단국대학원 석사졸업.

코끼리 왕을 살린 왕비

이 연 수

사위성에 어떤 부자가 있었습니다. 부자는 장사를 하러 멀리 다닐 때에도 항상 부인과 함께 다녔습니다. 어느 날 외상값을 받으러 먼 곳을 다녀오는 길이었습니다. 그런데 그만 깊은 산중에서 도적떼들에게 잡히고 말았습니다.

"돈을 모두 내놔라!"

도적의 두목은 부자에게서 돈을 몽땅 빼앗았습니다. 그리고 아름다운 부인에게도 욕심이 생겼습니다. 두목은 부하들에게 소리쳤습니다.

"이놈을 절벽 아래로 밀어버려라!"

부인이 두목에게 무릎을 꿇고 애걸하였습니다.

"제발 남편을 살려주시오!"

"그럴 수는 없다. 하지만 너는 살려줄 테니 나와 함께 가자."

도적떼들은 그 부자를 낭떠러지로 끌고 갔습니다. 그러자 부인은 두목의 손을 뿌리치고 도적떼들의 앞을 막아서 울부짖으며 소리쳤습니다.

"내 남편을 살려주지 않으면 나도 저 절벽에 몸을 던질 것이다!"

도적의 두목이 다시 부인을 끌고 가려고 하자 부인은 몸부림을 쳐 그 손아귀에서 벗어났습니다.

"억지로 끌고 가도 소용없다. 나는 독풀을 씹어 먹고서라도 나의 남편을 따라 이 세상에서 사라질 것이다!"

두목은 지아비를 아끼고 따르는 부인의 절개에 스스로 머리가 숙여졌습니다. 도적떼들은 두목의 명령을 받고 그 부부를 놓아주었습니다.

부부는 무사히 사위성에 도착하여 부처님이 계신 기원정사를 찾았습니다. 부처님은 향실에서 그 부부를 맞이하였습니다. 부부는 부처님께 절을 하고 예의를 갖춘 후 마주 앉았습니다.

"어디 다녀오는 길이냐?"

"부처님, 아내 덕분에 제가 목숨을 건졌습니다."

부자는 여태까지 겪었던 일들을 부처님께 소상히 아뢰었습니다. 부처님은 미소를 지으셨습니다.

"너의 부인은 과거에도 현자의 목숨을 살려주었단다."

범여왕이 바라나시에서 나라를 다스릴 때였습니다. 설산에 큰 호수가 있었습니다. 그 호수에는 황금빛 게가 살고 있었습니다. 그 게는 얼마나 몸집이 큰 지 덩치가 커다란 코끼리를 잡아먹을 정도였습니다. 코끼리들은 두려움에 떨었습니다. 게가 있는 호수에 내려가 먹이를 잡지도 못하고 그 근처에는 얼씬도 하지 않았습니다.

어느 날 코끼리 왕 부부에게서 아기코끼리가 태어났습니다. 왕비는 안전하게 보호하기 위해 깊은 산속으로 가서 코끼리 왕자를 키웠습니다. 코끼리 왕자는 몸도 크고 힘도 세었습니다. 마치 번쩍이는 산과도 같았습니다.

어느덧 코끼리 왕자는 아내를 맞이하였습니다. 그리고 산을 내려갈 결심을 하였습니다. 어머니와 함께 아내를 데리고 코끼리 떼들이 있는 곳으로 돌아왔습니다.

"왕이시여. 제가 돌아왔습니다."

코끼리 왕은 크게 기뻐하였습니다.

"아들아, 늠름하게 돌아왔구나."

"아버지인 왕이시여, 제가 게호수에 살고 있는 못된 황금 게를 잡겠습니다."

왕은 펄쩍 뛰며 반대했지만 코끼리 왕자는 굽히지 않았습니다. 할 수 없이 왕은 허락을 하였습니다.

"그 놈은 포악하기가 이루 말할 수 없다. 조심하거라, 아들아!"

"꼭 황금 게를 잡아 없애겠으니 걱정하지 마십시오!"

코끼리 왕자는 게호수 주변에 살고 있는 코끼리들을 불러 모았습니다.

"황금 게가 언제 어떻게 코끼리들을 공격하느냐?"

"먹이를 잡아먹고 언덕을 올라갈 때 쫓아와서 커다란 가위 발을 휘둘러 우리를 공격합니다."

코끼리 왕자는 꾀를 생각해 내었습니다.

"너희들은 게호수로 가서 실컷 먹이를 먹어라. 그리고 언덕으로 올라가거라. 나는 맨 나중에 먹이를 먹고 언덕을 오를 것이다. 오늘 그 게를 무찔러 멀리 쫓아버릴 것이다."

코끼리 왕자와 코끼리들은 게호수로 갔습니다. 코끼리 떼들은 왕자가 시키는 대로 먹이를 먹고 언덕으로 도망쳤습니다. 그러자 정말 황금빛 큰 게가 나타났습니다. 쇠방망이 같은 가위 발을 휘두르며 마지막에 도망치는 코끼리 왕자를 공격했습니다. 어느 순간 가위 발이 왕자의 다리를 꽉 물었습니다.

"너를 산산조각 낼 것이다."

황금 게는 포악을 떨며 무시무시한 힘으로 왕자를 게호수로 끌고 갔습니다. 가위 발은 날카롭게 살 속을 파고들어 왕자는 비명을 질렀습니다. 왕자가 언덕 아래로 질질 끌려갔지만 어떤 코끼리도 나서지 않았습니다.

숨어 있거나 두려워 구경만 할 뿐이었습니다. 그때였습니다.

"이놈!"

소리치며 달려온 것은 코끼리 왕자의 아내인 어린 왕비였습니다. 왕자는 너무나 감격하여 게송을 읊었습니다.

가위 발을 가진 동물
눈은 길에 튀어 나왔고
껍질은 뼈 같으며
털 하나 없이 물에 산다
그것에 패한 나

비참하게 슬피 운다
나는 실로 너의 생명
꿈에도 이 나를 잊지 말아라

왕비가 눈물을 지으며 게송을 읊었습니다.
주인이여, 나는 그대 버리지 않으리
나이 육십에 힘을 잃은 내 코끼리여
이 세상 사방 끝 간 데까지
그대는 내 가장 사랑하는 이이거니

왕비는 두려움도 잊은 채 큰 게에게 다가가 게송을 읊었습니다.

큰 바다 또 항하
모든 게 중에서 그대가 최상이거니
내가 비탄하나니 내 주인 놓아 다고

게는 이 노랫소리를 듣고 마음이 움직여 가위 발을 움직여 왕자의 다리를 놓아주었습니다. 그 순간 왕자는 발을 들어 큰 게의 등을 짓밟았습니다. 코끼리 떼들은 함성을 지르며 모여들었습니다. 그들은 게의 몸통을 가루로 만들어버렸습니다.
떨어진 가위 발 하나는 호수에 잠겨 황하로 떠내려갔고, 또 다른 하나는 큰 바다로 흘러 흘러갔습니다.

부처님은 이 이야기를 마치고 전생과 금생을 연결시켜 말씀하셨습니다.

"그때의 암코끼리인 왕비는 지금 너의 부인이고, 그 코끼리 왕자는 바로 나였다."

부부는 머리를 숙여 부처님께 인사를 하였습니다.

◗ 생각 키우기

어린이 여러분! 이야기 속에 나오는 코끼리 왕비처럼 가족과 부모형제를 위해서 나를 희생할 줄 알아야 합니다. 혹은 어려움에 처한 이들을 위해 정의로운 행동을 할 수 있는 힘과 용기를 가져야 합니다. 그렇다면 힘이 없어서 억울하게 고통 받고 사는 사람들이 없는 살기 좋은 대한민국이 될 것이라고 생각합니다.

어린이 여러분 생각은 어떻죠? 〈본생경 제267화 게의 전생 이야기〉

만월심 · 이연수(滿月心 · 李燕秀)
서울출생. 동국대교육대학원 유아교육학 전공 석사졸업. 한국아동문학 평론 동화부문 신인상(2007). (사)한국문인협회 (사)색동회. 국립서울맹 학교 국립서울농학교 동화구연강사. 금천호암노인종합복지관 동화구연 강사. (사)한국문인협회 영등포지부 사무국장(2015). (사)한국문인협회 영등포지부 아동문학분과장. 저학년 장편동화집 『난 비겁하지 않아』 출 간. 2015년 세종도서문학나눔 선정(세종도서상). 한국아동문학작가상 수상(2016)

부처님과 수달다 장자의 며느리

수달다는 코살라국의 서울인 사위성에 사는 큰 부자입니다. 많은 상인들을 거느리고 이웃 나라와 무역을 하여 엄청난 재산을 이루었습니다.

수달다 장자는 어버이 없는 자식이나 자식 없이 외롭게 사는 불쌍한 늙은이들, 즉 고독하고 불쌍한 사람들을 아낌없이 돌봐주며 베풀었습니다. 그래서 사람들은 그를 '급고독 장자'라 부르며 존경했습니다.

어느 날 수달다는 이웃나라인 마가다국의 서울인 왕사성에 들렀다가 부처님에 대한 소문을 들었습니다. 가비라국의 태자로 태어나 장차 왕위를 이어받아 임금님이 될 귀한 신분이면서 왕위는 물론, 아름다운 부인도, 귀여운 아들까지 버리고 궁궐을 떠나 눈 덮인 산속에서 7년 동안 온갖 고난을 겪으며 수행을 한 끝에 마침내 부처님이 되었다는 말을 듣고 수달다 장자는 크게 감동했습니다.

그래서 수달다는 부처님이 제자들을 가르치며 머물고 계신다는 죽림 정사로 찾아가 부처님을 뵙고 부처님의 설법을 듣고는 감격해서 부처님 앞에 엎드려 말했습니다.

　　"부처님! 저는 집과 가족과 재산을 모두 버리고 수행의 길에 나설 수는 없는 몸입니다. 그렇지만 살아있는 동안 부처님의 가르침을 따르고 실천하는 사람이 되고 싶습니다. 원컨대 저희 코살라국에도 부처님의 가르침이 널리 전해지도록 왕림해 주시옵길 간청 드립니다."

　　수달다의 말에 부처님도 흐뭇한 표정으로,

　　"언젠가는 내가 코살라로 가서 그곳 백성들을 만나리라."
하고 약속하셨습니다.

　　부처님으로부터 재가 불자의 인정을 받고 돌아온 수달다 장자는 자신이 사는 사위성에 부처님을 만났던 왕사성의 죽림정사보다도 더 훌륭한 정사를 짓기로 결심을 했습니다.

　　수달다 장자는 여러 날 정사를 지을 좋은 땅을 찾아 사람들을 이끌고 사위성 주위를 샅샅이 돌아보았습니다. 그러다가 성 남쪽에서 정말 아름답고 훌륭한 동산을 찾아냈습니다. 마을로부터 너무 떨어지지 않은 데다 조용히 사색하고 마음을 다스리기에는 더없이 좋은 동산이었습니다. 그런데 알고 보니 그 땅의 주인이 임금님의 아들인 기타 태자였습니다. 태자는 억만금을 준다고 해도 절대로 땅을 팔지 않겠다고 한다는 소문이었습니다.

　　그런 좋은 동산에 부처님과 부처님의 제자들을 위한 정사를 꼭 짓고 싶었습니다. 그래서 수달다 장자는 직접 왕자님을 찾아가 간청했습니다.

"왕자님의 아름다운 동산에 부처님과 부처님을 따르는 제자들을 모실 정사를 짓고자 합니다. 하오니 왕자님, 그 땅을 제게 파십시오. 값은 왕자님이 원하시는 대로 드리겠습니다."

"장자여, 그 땅은 팔 수 없소. 그 동산을 덮을 만큼 황금을 준다면 모르지만 말이오."

왕자가 손사래를 치며 말했습니다.

"원하시면 그렇게 하겠습니다."

대궐에서 물러나온 장자는 수레에 황금을 가득 싣고 가서 왕자의 동산에 깔기 시작했습니다. 그 소식을 듣고 달려온 왕자는 너무 놀라 말했습니다.

"장자여, 황금은 이제 그만 두시오. 그대가 원했던 땅만큼만 정당한 값을 받고, 동산의 남은 땅 모두를 부처님에게 보시하겠소. 그리고 나도 백성들을 위하는 그 일에 힘을 보태리다."

수달다 장자의 불심에 감동한 왕자도 장자를 도와 나머지 동산의 땅을 내놓고 집을 세우는 일에 많은 힘을 보탰습니다. 그리하여 이웃 나라의 죽림정사보다 더 크고 번듯한 '기원정사'가 지어졌습니다. 사람들은 그 정사를 기타 태자와 급고독 장자가 힘을 합쳐 세운 정사라는 뜻으로 '기수급고독원'이라 부르기 시작했습니다.

이듬 해 코살라국을 방문하신 부처님도 이 정사를 어느 곳보다 좋아하여 이곳에서 수많은 제자들과 오래 머물며 백성들에게 설법을 하시곤 하셨습니다.

이처럼 많은 사람들의 존경을 받고 부처님의 사랑을 받는 수달다 장자에게도 고민이 있었습니다. 성질이 아주 고약한 며느리 때문입니다.

며느리는 임금님의 사랑을 받는 대신의 딸이었습니다. 얼굴은 예뻤지만 대신의 딸로 태어나 많은 종들의 시중을 받으며 거리낌 없이 제멋대로 자란 때문에 세상에 무서운 것이 없는 성질 사나운 여자였습니다. 시부모를 공손하게 모실 줄도 모르고, 남편도 우습게 대했습니다. 게다가 집안일을 하는 시종들과 하인들에게 걸핏하면 큰소리로 사납게 야단치거나 매질을 하기도 했습니다.

"얘야, 부리는 종들도 모두 다 우리와 똑 같은 사람이란다. 조용히 타이르고, 알아듣게 가르치도록 하여라."

수달다 장자가 타일러도 며느리의 행동은 조금도 달라지지 않았습니다. 아버지의 권세만 믿고 시부모는 물론이고 남편까지도 우습게 보는 며느리 때문에 수달다 장자는 몹시 마음이 상했습니다.

그런 수달다 장자의 고민을 제자들을 통해 부처님도 알게 되었습니다.

부처님은 며느리의 나쁜 버릇을 고쳐 수달다 장자의 집안을 화목하게 만들어야 되겠다고 생각했습니다. 그래서 아무 것도 먹지 않고 수련하는 날을 택해 예고 없이 많은 제자들과 함께 수달다 장자의 집으로 향했습니다.

부처님의 갑작스러운 방문에 수달다 장자는 물론이고 가족들과 하인들까지 모두 깜짝 놀랐습니다. 부처님과 부처님을 따르는 많은 제자들이 먹을 음식을 차리기 위해 안채에서는 온통 난리가 났습니다. 그러느라 며느리의 고함 소리가 부처님이 계시는 넓은 사랑채까지 들릴 지경이었습니다.

"저게 무슨 소리인가?"

부처님이 앞에 앉아있는 수달다 장자에게 물었습니다.

"송구하옵니다. 부처님과 제자분들을 대접할 음식 준비에 정신이 없는 며느리가 일을 잘 못하는 하인들을 꾸짖고 있는 소리인 것 같습니다."

"저런 쯧쯧…… 오늘은 기원정사 식구들이 모두 아무것도 먹지 않는 금식 날이라네. 그래서 이곳을 방문했는데 미리 알리지 않은 모양이구먼. 그러니 우리 아무것도 준비하지 말라고 하게나. 대신 고함 소리를 내고 있는 며느리를 이곳으로 불러오게."

부처님의 말씀에 따라 음식 준비를 하지 않게 된 안채가 곧 조용해졌습니다. 이윽고 부처님의 호출을 받은 며느리가 고개를 숙이고 사랑채로 내려와 부처님에게 세 번 절하고 그 앞에 꿇어앉았습니다.

"며느리는 눈을 감고 마음을 고요히 하도록 하여라. 지금부터 내가 일곱 종류의 아내 모습을 너에게 보여줄 것이니 잘 보고 내 물음에 답하여야 할 것이니라."

그런 다음 부처님은 신통력으로 눈을 감은 며느리에게 일곱 종류의 아내 모습을 영화를 보여주듯 보여주었습니다. 남편을 업신여기고 시부모를 공경하지 않는 며느리, 남편에게 거짓말을 하고, 하인과 종을 학대하며 욕을 하는 등 성질 나쁜 네 종류의 며느리의 모습이 나타났습니다. 그런 며느리들은 하나같이 죽어서 끔찍하고 무서운 지옥으로 떨어지고 있었습니다. 이어서 남편과 시부모를 정성을 다해 잘 모시고, 이웃과 친하게 지내면서 겸손하고, 시종을 사랑으로 대하는 며느리들의 모습이 보였습니다. 그리고 그 며느리들은 행복한 극락 세상으로 올라가는 모습이 보였습니다.

눈을 감고 그런 모습을 보는 며느리의 두 눈에서 뜨거운 눈물이 흘러나왔습니다. 그러다가 부처님 앞에 엎드려 울면서 말했습니다.

"부처님, 저는 제가 지옥에 떨어져야 마땅한 못된 며느리임을 알았습니다. 오늘부터는 지난 모든 잘못을 모두 씻을 수 있는 새 삶을 살겠사오니 믿어주시옵소서!"

그렇게 말한 며느리는 부처님 옆에 앉아있는 시아버지인 수달다 장자와 남편에게도 울면서 맹세의 절을 했습니다.

그 일이 있은 후부터 수달다 장자의 며느리는 완전히 새 사람으로 바뀌었습니다. 시부모를 지극히 공경하며 하늘처럼 모셨답니다. 남편을 존경하고 따르는 것은 물론이고 이웃 사람들과 종들에게도 친절하게 베푸는 아주 착한 여인이 되었습니다.

부처님의 제자들과 사위성 백성들에게는 그 일이 큰 화제가 되었습니다. 아무 말씀도 없이 단 한 번의 가르침으로 성질 사나운 수달다 장자의 며느리를 마음씨 곱고 착한 여자로 바꿔놓은 부처님의 신통력에 대하여 사람들은 자주 이야기를 나누었습니다.

어느 날 그런 이야기를 나누고 있는 제자들의 모습을 본 부처님이 웃으며 말했습니다.

"비구들아, 그 여자가 단 한 번의 내 타이름으로 그처럼 사람이 바뀌게 된 것은 지금만이 아니고 전생에도 내가 그녀의 나쁜 버릇을 고쳐주었던 인연이 있었기 때문이니라."

부처님이 들려주는 며느리의 전생 이야기를 들으며 제자들은 또 한 번 감동하였습니다.

◐ 생각 키우기

수달다 장자의 며느리 '선생녀'와 부처님의 전생 이야기인 이 이야기의 끝부분은 선생녀는 전생에 임금님의 어머니로 '성 잘 내고 고집 세며 거칠어 사람들을 꾸짖고 나불거리는' 여자로 끝부분에 소개됩니다. 그런 어머니를 아들인 임금님이 어느 날 동산으로 모시고 가서 짜증스럽고 듣기 싫은 소리로 울부짖는 청견조라는 새와 아름다운 목소리로 노래하는 코키라의 노래를 함께 들을 수 있게 해서 어머니가 스스로 깨닫고 마음을 고치도록 했다는 이야기입니다.

사람은 죽으면 몸뚱이는 흙이 되지만 영혼은 살아서 언젠가는 다시 태어난다고 불교에서는 가르치고 있습니다. 남을 사랑하고, 불쌍한 사람을 도우며 착하게 살아야만 다음 세상에서도 선생녀와 같이 눈물을 흘리며 후회하지 않는 사람으로 태어나겠지요? 〈본생경 제269화 선생녀의 전생 이야기〉

덕암 · 이영호(德巖 · 李榮浩)
1961년 경남신문 신춘문예 소설로 당선작 없는 가작, 1966년 경향신문 신춘문에 동화 당선, 현대문학 소설 추천으로 문단에 나왔다. 단편 동화집 《배냇소 누렁이》외 30여 권, 장편소년소설 《거인과 추장》등 20여 권, 인물소설 《세계를 누비며》등 30여권을 출간했고, 세종아동문학상, 대한민국문학상, 한국문학상, 방정환문학상, 대한민국5.5문화상 등을 받았다. 한국아동문학가협회 회장, 한국불교아동문학회 회장을 지냈고, 현재 사단법인 어린이문화진흥회 회장 이사장을 맡고 있다.

올빼미와 까치는 왜 싸울까

이 정 석

옛날 아주 먼 옛날 넓은 땅에 한쪽에는 많은 짐승들이 한가롭게 모여 살았고, 다른 한쪽에서는 사람들이 오순도순 모여 살았습니다. 바다에서도 물고기들이 조용히 살았으며 하늘의 새들도 평화롭게 살았습니다.

기름진 땅이나 푸른 바다 그리고 드넓은 하늘, 자기의 영토에서 각기 별 탈 없이 지냈습니다. 그러다가 사람들과 짐승들 그리고 물고기들과 새들 모든 생명들이 자꾸 숫자가 불어나자 문제가 생겼습니다.

"우리 의견이 너무 많아 결정이 쉽지 않구나!"

"오순도순 살려면 누구나 지켜야 하는 규칙이 필요해!"

"멀리 있는 곳의 언어는 알아들을 수 없어!"

"물건 값이 이곳저곳 다 다르단 말이야!"

그래서 각자의 영토를 다스리는 왕을 뽑기로 했습니다.

"얼굴이 아름답고 빛나며 위엄이 있는 사람으로 뽑읍시다!"

"남의 말을 잘 들어주는 분이어야 하지요."

사람들은 여러 번의 모임 끝에 모든 점을 완벽하게 갖춘 인격자를 왕으로 추대하였습니다. 곧이어 짐승들도 모여 위엄 있는 사자 한 마리를 왕으로 삼았습니다. 또 바다의 나라에서도 고래 같은 점잖은 아난다라는 물고기를 왕으로 모셨습니다.

모든 새들도 왕을 뽑기 위해 설산 지방의 어느 평편하고 너른 바위로 모였습니다.

"인간들에게도 왕이 생겼고, 또 짐승들과 물고기들도 왕을 뽑았소. 아직 우리에게는 왕이 없소. 왕이 없이 살아가니 여러 가지가 불편하오. 오늘 우리도 왕을 뽑읍시다. 왕에 오를 적당한 새를 추천하시오."

어느 늙은 새 한 마리가 앞장서 이야기하였습니다.

"옳소! 그런데 한 가지 조건이 필요합니다. 그것은 모든 새들이 세 번의 찬성이 있어야 합니다. 그래야 온전한 왕이 될 수 있습니다."

"찬성입니다! 그래. 찬성……!"

그게 좋겠다는 의견들이 많이 나왔습니다.

"그러면 풍채가 좋은 올빼미를 왕으로 뽑으면 어떻겠소?"

"맞소! 그 새가 좋습니다."

여기저기서 웅성대며 말을 하였습니다.

"우리도 같은 생각이오. 올빼미가 좋소."

이렇게 찬성 의견이 두 번까지 나왔습니다. 마침 한 번만 찬성을 하면 올빼미가 왕이 되는 순간이었습니다.

그러나 군중 속에서 한 마리 까치가 손을 들어 큰 소리로 말하였습니다.

"잠깐 기다리시오. 난 올빼미가 왕이 되는 걸 반대합니다!"

갑자기 분위기가 조용해졌습니다.

"올빼미 녀석을 보시오. 저런 얼굴로 왕이 되면 안 되지요! 사람들의 나라나 짐승들의 나라, 바다의 나라 왕들을 보시오. 모두 위엄 있는 자들이오. 저 올빼미가 과연 위엄이 있단 말이오?"

한쪽에서는 고개를 끄덕이는 새들도 있었습니다. 까치가 계속 말을 이어 갔습니다.

"저 녀석의 상판대기를 지금 보시오. 상당히 무서운 얼굴 아니오? 그런 얼굴로 성을 낸다면 어떻게 되겠소? 저 화낸 꼴로 내려다보면 우리는 간이 오그라들 거요. 마치 뜨거운 솥에 든 깨알처럼 어디로 도망도 못가고 죽고 말 것이오. 그렇지 않소? 난 저 녀석이 왕이 되는 것을 찬성할 수 없소!"

한 쪽에 서 있던 올빼미의 얼굴은 빨갛게 물들면서 분노의 빛이 흘렀습니다. 그러나 올빼미는 꼭 참을 수밖에 없었습니다.

'왜 까치들은 우리 올빼미를 미워할까?'

올빼미는 곰곰이 생각해 보았지만 그 이유를 알 수 없었습니다. 많은 새들은 고개를 숙이면서 말을 아꼈습니다.

까치는 큰 소리로 노래를 불렀습니다.

진정 모든 새 종족들이 올빼미를 좋아하더라도

진정 우리의 왕으로 올빼미를 모신다고 해도

만일 우리 동족들이 올빼미를 허락한다 해도
나는 반대하리라, 나는 올빼미를 반대하리라.

까치의 반대 의견에 동조한 새들이 점점 많아졌습니다. 까치는 더욱
소리 높여 노래 불렀습니다.

이곳에 모인 수많은 벗들이여
과감히 자기 의견을 말하여라
아름답고 진실한 새가 있다고
아직 젊고 지혜로운 새가 있다고

까치는 갑자기 노래를 멈추고 목소리를 낮추어 웅변하듯 근엄하게
말하였습니다.

그가 왕이 된다면 그대들은 행복할 것이라고 하지만
보라! 성내지 않은 올빼미의 얼굴이 위엄 있는가?
보라! 성내지 않은 저 올빼미의 무서운 모습을,
만일 저 올빼미가 화를 낸다면 어떤 얼굴일까요?
얼굴이 무서운데 얼굴이 무서운데 마음은 얼마나 어두울까?
마음씨가 곱지 않는데도 우리 왕이 될 수 있을까?
얼굴에 위엄이 있으려면 우리의 왕이 되려면 마음이 착해야 한다네.
그렇게 강렬하게 호소한 까치는 다시 큰 소리로 외쳤습니다.
"나는 저 올빼미에게 호감을 느낄 수 없다! 나는 싫다!"

너럭바위를 박차고 하늘로 멀리 날아갔습니다. 그때까지 꾹 참고 있던 올빼미는 분노의 얼굴로 그 뒤를 쫓아갔습니다. 두 마리의 새는 빠르게 남쪽 허공 속으로 사라져갔습니다. 그런 폭풍이 지난 뒤 새들은 금빛 거위를 왕으로 삼은 후 그곳을 떠났습니다.

그때부터 까치와 올빼미는 서로에게 적의를 품게 되었습니다. 그래서 까치와 올빼미는 피가 터지게 밤낮으로 싸웠습니다. 낮에는 까치들이 눈을 잘못 뜨는 올빼미를 마구 쪼아댔으며, 거꾸로 밤에는 올빼미들이 까치들의 머리를 마구 쪼아댔습니다. 착한 마음, 바른 행동을 한 새가 왕이 되어야 한다고 주장한 그 까치의 후손들이 끝내는 올빼미에게 많이 죽임을 당했습니다. 피가 붉게 묻은 까치의 시체가 날마다 암자 마당에 수북이 쌓여 있었습니다.

◐ 생각 키우기

얼굴은 마음의 창이다. 마음 밭에서 생기는 그늘은 얼굴에 그늘 그대로 나타난다. 마음이 환하고 맑으면 얼굴도 환하고 밝게 빛난다. 진실한 사람은 얼굴에 진실함이 흐른다. 마음이 착한 사람은 얼굴도 착하다. 그래서 일정한 나이가 들면 자기 얼굴에 책임을 져야 한다는 말도 있다. 마음에 무섭고 독한 것이 살고 있기 때문에 올빼미의 겉모습도 무섭게 보이는 것이다. 결국 올빼미가 무섭고 독한 마음을 버리지 못했기 때문에 까치의 머리를 쪼아대고 죽게 만들었던 것이 아닐까?

이 우화 속에서 모든 새들이 왕으로 추대한, 위엄을 갖춘 '금빛 거위'는 누구일까? 바로 석가모니 부처님 전생의 모습인 것이다. 〈본생경 제270화 올빼미의 전생 이야기〉

고반 · 이정석(古畔 · 李正錫)
전남 나주에서 태어남. 소년중앙 문학상 동시 당선, 무등일보 신춘문예 시 당선, 아동문학평론지 문학평론 당선. 동시집 『꽃 범벅 책 범벅』 등 5권, 아동문학평론집 『생태주의 아동문학과 해학의 동심』 등 2권 발행. 한국불교아동문학상, 방정환문학상, 전라남도 도문화상 등 수상. 현재 영산포 여자중학교장 근무.

영영 돌아오지 않는 자연

이 창 규

옛날 범여왕이 다스리는 나라에 아름다운 숲이 있었습니다.

사람들은 멀리서 숲을 바라보며 우거진 나무숲을 탐냈습니다. 그러나 그 숲에는 무서운 호랑이와 사자가 살고 있었습니다. 아름드리나무는 베어서 집을 짓고, 나무를 벤 자리는 밭을 일구어 사람이 사는 동네를 만들고 싶었지만 호랑이와 사자 때문에 사람들은 숲 가까이 가지 않았습니다. 그래서 숲은 울창한 나무들을 키울 수 있었습니다.

숲에는 할아버지 두 분만 살고 있었습니다.

동쪽에는 조용한 성격의 할아버지가 도를 닦으며 살고 있고, 서쪽에는 성격이 급한 할아버지가 도를 닦으며 살고 있었습니다.

어느 날 서쪽 할아버지가 동쪽 할아버지 집으로 찾아와서 걱정을 하였습니다.

"친구, 우리 숲은 나무도 많고 새도 많은데 냄새가 지독해서 내가 숨

쉬기가 힘드네."

"냄새? 무슨 말인가?"

동쪽 할아버지는 서쪽 친구가 하는 말이 무슨 뜻인지 눈치 채지 못했습니다.

서쪽 할아버지는 동쪽 할아버지 곁으로 바짝 다가앉으며 말했습니다.

"호랑이와 사자가 잡아먹고 남은 고기들을 아무 곳에나 내버려 두니 쓰레기 냄새가 지독하단 말이야."

"아, 그거야 어쩔 수 없지 않은가. 호랑이와 사자가 청소를 할 줄 모르니 말일세. 그냥 음식 찌꺼기를 다른 작은 동물이 나눠 먹을 수 있으니 좋은 것이니까 남은 것이 썩어서 거름이 되도록 기다릴 수밖에."

동쪽 할아버지의 말을 들은 서쪽 할아버지는 화가 났습니다.

"이보게 난 저 냄새 때문에 숨 쉬기가 힘들어서 죽을 지경이라구!"

동쪽 할아버지는 서쪽 할아버지에게 졸랐습니다.

"자네 말은 잘 듣는 놈들이니 호랑이와 사자에게 지금 당장 가서 이 숲을 떠나라고 말해주게."

동쪽 할아버지는 걱정이 많은 얼굴이 되었습니다.

"이보게 친구!"

"호랑이와 사자가 없으면 이 숲은 사람들이 모여들어 사라지게 될 걸세, 그러니까 자네가 이 숲과 우리 모두를 위해 참으면 안 되겠나?"

서쪽 할아버지는 친구의 말을 듣고 싶지 않았습니다.

"자네가 못하면 내가 말을 하고 오지!"

서쪽 할아버지는 성큼 성큼 호랑이와 사자가 살고 있는 동굴로 갔습니다. 그리고 그동안 닦았던 도술을 부려 호랑이와 사자 보다 무서운 검은 날개달린 그림자 동물로 변신했습니다. 머리는 곰 같고 몸뚱이는 뱀 같으며 입은 하마 같은데 박쥐 날개 모양의 큰 날개가 달린 괴물 모양입니다. 그리고 외쳤습니다.

"호랑이와 사자는 들어라!"

"나는 이 숲의 신령이다."

"너희가 작은 동물을 잡아먹는 것은 살아야 하니까 어쩔 수 없는 일이다. 그러나 남은 음식 냄새가 숲에 가득하니 여러 동물이 살기 힘들다. 그러니 이곳을 떠나거라!"

검은 날개로 휘-휘 날갯짓 하는 서쪽 할아버지 모습은 세상에 없는 모습이어서 무서웠습니다. 호랑이와 사자는 무서운 그림자에 놀라 숲을 떠나 다른 곳으로 이사를 하였습니다.

호랑이와 사자가 숲을 떠났다는 소식은 금방 마을에 소문이 퍼졌습니다.

사람들은 마음 놓고 숲에서 나무를 베어가기 시작했습니다.

베어가고 또 베어가도 울창한 숲은 나무가 많이 남은 것처럼 보였습니다.

사람들은 마음 놓고 또 베어가고 베어간 뒤 나무가 잘려진 땅에 밭을 일구었습니다. 밭을 일구지 않는 사람들은 베어 낸 나무로 집을 지어 더 많은 사람들이 살 수 있도록 했습니다.

서쪽 할아버지는 너무 놀라 동쪽 할아버지 집으로 달려갔습니다.

"이보게 친구!"

"큰일 났네. 이러다가 우리 숲이 사라지고 말거야, 어쩌면 좋겠는가?"

"이젠 어쩔 수 없네. 자네가 쫓아낸 호랑이와 사자가 돌아와서 사람들을 다시 도망가게 한다면 몰라도 이 숲은 우리가 지키긴 힘들다네."

서쪽 할아버지는 호랑이와 사자를 찾아 달려갔습니다.

"호랑아! 사자야! 내가 잘못했다."

"너희가 숲에서 사냥을 하고 먹다 남은 음식을 버렸다고 냄새난다고 한 것은 정말 미안하다. 그땐 몰랐어. 썩은 음식 찌꺼기가 숲을 지키고 또 키우고 있었다는 걸 말이야. 이제 다시 돌아가서 숲을 지켜줘! 사람들이 숲을 해치고 있어!"

호랑이와 사자는 들은 척도 하지 않았습니다.

서쪽 할아버지는 다시 한 번 더 돌아가자고 사정을 했습니다. 그러자 호랑이가 말했습니다.

"우리는 절대 돌아가지 않겠습니다."

"필요할 땐 찾아오고 필요 없을 땐 쫓아내는 당신과 숲에서 살고 싶지 않습니다."

서쪽 할아버지는 호랑이와 사자가 멀리 사라질 때까지 혼자 서 있었습니다.

'나 때문에 모두가 떠나는구나!'

속으로 생각하며 울었습니다. 그리고 얼마 있지 않아 동쪽 할아버지와 서쪽 할아버지도 사람들에게 쫓겨났습니다. 그리고 숲이 사라지고 마을만 남게 되었습니다.

◐ 생각 키우기

자연은 사람이 만들 수 없습니다.

지저분하고 냄새가 난다해도 자연은 스스로 생명을 살리는 곳입니다.

환경오염이 심한 요즘은 더욱 더, 자연이 있어야 숲이 있어야 사람도 살 수 있습니다. 〈본생경 제272화 호랑이의 전생 이야기〉

우봉 · 이창규(牛峰 · 李昌圭)

한국 문협자문위원, 국제펜 한국본부 자문위원, 창원문인협회장, 경남아동문학 회장 역임. 수향수필 동인, 문학신문 문학회 부회장.

경남도 문화상, 창원시 문화상, 경남 예술인상, 한국아동문학상, 한정동 아동문학상, 황조근정훈장, 한국교육자 대상, 경남교육상 수상.

창사)경남도문화상수상자회 총무이사, 창원대학교 외래 교수

저서 수필집 『바람이 남긴 자리』 외 아동문학 39권이 있음.

현재 한국불교아동문학회장

이리와 청개구리

일단은 제 말부터 들어 주세요. 우서누 주머니에서 스마트 폰을 꺼내 보세요. 구글이나, 네이버나, 다음을 불러 놓고 거기서 다시 지도를 부르세요. 세계지도를 척 펼쳐 놓고 인도 바라나시를 찾아보세요. 서둘지 말고 찬찬히 찾아보세요. 갠지스 강 옆구리를 끼고 있는 바라나시인가요? 네 맞습니다. 그 바라나시를 두 집게손가락 중 한 집게손가락으로 바라나시를 꼬옥 누르세요. 후텁텁해진다고요. 조금만 참으시고 눈을 감아 보세요. 이리 한 마리가 어슬렁거린다고요. 네, 유심히 보시기 바랍니다. 아! 무섭다고요? 지금 여러분의 눈앞에 어슬렁이는 이리는 며칠 굶어 제대로 기운을 쓸 수가 없는 매우 딱한 처지에 놓여 있습니다. 그러니 눈여겨보시기 바랍니다.

"어떻게 너는 네가 배고프다고 마구잡이로 고귀한 생명을 끊고 붉은 피가 뚝뚝 듣는 생고기로 너의 배를 부르게 할 수 있단 말이냐. 그동안

284 궁전을 들어 올린 아라한

수차례 먹이를 조금씩 먹을 것을 바꿔 보라고 타이르지 않았느냐?"

"……"

범여왕의 뜻을 받아 보살님 한 분이 제석천이 되어 항하 강(갠지스 강, 강가에 붙은 또 하나의 작은 강) 강가 너럭바위에서 육식을 하는 이리를 불러다 놓고 끼니때마다 예쁘고 아름다운 사슴이나 토끼나 너구리나 고라니나 노루를 마구 잡아먹는 것이 안타까워 꾸중을 하는 중이었습니다.

"왜 대답이 없어?"

"……"

꿀 먹은 벙어리인양 이리는 대답을 하지 못하고 머리를 푹 숙인 채 흐르는 강물만 바라보고 있었습니다. 사실 이리는 세세손손 부처님을 통해 육식을 삼가고 채식도 더러 하라는 충고를 수없이 들어왔습니다.

"뭐라고 대답을 해야지!"

보살님은 목청을 돋구어 짜증 섞인 목소리로 다그쳤습니다.

"한 번 실천해 보겠습니다."

이리가 결심한 마음을 내 보였습니다.

"고맙구나. 마음먹기에 따라 할 수 있어. 사슴도 소도 노루도 다 풀을 먹고 살아. 너는 반반이면 된다.……"

"한 번 해보겠습니다."

이리는 자신의 처지를 곰곰이 생각해보니 느끼는 것이 있어 굳은 결심을 했습니다.

"너는 할 수 있다."

보살님은 이리를 다독이고 멀어져 갔습니다.

이리는 보살님의 말을 기억했습니다. 하지만 무엇을 먹어야 할지를 몰라 너럭바위에 앉아 하루 이틀 보냈습니다. 몇날 며칠을 물만 먹고 지냈습니다. 이리는 배고픔으로 죽지 못해 하루하루를 견디고 있었습니다. 무엇보다 기운이 없어 도무지 뛸 수가 없었습니다. 눈앞에 어른거리는 것은 붉은 피가 흐르는 사슴고기와 노루고기였습니다.

허기를 채우려고 풀을 뜯어 먹고 열매를 따 먹어 봤지만 신맛과 떫은 맛이 싫었습니다. 이리는 지독한 배고픔으로 세상살이가 어렵고 어려웠습니다. 그러구러 세월은 흘렀습니다.

부처님이 보살님을 시켜 이리의 생활 모습을 보고 오도록 했습니다. 보살님은 둔갑을 해 털이 검은 염소가 되었습니다. 염소가 되어 이리 곁으로 아장아장 걸어갔습니다. 배가 고파 다 죽어가던 이리가 벌떡 일어났습니다. 조금 전과는 너무나 다른 모습의 이리였습니다.

이리에게 기적이 일어난 듯 했습니다. 겁을 집어 먹은 염소는 엉겁결에 강물로 뛰어 들었습니다. 번개처럼 이리가 염소의 뒤를 이어 뛰어들었습니다. 둘은 한동안 강물에 빠져 엎치락뒤치락 했습니다.

염소는 도망치려고 버둥거리고, 이리는 염소를 잡으려고 사나운 이빨을 드러내고 악착같이 덤벼들었습니다. 끝내 이리는 사나운 이빨로 염소의 왼쪽 뒷다리를 물었습니다. 순간 보살님은 이리를 내쳤습니다. 강물 속에 잠겼다가 겨우 겨우 강가로 나왔습니다.

"못 참겠더냐?"

"저도 노력했습니다. 몇날 며칠을 굶어 보세요? 견딜 수가 있는

지……"

몰골이 말이 아닌 이리는 어렵게 대답을 했습니다.

"조금만 더 노력을 했으면……."

"굶는다는 것은 죽는 것이 났습니다."

"누가 굶으라고 했냐? 육식을 삼가하고 채식도 좀 하라고 했지."

"도저히 먹을 수가 없는데요?"

"아니다 참고 버릇을 바꾸면 된다."

"저는……"

"모든 어려운 일은 굳은 결심이 문제지……"

"……"

"나쁜 버릇을 좋은 버릇으로 고치기에는 노력과 결심이 필요하지."

"저는 노력했습니다."

"굶고 물만 먹은 것…… 노력을 했지만 다른 먹거리를 찾는 일에는
게으름을 부렸지. 결국 포기한 것 아니냐?"

"……"

이리는 냉큼 대답을 못하고 흘러가는 흰 구름을 바라봤습니다.

"저기 보리수 잎 위를 봐라!"

"잎만 반짝이는데요?"

"자세히 보라니깐!"

"잘 안 보여요."

"세상일은 찬찬히 챙겨 보는데서 시작해."

"제 눈에는……"

"보리수 잎에 앉은 청개구리가⋯⋯"

그때였습니다.

청개구리가 때마침 폴짝 뛰어 보리수 아래 가지로 내려왔습니다.

"청개구리요?"

"그래, 저 청개구리는 이슬만 먹다가 한 번씩 천연덕스럽게 나비나 파리를 날름 잡아먹지. 나도 풀만 물만 먹으라는 것이 아니고 어쩌다가⋯⋯"

보살님이 타이르듯 말했습니다.

"도대체 목구멍에 넘어가지를 않는 걸 어떻게요"

대거리를 하듯 이리는 말을 했습니다.

"노력해서 안 되는 것이 없지. 노력을 포기한 거야 너는."

"아닌데 노력을 했는데⋯⋯"

"한순간 모든 걸 포기한 거야."

"정말 어렵고 어려워요."

"좋은 버릇을 들이기는 부단한 노력과 결심이 필요하지. 그걸 너는 덜한 것이야 덜."

"⋯⋯"

"무슨 일이든 쉽게 생각하면 쉽게 무너지지. 모든 일에는 신중해야 해."

"맞아요!"

언제 왔는지 청개구리가 이리 앞에 나붓이 앉아 거들었습니다.

"아서 엉뚱하게 나섰다가는 네가 먹혀."

"아이쿠!"

청개구리는 잽싸게 저만치 물러났습니다.

"네가 모르고 사는 게 있어."

"제가 뭘 모르고 살아요?"

"네가 짓는 죄를……"

"죄요?"

"넌, 지금 무죄다 싶지?"

"네!"

"세상에 제일 큰 죄가 무죄라는 것 모르니?"

"모르는데요."

"그러니 포길 했지."

"무죄는 내가 무슨 죄를 짓고 있다는 사실을 모르고 있는 것이지."

"무죄가 그렇게 무서워요?"

"무섭지, 무죄는 깊이 반성하질 않으니 그냥 자기 욕심만 채우지."

보살님이 목청을 높였습니다.

"노력해보겠습니다."

풀이 죽은 이리는 궁한 변명을 했습니다.

"그래, 포기하지 말고 꾸준히 노력해 보시게."

보살님은 더 이상 말을 하지 않고 항하강 갈대숲으로 사라졌습니다.

"포기, 포기!"

이리는 포기라는 말을 되풀이 하고 있었습니다.

◑ 생각 키우기

1) 갠지스 강을 끼고 있는 바라나시는 어느 어느 나라인가요? 세계지도를 펼쳐 놓고 집게손가락으로 꾹 눌러 보세요

2) 범여왕님이 왜 이리를 불렀을까요?

3) 초식과 육식에 대해 생각나는 대로 적어 보세요.

4) 이리는 지금도 육식을 하나요?

5) 육식의 좋은 점과 초식의 좋은 점을 적어 보십시오.

〈본생경 제300화 이리의 전생 이야기〉

탄보 · 임신행(坦步 · 任信行)

서울신문 신춘문예 당선, 오월 신인예술상, 계몽아동문학상, 2천만원고료 제1회 황금도깨비 대상, 세종아동문학상, 한국어린이도서상, 눌원문화상, 이주홍아동문학상, 방정환아동문학상, 대한민국문학상, 한국동화문학상, 최계락문학상, 민족동화문학상 수상. 전쟁 동화집『베트남 아이들』외 다수. 생태 동화집『우포늪 그 아이들』, 생태 동시집『우포늪 가시연꽃』, 동시집『우포늪 별똥별』외 다수. 시집『동백꽃 수놓기』외 다수. 생태 시집『우포늪에서 보내는 편지』, 생태 수필집『우리 이제 언제 어디서 무엇이 되어 다시 만나랴』. 우포늪 홍보대사

비둘기의 왕

장 경 호

"구구구…꾸욱…(우리 오늘도 재미있게 놀자)…꾸꾸꾸."

"구우구우…(그래. 오늘은 아이들이 많이 나오겠지)…꾸꾸….."

"꾸우꾸우…(응, 많이 나올 거야)…꾸꾸꾸."

아기비둘기들은 마냥 즐거운 듯 서로 부리를 맞대며 놀고 있었습니다.

한낮의 따사로운 햇살은 아기비둘기 위로 내려앉았습니다. 아기비둘기들은 꼬리까지 흔들며 가볍게 날갯짓을 하였습니다. 그때마다 작은 풀 조각들이 푸시시 날아올랐습니다.

'녀석들 잘 놀고 있네.'

아기비둘기들이 재미있게 노는 모습을 물끄러미 바라보고 있는 비둘기왕의 얼굴엔 미소가 가득 찼습니다. 비둘기왕은 아기비둘기들이 노는 모습을 늘 지켜보며 많은 생각들을 해왔습니다.

'우리 비둘기들의 꿈을 너희들이 키워나가야지, 암.'

비둘기왕은 천천히 아기비둘기들이 노는 곳으로 다가갔습니다.

"얘들아, 이제 우리 그만 놀고 선생님 말씀 들으러 가야지…."

비둘기왕은 아기비둘기들이 놀라지 않게 부드럽게 말을 건넸습니다.

"네 알았어요."

"지금 가면 되지요."

아기비둘기들은 한마디씩 하며 비둘기왕을 바라보았습니다.

"그래, 나랑 함께 가자. 그런데 너희들 선생님 말씀이 재미있니?"

"재미있어요. 우리 할아버지가 들려주는 이야기 같았어요."

앞에 있던 아기비둘기가 한 발 다가서며 비둘기왕을 쳐다보았습니다.

"저도 좋았어요. 우리 친구들이 모두 좋아해요. 그치!"

"그래그래, 맞아. 어서 가요."

옆에 있던 아기비둘기가 물어보자, 모두들 고개를 끄떡이며 앞장 서 날았습니다.

마을에서 조금 떨어진 곳엔 굴 하나가 있었습니다. 그 굴 안에는 훌륭한 선생님이 언제나 좋은 말씀을 들려주고 계셨습니다. 아기비둘기들이 날아들자, 굴 안엔 벌써 많은 비둘기들이 자리에 앉아 선생님의 말씀에 귀를 기울이고 있었습니다.

"선생님이 이제 이곳을 떠나시게 되었대요.…"

바위 위에 앉아있던 비둘기가 속삭이듯 하는 작은 소리가 그때 들려왔습니다.

"뭐라고요?"

곁에 있던 비둘기가 놀란 듯 동그란 눈이 더욱 커졌습니다.

"이제 다른 선생님이 이곳에 오게 되었다는 거예요."

"그래요? 정말 좋은 선생님이셨는데… 그런데 누가 오신대요?"

모여 있던 비둘기들은 새로 오시는 선생님이 누군지 모두 궁금해 하는 눈치였습니다.

"글쎄요. 오셔봐야 알겠지요."

말없이 비둘기들의 말을 듣고만 있던 비둘기왕은 슬그머니 밖으로 나갔습니다.

'좋은 분이 오셔야 할 텐데….'

마을을 내려다보는 비둘기왕은 깊은 생각에 잠긴 듯했습니다.

비둘기들의 말대로 며칠 후, 새로운 선생님이 굴 안에 자리를 잡았습니다. 비둘기들은 그 선생님에 대한 기대가 컸습니다.

"우리 마을을 위해 선생님이 새로 오셨으니 함께 가서 인사를 드리도록 하지요."

비둘기왕은 말을 마치자마자, 많은 비둘기를 데리고 그 선생님을 찾아갔습니다.

"모두들 언제나 행복하게 살 수 있도록 우리 곁에서 좋은 말씀 많이 들려주십시오."

비둘기왕은 새로 온 선생님께 공손히 인사를 하였습니다. 그렇지 않아도 전에 있던 곳에서 사기꾼이었다는 좋지 않은 소문을 이미 듣고 있는 선생님이라 비둘기왕은 더욱 조심스럽게 말씀을 드렸습니다.

그 사기꾼 선생이 온지 50여년이 지난 어느 날이었습니다.

"선생님 저희가 정성껏 마련한 음식입니다. 맛있게 드세요."

마을 사람들은 오랫동안 굴에서 생활해온 사기꾼 선생에게 고맙다며 음식을 맛있게 해다 주었습니다.

"아니, 이렇게 맛있는 고기가 다 있다니… 도대체 이게 무슨 고기요?"

그 음식을 맛본 사기꾼 선생은 입안에 감도는 고기 맛에 깜짝 놀랐습니다. 그러나 마을 사람들은 서로 눈치를 보며 머뭇거리기만 하였습니다. 고기 이름을 아무도 말해주지 않았습니다.

'음, 아무 말도 못하는 걸 보니… 여기 이렇게 많은 비둘기 고기가 틀림없겠구나.…'

사기꾼 선생은 입맛을 다시 한 번 다시며 혼자 생각을 굳혔습니다.

'비둘기 고기가 이렇게 맛있는 줄은 내가 왜 몰랐을까?'

사기꾼 선생은 눈을 껌벅이며 골똘히 생각에 잠겼습니다.

'그래에. 한번 맛본 이 고기 맛을 내가 어찌 잊겠나. 저렇게 많은 비둘기들이 있는데 천천히 한 마리씩 잡아서 맛을 좀 봐야지.'

사기꾼 선생은 아무 생각 없이 굴 밖에 모여 있는 비둘기들을 힐끔 쳐다보며 고개를 끄떡였습니다.

'저놈들이 잘 다니는 길목에 맛있는 먹이를 갖다놓으면… 히히히…'

생각만 해도 기분이 좋은 사기꾼 선생은 얼른 배추씨 등 비둘기가 좋아하는 먹이를 한 곳에 뿌려놓았습니다.

'비둘기들이 이 먹이를 먹으러 올 때 이 막대기로 내리치면 되겠지.'

사기꾼 선생은 막대기 하나를 들어 보이며 얼른 옷 속에 감췄습니다. 언제든지 비둘기가 먹이를 먹으러 오기만을 기다리며 문 앞에 앉아 있었습니다. 그것을 본 다른 비둘기들이 비둘기왕 앞으로 부리나케 날아 왔습니다.

"크, 큰일 났어요. 저기 굴 안에 사는 사기꾼 선생이 우리 비둘기를 잡아먹으려고 해요."

숨이 턱에 차 달려온 비둘기의 말을 들은 비둘기 왕은 차분히 말을 이었습니다.

"걱정 마세요. 그렇지 않아도 나도 이미 눈치를 채고 있어서 어떻게 하나 생각을 하고 있었어요. 그런 일은 없을 겁니다."

"저, 정말이세요?"

비둘기왕의 말에 달려온 비둘기들은 그래도 불안한 듯 되물었습니다.

"네. 우리를 잡아먹으려고 계획을 세우고 있다는 것을 진작부터 알고 있었으니 마음 놓고 계셔도 됩니다."

비둘기왕은 불안해하는 비둘기들을 달래면서, 많은 바람이 불어오는 굴 입구 쪽으로 쏜살같이 날아갔습니다. 함께 있던 비둘기들도 얼른 뒤를 따라 근처에 조심스레 앉았습니다.

"흠! 흠!"

비둘기 왕은 굴 안을 대고 몇 번이고 힘껏 냄새를 맡아보았습니다.

'음! 저 사기꾼 선생은 우리를 잡아먹고 싶어 안달이 난 게 틀림없어. 모두들 가까이 가지 않도록 해야겠다.'

비둘기왕은 주변에 앉아있는 비둘기들을 둘러보았습니다. 비둘기들도 비둘기왕의 얼굴에서 눈을 떼지 않았습니다.

"자, 여러분. 이제 이 굴 가까이 가지 말고 멀리 떨어져 앉도록 하세요!"

비둘기왕의 외침에 모여 있던 비둘기들이 순간적으로 굴에서 멀리 떨어져 앉았습니다. 그 광경을 몰래 보고 있던 사기꾼 선생은 고개를 갸우뚱하며 골똘히 생각하는 듯했습니다.

'저 비둘기들이 내가 잡아먹으려고 하는 것을 눈치 챈 모양이네. 그렇다면 이 맛있는 먹이를 먹으러 빨리 오라고 해봐야지.'

사기꾼 선생은 얼른 자세를 고쳐 앉았습니다. 얼굴 가득 웃음마저 띠었습니다. 그리고 웃음소리로 조용히 말을 시작했습니다.

"내가 50년 동안 이 굴 속에서 살아올 때 너희들은 평온한 마음으로 내 곁으로 오지 않았느냐…."

사기꾼 선생은 잠시 숨을 멈추고 비둘기들을 돌아보았습니다.

"그래서 너희들도 알에서 새로 태어나고 또 태어나고 했는데, 왜 지금은 나를 멀리하고 다른 곳으로 가려고 하느냐? 전에처럼 내 곁으로 가까이 오거라. 이 맛좋은 먹이를 너희들에게 먹이게 하려는 나를 알지 못하겠느냐."

사기꾼 선생은 비둘기들의 마음을 돌려보려고 부드러운 목소리로 또박또박 말을 이어갔습니다.

"우리는 당신 생각처럼 어리석지 않다. 당신이 나쁜 사람이라는 걸 우린 모두 알고 있다."

비둘기왕의 한마디 말이 끝나기도 전에 사기꾼 선생은 얼굴이 화끈 달아올랐습니다.

'저놈들이 내 마음을 알아차렸구나.'

비둘기왕은 사기꾼 선생이 안절부절 못하자, 다시 천천히 입을 열었습니다.

"네 마음속에는 나쁜 마음이 가득 차 있다는 것도 이미 알고 있다. 그래서 이젠 네가 두렵기만 하다."

비둘기왕이 계속 맞받아치는 말에 사기꾼 선생은 화가 잔뜩 났습니다.

"뭐라고? 그래, 내가 너희를 잡아먹으려는 게 이제 실패한 줄 안다. 그러니까, 너희들도 꼴 보기 싫으니 어서 가버려!"

사기꾼 선생은 그제야 버럭 소리를 지르며 옷 속에 감춰둔 막대기를 비둘기들한테 힘껏 내던졌습니다. 그러나 비둘기들은 그 막대기에 맞지를 않았습니다.

"당신이 우리를 잡아먹으려고 한 것은 이렇게 실패를 하였지만, 앞으로 네 가지의 나쁜 세계로 당신이 떨어지는 것은 틀림없는 일일 것이다."

비둘기왕은 사기꾼 선생의 말이 떨어지기 무섭게 더 큰소리로 외쳤습니다.

"당신이 이 마을에서 그대로 산다면 우리도 가만있지 않겠다. '저 사람은 선생이 아니라 도적놈이다' 하고 사람들에게 일러주기만 해도 넌 여기서 살 수 없다. 그러니 빨리 여기서 사라져라!"

비둘기왕이 빨리 떠나라고 다그치는 소리에 사기꾼 선생은 어쩔 줄 몰라 했습니다. 주춤주춤 하다가 비둘기왕의 기세에 슬그머니 자리를 뜨고 말았습니다.

"꾸우꾸우…(얘들아 놀자)…꾸꾸꾸."

"구우구우…(그래. 나도 갈게. 우리 같이 놀자)…꾸꾸…."

얼마 후, 아기비둘기들이 즐겁게 노는 소리가 굴 안에서 다시 쩡쩡 울려나왔습니다.

옛날 범어왕이 바라나시에서 나라를 다스리고 있을 때, 여기에서의 비둘기의 왕은 부처님이시었습니다.

● 생각 키우기

하나의 좋은 나무를 가꾸기 위해서는 많은 사람들의 사랑이 있어야 합니다. 비료도 주고 다듬어도 주고 끊임없이 베풀어주는 보살핌 속에 그 나무는 무럭무럭 자라게 되는 것입니다. 이런 마음은 누구나 다 갖고 있습니다. 남에게 보이지 않는 욕심이나 나쁜 마음은 언젠가는 자신을 망친다는 가르침은 예나 지금이나 변함이 없는 것입니다. 사랑과 믿음 속에 함께 살아가는 마음가짐이 행복의 큰 힘이 되고 있음을 이 비둘기들의 생활 속에서도 잘 보여주고 있습니다. 〈본생경 제277화 우모(羽毛)의 전생 이야기〉

운담 · 장경호(雲潭 · 張敬鎬)
한국문인협회 이사, 국제펜 한국본부 이사
한국불교아동문학상, 한국전쟁문학상, 경기펜문학대상 등 수상
저서 『춤추는 아기별』, 『새가 된 돌』, 『숲속의 세 과학자』, 『잠꾸러기 금붕어』, 『거울이 없는 나라』 등이 있다.

구루국법 오계

장 승 련

옛날 다난쟈왕이 구루국을 다스리고 있을 때였습니다. 왕은 오계(五戒)를 구루국법으로 했습니다.

① 살생하지 말라[不殺生].
② 도둑질 하지 말라[不偸盜].
③ 음행을 하지 말라[不邪淫].
④ 거짓말을 하지 말라[不妄語].
⑤ 술을 마시지 말라[不飮酒].

이 오계는 왕족과 사제관은 물론이고 바라문과 모든 백성들이 철저히 지켰습니다.

이때 이웃나라 가를가국은 가링가왕이 다스리고 있었는데 가뭄이 심했습니다. 논밭이 메말라 흉년이 드니 사람들은 가뭄과 굶주림과 질병의 공포에서 벗어나고자 가족들을 데리고 떠돌아다녔습니다. 이를 알게 된 가링가왕이 신하에게 물었습니다.

"왜 백성들이 저렇게 떠돌아다니는가?"

"비가 오지 않아 흉년이 들어 먹을 것이 없고 부모들은 굶주리고 병든 자식을 살려보려고 저렇게 헤매고 있습니다."

"옛날 왕들은 이렇게 비가 오지 않을 때 어떻게 하였던가?"

"옛날 왕들은 비가 오지 않을 때에는 보시를 행하고 하안거(夏安居)를 마친 승려들은 안거 동안의 잘못을 뉘우치고 서로 훈계하는 행사를 하며 계율을 잘 지켰고 침실에 들어갔어도 이레 동안 나무 평상 맨 바닥에 누워 지냈습니다. 그러다보면 비가 내렸습니다."

"음, 그래? 그럼 나도 당장 그렇게 하겠다. 어서 준비를 해라."

가링가왕은 그날부터 말대로 실행하였습니다. 그러나 비는 내리지 않았습니다.

"내가 할 일을 모두 다 했는데도 비는 내리지 않는다. 이제는 어떻게 하면 좋겠는가?"

그러자 한 대신이 말하였습니다.

"대왕님, 구루국의 다난쟈왕에게는 상서로운 코끼리가 있는데 그것을 데려오면 틀림없이 비가 올 것입니다."

"다난쟈왕은 강한 군대를 가지고 있는데 우리가 어찌 그 코끼리를 가져올 수 있겠는가?"

"대왕님! 그 왕은 보시하기를 좋아합니다. 누가 원하기만 하면 장식

한 코끼리머리도 베어주며 순진한 그 눈을 보시하기도 한답니다. 그러
니 코끼리도 우리가 원하면 내어줄 것입니다."

"그러면 코끼리를 달라고 요청하러 갈 사람은 누가 적당하겠는가?"

"대왕님, 그것은 바라문입니다."

가링가왕은 바라문들을 불러서 황금을 주어 구루국으로 보냈습니
다. 구루국에 도착한 바라문들은 동문에 있는 보시당(布施當)에서 식사를
하며 사람들에게 물었습니다.

"다난쟈왕은 언제 이 보시당에 오십니까?"

"반달에 3일, 즉 8일, 14일 15일에 오십니다. 내일이 15일이니까 오실
것입니다."

바라문들은 이튿날 아침 일찍 동문(東門) 앞에서 기다렸습니다. 다난
쟈왕은 아름답게 꾸민 코끼리를 타고 여러 신하와 함께 보시당으로 왔
습니다. 왕은 사람들에게 손수 음식을 나눠주면서 말했습니다.

"보시는 이렇게 하는 것이다."

그리고는 다시 코끼리를 타고 남문으로 향하였습니다. 바라문들은
왕을 호위하는 군대 때문에 기회를 얻지 못해서 남문으로 앞질러가서
왕을 만나려고 엿보고 있었습니다. 왕이 남문에서 멀지 않는 언덕에 이
르렀을 때 보살들은 손을 들어 인사를 하였습니다. 왕은 금강 채찍으로
코끼리의 방향을 바꾸어 보살들이 있는 곳으로 왔습니다.

"오오, 바라문들이여, 무엇을 원하는가?"

바라문들은 다난쟈왕의 공덕을 칭송하며 다음 게송을 읊었습니다.

대왕님의 뛰어난 믿음과 덕을 우리는 압니다
만인의 통치자여, 안사나 빛깔의 그 코끼리와
가링가에서 가져온 이 황금을 바꾸어 주십시오

다난자왕은 바라문들이 내놓는 황금을 보며 말했습니다.
"그대들이 이 코끼리와 바꾸려면 황금이 모자랄 것이다. 걱정하지
말라. 나는 장식한 그대로 코끼리를 그대들에게 주겠노라."
하고는 게송을 읊었습니다.

음식이 많은 사람이나 없는 사람이나
내게 무엇이나 요구하는 사람들에게는
한 번도 거절하고 그냥 보낸 일이 없다

이 코끼리를 그대들에게 줄 것이니
아름답고 장엄하게 꾸민 이 코끼리를
마음대로 몰고 그대들의 왕에게 가라.

다난쟈왕은 황금 항아리에서 꽃과 향수를 꺼내어 코끼리에게 뿌리고
는 그냥 내주었습니다. 바라문들은 코끼리를 타고 와서 가링가왕에게
드렸습니다.
"이제 구루국의 다난쟈왕으로 부터 상서로운 코끼리도 보시로 받아
왔으니, 비가 오겠지?"

그러나 비는 오지 않았습니다. 왕은 그 이유를 다시 바라문들에게 물었습니다.

"구루국의 다난쟈왕은 구루국법으로 오계를 지키고 있습니다. 그 때문에 그 나라에는 열흘마다 비가 내리는데 그것은 왕의 덕이 그렇게 시키는 것이라고 합니다. 이 코끼리도 계덕은 있지마는 그것은 어느 정도인지는 모르겠습니다."

"그러면 이 코끼리를 다난쟈왕에게 돌려주고, 그 왕이 지키고 있다는 구루국법을 금판(金板)에 새겨 가지고 오너라. 나도 그 법을 지키리라."

바라문들을 다시 구루국으로 가서 코끼리를 돌려드리면서 말하였습니다.

"대왕님, 이 코끼리를 데리고 갔지마는 우리나라에는 비가 오지 않습니다. 그래서 우리 국왕님도 오계를 국법으로 지키고 싶어 금판에 새겨 오라고 하십니다. 오계를 가르쳐 주십시오."

"나는 오계를 지키지만 현재로서는 그것이 나를 만족시키지 못한다. 그러므로 그대들에게 가르쳐 줄 수 없다. 우리 어머니는 이 법을 나보다 더 잘 지키고 계신다. 우리 어머니께 가서 배워 가지고 가는 것이 좋겠다."

보살들은 다난쟈왕의 어머니에게로 갔습니다.

"태후마마님, 마마님께서는 구루국법(오계)을 철저히 지키고 계신다 합니다. 그것을 저희들에게 가르쳐 주십시오."

이렇게 하여 보살들은 구루국의 국법인 오계를 금판에 새겨 가지고 가를가국으로 돌아왔습니다. 그리하여 가링가왕에게 그 금판을 바치고 그간의 사정을 이야기하였습니다. 왕은 그 구루법을 실천하여 오계를 완성하였습니다. 그러자 가를가국에도 비가 내려 세 가지 공포가 없어지고 백성들은 풍족하고 태평스럽게 살았습니다.

◐ 생각 키우기
　　가를가국의 단타푸라시에서 나라를 다스리는 가링가왕은 가뭄으로 백성들이 고통을 당할 때 한 대신이 인다팟타시에 있는 구루국 다난쟈왕의 상서로운 코끼리 흑목우(黑牧牛)를 데려오면 비가 올 것이라는 말을 들었습니다. 그 말을 믿고 코끼리도 데려와 보고 구루국의 국법인 오계도 실행합니다. 나라를 다스리는 자는 이렇게 백성을 위해서는 무슨 일이든 마다않고 할 수 있어야 합니다. 〈본생경 제276화 구루국법(拘樓國法)의 전생 이야기〉

연화행 · 장승련(蓮花行 · 張勝蓮)
제주 애월 출생. 제주대학교 교육대학원 졸업(국어 교육 전공). 1988년 아동문예 동시작품상 당선으로 등단. 아동문예작가상 한정동아동문학상, 한국아동문학상, 한국불교아동문학상 수상. 시집 『민들레 피는 길은』, 『우산 속 둘이서』, 『바람의 맛』. 교과서 등재 : 초등학교 국어 4-1 산문 등재. 교가 작사: 납읍교, 백록교, 월랑교 교가 작사 . 제주신보 〈제주논단〉 집필위원. 현재 제주시 해안초등학교 교장

저 산이 온통 금이라면

장 진 화

회사와 회사의 아내에게 오늘은 참 즐거운 날입니다. 열심히 일하고 알뜰살뜰 살아온 덕분에 3년 전 결혼하면서 진 빚을 모두 다 갚았거든요. 아내와 함께 집으로 돌아가는 길, 올려다본 하늘은 더욱 높아 보이고, 숲의 나무들은 생기를 되찾은 것 같았습니다. 발걸음은 두말할 나위 없이 가뿐가뿐하고 콧노래도 절로 흘러나오기도 했답니다.

그런데 아내의 눈에 건너편에 높다란 산 하나가 보이는 겁니다. 아내는 남편에게 물었습니다.

"여보, 혹시 앞에 보이는 저 산이 온통 금이라면, 또 그것이 당신 거라면 내게 무얼 해 줄 수 있겠는지요?"

아내는 은근히 기대를 했어요. 그동안 함께 고생을 많이 했으니 말뿐이더라도 온갖 금은보화를 선물할 것이라고 생각했던 것이지요. 하지만 뜻밖에도 남편의 대답은 퉁명스레 돌아왔습니다.

"도대체 무슨 말인가, 나는 그대에게 아무것도 주지 않겠네."

"당신, 참 인정 없는 사람이네요. 어떻게 내게 그럴 수 있어요?"

아내는 기분이 너무 나빴습니다. 서운한 마음도 들고, 그동안 했던 고생들도 괜한 고생처럼 느껴지기도 했습니다. 방금 전까지 다정하던 부부 사이에는 싸늘한 바람만 횡횡 부는 것 같았습니다.

두 부부는 말없이 떨어져 걷다가 물을 마시러 기원정사에 들렀습니다. 물을 한 잔씩 마신 뒤 부처님이 계시는 법당에 들어가 앉았습니다.

"어디 다녀오는 길이냐?"

부처님은 부부의 인사를 받은 뒤 물으셨습니다.

"부처님, 저희들은 오늘 3년 전 결혼하면서 진 빚을 모두 갚고 돌아오는 길입니다."

"그 동안 애를 많이 썼구나. 그런데 이 좋은 날, 표정이 그리 좋지 않은 것이냐?"

부처님의 말씀에 아내는 고자질하듯 퉁명스럽게 말했습니다.

"저는 제 남편을 정말 많이 사랑하여 함께 동고동락하였습니다. 그런데 오늘 오는 길에 물어보니 자기가 큰 산만큼 황금을 가졌어도 내게는 아무것도 줄 수 없다고 합니다. 정말 인정머리 없는 남편입니다."

아내의 말에 부처님은 싱긋 웃으시며 두 사람을 바라보았습니다. 그러고는 이렇게 말씀하셨지요.

"그렇지 않을 것이다. 그대의 남편이 지금은 그렇게 말하지만 그대가 수고한 그 덕행을 생각해 낸다면 그가 가진 모든 것을 함께 나누려 할 것이다."

"부처님. 정말 그렇게 할까요?"

"아무렴. 내 얘기를 들어보겠느냐?"

부처님은 앞에 앉은 부부에게 바라나시라는 나라를 다스리던 범여왕과 그의 아들 부부 이야기를 해 주셨습니다.

옛날 바라나시라는 나라를 다스리던 범여왕이 있었습니다. 그 범여왕에게 왕자가 있었는데, 스무 살이 되어 결혼을 하게 되었습니다. 그런데 어떤 보살이 나타나 범여왕에게 이렇게 말을 했습니다.

"당신이 당신의 아들과 함께 이곳에서 살면 분명 돌이킬 수 없는 일이 생길 것이니, 아들을 바라나시에서 멀리 떠나보내시오."

이 말을 들은 범여왕은 아들을 불러 얘기를 했습니다.

"아들아, 너는 지금부터 내가 살아있는 동안 이 성안에서 함께 살 수 없는 운명을 지녔다. 그러니 너는 네 아내와 다른 곳에 가서 살다가 내가 죽거든 들어와 어진 왕이 되거라."

왕자는 받아들이기 힘들었지만 범여왕의 명령이라 거스를 수가 없었습니다. 그래서 부인과 함께 바라나시를 떠나 깊은 숲속에 초막을 짓고 나무뿌리와 열매를 먹으며 살았습니다. 궁에 살다가 아무것도 없는 숲속에서 살았으니 부부가 얼마나 힘들었겠습니까?

10여년이 지나고 범여왕이 죽었다는 소식을 전해 듣고 왕자는 바라나시로 돌아오게 되었습니다. 이들 부부가 성으로 돌아오는 도중에, 왕자의 아내가 물었습니다.

"왕이시여, 만일 앞에 보이는 저 산이 황금으로 되었다면, 또 당신의 것이라면 내게 무엇을 해 줄 수 있겠는지요?"

아내는 그동안 함께 고생하며 살아온 지난 일들을 생각해서 아주 큰 선물을 줄 것이라는 대답을 기대하고 했던 말이었는데, 왕자는 오히려 정색을 하며 말했습니다.

"도대체 무슨 말인가. 나는 그대에게 아무것도 주지 않겠네."

왕자의 아내는 기분이 몹시 상해서 말했습니다.

"나는 당신을 소중히 생각하여 그 깊은 산골짜기까지 들어가 온갖 고생 다하며 살아왔는데, 정말 너무 하시는군요."

하지만 왕자는 서운해 하는 아내의 마음을 알아차리지 못했습니다. 그렇게 두 사람은 바라나시로 돌아왔고, 왕자는 성에 들어가자마자 곧 바로 왕위에 올랐습니다. 왕자는 바라나시의 왕이 되고 나서도 여전히 아내에게는 관심조차 없고, 일과 다른 여인들에게만 빠져 하루하루를 보내고 있었습니다. 그러니 두 사람 사이는 시간이 갈수록 멀어져만 갔습니다.

이를 지켜보던 한 사람이 있었습니다. 바로 범여왕에게 왕자를 멀리 보내야 한다는 조언을 했던 보살. 보살은 왕과 왕비의 모습을 보면서 왕비의 괴로움을 덜어주고 권위를 찾아주어야겠다고 마음을 먹었습니다.

어느 날 보살은 왕비를 찾아가 말했습니다.

"왕비님, 우리는 왕비님을 위해 갖은 수고를 다하는데 아무 대가도 받지 못하고 있습니다. 우리를 왜 그리 등한시 하십니까? 참으로 무정하십니다."

그러자 왕비는 이렇게 대답했습니다.

"미안합니다. 만일 내가 임금님으로부터 받은 게 있다면, 당신들에게도 나누어 드리겠지만, 아무것도 가진 것이 없는데 어쩌겠습니까? 나도 참 안타깝게 생각하고 있습니다."

그러고는 보살에게 바라나시로 돌아오면서 있었던 일을 이야기했습니다. 그러자 보살은 서운했던 그 마음을 담아 노래 부를 것을 제안했습니다. 그러면 왕이 들을 수 있도록 하겠다고 했습니다.

보살과 약속한 날, 왕비는 궁 정원에 나가 숲에서 궁으로 돌아올 때 있었던 그 서운한 일을 떠올리며 혼자 노래를 불렀습니다.

말 한 마디로도 얼마든지 다른 이를 기쁘게 해 줄 수 있는데
그처럼 야박하게 몰아 부칠 줄이야
쉽게 줄 수 있는 것도 주지 않는 그 야박함이야.

노래가 끝나자 어디선가 왕의 노래가 들렸습니다.

몸으로 실천해야 하는 일,
입으로 먼저 말하거나 하지 못할 것을
먼저 입으로 약속할 수는 없는 일
하지 않으면서 입으로 말만 하는 사람
깨달은 사람은 그런 사람 업신여기지.

깜짝 놀란 왕비는 왕의 속 깊은 뜻을 이해하고 감동하여 다시 노래했

습니다.

> 왕이시여, 나는 오늘 그 깊은 뜻을 듣고
> 다시 그대를 존경하고 숭배하노니
> 그렇게 진실하고 의리 있게 살아간다면
> 그 어떤 어려움인들 이겨내지 못하랴
> 나는 그대의 진실 된 마음을 진정으로 사랑하리.

이 모습을 지켜보던 보살은 이렇게 노래를 했습니다.

> 가난하거나 부자로 살거나 서로를 진실로 믿으면
> 아내와 남편을 서로 버리지 않으니
> 저 착한 여자야말로 최고의 아내요
> 왕을 보필하는 최고의 왕비가 될 만하네.

노래를 마친 보살은 왕에게 엎드려 청했습니다.
"폐하, 깊은 숲속에서의 어려웠던 때를 생각해서 부디 왕비님께 좋은 선물을 내리시지요."
보살의 충언을 듣고 왕은 자신의 어리석음에 대해 생각했습니다. 범여왕의 요청으로 바라나시에서 나가 숲에서 살 때, 자신만 버림을 받았고 고생한다고 생각했지 아내가 함께 힘들었던 것을 미처 생각지 못했던 것입니다. 뒤늦게 깨달은 왕은 왕비의 그 동안의 고생과 베푼 덕을 새삼 생각하였고, 왕비에게 많은 권한을 나누어 주었다고 했습니다.

부처님은 이야기를 마치고 나서 부부를 바라보며 이렇게 말씀하셨습니다.

"그때의 그 바라나시왕은 지금 여기 있는 남편이요. 그 왕비는 부인이며, 그 보살은 바로 나였느니라."

두 부부는 깜짝 놀라며 큰 깨달음을 주신 부처님께 다시 큰절을 올렸답니다.

◐ 생각 키우기

사람들은 버림을 받거나 어려움을 겪게 되면 많은 마음의 상처를 받곤 합니다. 하지만 그런 상처는 언제나 함께 하는 사람들, 가까이 있는 사람들과 함께 치유하고 견뎌내곤 하지요. 힘들 때 함께 있어준 사람들, 그들이 있어 오늘의 우리가 있다는 것을 다시금 생각해 보는 것도 좋을 것 같습니다.〈본생경 제320화 희사의 전생 이야기〉

진화심 · 장진화(眞華心 · 張眞華)
2013년《아동문예》동시로 등단, 이원수문학관 사무국장

젊은 부자의 출가

전 유 선

옛날 범여왕이 바라나시에서 나라를 다스리고 있을 때의 일입니다.

상인의 집에서 태어나 늠름하게 자란 청년이 있었습니다. 청년은 아버지가 세상을 떠나자 가업을 이어받았습니다. 청년은 성실하게 일하며 온갖 노력을 다해 아버지보다 몇 배 더 큰 부자가 되었습니다.

큰 부자가 된 청년에 대한 소문이 온 나라 안에 퍼졌습니다. 소문을 들은 범여왕은 젊은 상인을 만나보고 싶었습니다. 왕은 신하를 보내 청년을 왕궁으로 초대했습니다. 서로 얼굴을 맞대고 인사를 나눈 범여왕과 젊은 부자는 형제만큼이나 아주 가까운 사이가 되었습니다. 왕은 청년에게 언제라도 왕궁에 찾아와도 좋다고 했습니다.

어느 날 이른 아침 젊은 부자 상인이 왕에게 문안 인사를 드리려 왕궁에 들어갔습니다. 그런데 그 사이 부자 아내의 어머니가 딸을 보고 싶은 마음에 기별도 없이 부자의 집에 찾아 왔습니다. 맛있는 음식을 잔뜩 싸들고 찾아왔습니다.

아내의 어머니는 화려하고 멋진 옷을 차려 입었지만 살짝 귀가 먹어 다른 사람의 말을 정확히 알아듣지 못했습니다.

맛있게 아침식사를 하다가 어머니가 근심이 가득한 목소리로 딸에게 물었습니다.

"네 남편이 이렇게 큰 부자가 되었다니 기쁘기 그지없구나. 그런데 궁금한 점이 하나 있다. 남편이 너를 아껴주고, 너와 네 남편이 예전처럼 지금도 사이좋게 잘 지내고 있는지 알고 싶다."

"어머니, 잘 지내고 있어요. 조금도 걱정하지 마세요. 제 남편처럼 훌륭한 덕을 갖춘 사람은 출가한 사람 가운데에서도 찾아보기 어려울 거예요."

딸은 아주 기쁘고 자랑스럽다는 듯이 말했습니다.

귀가 어두운 어머니는 딸의 말을 알아듣지 못했습니다. 다만 '출가'라는 두 글자가 마음에 걸려 크게 외쳤습니다.

"뭐라고? 네 남편이 출가했다고? 아니, 왜?"

출가란 번뇌에 얽매인 세속의 인연을 버리고 집을 나와 중생제도를 위한 수행생활을 시작한다는 것이지요.

딸은 깜짝 놀라 큰 목소리로 차분히 설명했습니다.

"어머니, 아니에요. 출가했다는 게 아니에요. 제 남편이 출가한 어떤 사람보다 더 훌륭하다고 말한 거예요."

어머니는 여전히 알아듣지 못하고 소리쳤어요.

"애야, 갑자기 출가라니…… 이게 무슨 일이냐. 도대체 네 남편이 무엇 때문에 출가했다는 것이냐?"

어머니는 큰일이라는 듯 크게 슬퍼하며 탄식했습니다. 딸이 그게 아니라고 아무리 이야기해도 어머니는 막무가내였습니다.

어머니의 목소리가 몹시 컸던 탓에 주변에 있던 하인과 손님들이 모두 다 그 말을 들었습니다.

'아, 젊은 상점 주인이 집을 떠나 수행생활을 시작했구나.'

주변 사람들은 모두 부자 주인이 출가했다는 사실을 굳게 믿었습니다.

부자 주인이 출가했다는 이야기는 사람들의 입에서 입으로 번져 삽시간에 성 안 구석구석으로 퍼져 나갔습니다.

저녁 무렵 아무것도 모르는 부자는 왕에게 작별인사를 하고, 성을 나와 집으로 향했습니다. 도중에 부자는 길에서 친한 친구를 우연히 만났습니다. 친구가 황급히 젊은 부자에게 달려와 말했습니다.

"이보게, 내게 아무 말도 없이 출가하다니 정말 섭섭하기 짝이 없네. 헌데 출가했다는 사람이 아직 성안에 머물고 있는 것은 대체 또 어찌된 일인가."

"출가라니?"

젊은 부자는 영문을 몰라 어리둥절한 표정으로 멍하니 친구를 바라보았습니다.

"자네 집에 들렀다 가는 길일세. 하인과 손님들이 모두 다 자네가 출가했다고 슬퍼하고 있더군."

"오호, 그런가?"

어떻게 해서 이런 헛소문이 퍼졌을까. 젊은 부자는 고개를 갸웃거렸습니다. 자초지종을 알지 못하는 친구가 답답하다는 표정을 지으며 말을 이어 나갔습니다.

"자네 집 사람들뿐만 아니라 성안에 있는 모든 사람들이 자네가 출가했다고 믿고 있다네."

친구의 말을 들으며 젊은 부자는 가만히 생각에 잠겼습니다.

출가하지도 않았는데 사람들이 모두 내가 출가했다고 생각하고 있구나. 이것은 사람들이 내가 출가해서 선인이 되기를 바라고 있기 때문이야. 사람들이 내가 선인의 자질을 갖고 있는 훌륭한 인물이라고 평가하고 있는 것이지. 이 좋은 평판을 헛되게 할 수 없어. 출가하자. 지금이야말로 내가 출가할 때이다.

부자는 출가하기로 결심했습니다.

부자는 발걸음을 돌려 왕궁으로 되돌아갔습니다.

"그대는 조금 전 나와 헤어졌는데 무슨 일로 다시 돌아왔는가?"

깜짝 놀란 왕에게 젊은 부자는 자신의 결심을 아뢰었습니다.

"대왕님, 집에서는 출가하지 않은 저를 출가했다고 하며 슬퍼하고 있습니다. 저는 이런 좋은 기회를 헛되이 버리고 싶지 않습니다. 출가하겠습니다. 허락해 주시옵소서."

왕은 젊은 부자를 자주 만날 수 없다는 사실에 마음이 아팠지만 부자가 훌륭한 선인이 되기를 바라며 승낙했습니다.

부자는 설산에 들어가 오랜 시간 수행하여 선인이 되었습니다. 신통의 힘과 선정의 힘을 얻었으며 죽은 다음에는 범천세계에서 다시 태어났습니다.

◑ 생각 키우기

이 이야기는 부처님이 기원정사에 계실 때 비구들에게 들려주신 말씀입니다. 세간의 평판을 감사히 여기며 출가를 결심한 젊은 부자는 바로 부처님의 전생이지요. 젊은 부자를 만나고 싶어 했던 바라나시의 왕 범여왕은 부처님의 제자 아난의 전생이고요. 부처님은 전생에서 이처럼 수없이 많은 수행을 하고난 후 열반에 이르렀습니다.〈본생경 제171화 선법의 전생 이야기〉

홍범 · 전유선(弘範 · 全裕善)
서울 출생
경향신문 신춘문예 동화 당선
문화일보 신춘문예 단편소설 당선
장편동화 『불새』

한복판의 암라 과즙

정　소　영

　부처님이 뛰어난 법바퀴를 굴리면서 비사리의 중각당에 계실 때 일어난 이야기입니다.

　부처님이 사위성 근교에 계실 때입니다.

　부처님의 부인인 라후라의 어머니가 말했습니다.

　"내 남편은 출가하여 부처님이 되었고, 내 아들도 출가하여 그 곁에서 살고 있다. 나 혼자 집안에서 무엇 하겠느냐. 나도 출가하여 사위성에 가서 부처님과 내 아들을 늘 바라보면서 살자."

　라후라의 어머니는 비구니의 암자에 가서 출가하였습니다.

　그래서 라후라의 어머니는 부처님과 사랑하는 아들을 바라보면서 비구니 절에서 살게 되었습니다.

　어느 날 라후라의 어머니 장로니는 배가 끊어질 듯이 아팠습니다.

　그때, 아들이 찾아왔습니다.

이상하게도 어머니가 직접 나와 반기지 않았습니다. 다른 사람이 와서 말했습니다.

"뱃병이 나서 직접 볼 수가 없다고 하십니다."

라후라는 누워있는 어머니에게 갔습니다.

"어머니, 배가 많이 아프셔요?"

"몹시 아프다."

"배가 나으려면 필요한 것이 뭐가 있을까요?"

"아들아, 내가 집에 있을 때에는 사탕 친 암라 과즙을 마시면 뱃병이 나았다. 그러나 지금은 탁발하며 돌아다니는 생활인데 어디 가서 그것을 얻을 수 있겠느냐?"

어머니는 배를 움켜잡고 얼굴을 찡그리며 아픔을 참았습니다.

"어머니, 제가 그것을 꼭 구해오도록 하겠습니다."

라후라는 사탕을 친 암라 과즙을 구하러 먼 길을 떠났습니다.

라후라의 스승은 사리불입니다. 그를 가르쳐 주는 고승은 목건련이며 그 숙부는 아난다 장로요, 그 아버지는 부처님입니다. 라후라는 큰 행운아였습니다.

라후라는 그의 스승 사리불을 찾아갔습니다.

공손하게 절을 하였습니다. 라후라는 슬픈 표정으로 서 있었습니다.

그것을 이상하게 생각한 라후라의 스승 사리불 장로가 라후라에게 물었습니다.

"라후라여, 왜 슬픈 얼굴을 하고 있느냐?"

"존자님(학문과 덕행이 높아 존경받는 불제자를 높여 이르는 말), 어머니가 배앓이로 몹시 괴로워하고 있습니다.”

“그러면 무엇이 필요한가?”

“사탕을 친 암라 과즙을 마시면 낫는다고 합니다.”

“그러면 좋다. 내가 구해 오겠다. 라후라야 걱정하지 마라.”

사리불은 라후라의 어두운 얼굴을 아침햇살처럼 따스한 눈빛으로 바라보았습니다. 라후라의 얼굴이 아침햇살을 받은 창문처럼 밝아졌습니다.

이튿날 사리불은 라후라를 데리고 사위성의 왕궁에 들어갔습니다. 라후라를 대합실에 앉혀두고 혼자 왕이 있는 옥좌에 나아갔습니다.

옥좌에 앉아있던 구살라 왕이 사리불을 반겼습니다.

“어서 오시오. 사리불!”

그때 화원지기가 송이송이 잘 익은 맛난 암라를 한 바구니 가득 가져왔습니다. 왕은 그 껍질을 벗기고 사탕을 친 뒤에 손수 짜서 장로의 바루에 가득 채워 주었습니다.

장로는 그것을 들고 대합실로 나갔습니다.

“여기 사탕을 친 암라 과즙이 있다. 어서 어머니에게 가져다 드려라.”

라후라의 어머니는 암라 과즙을 먹고 배앓이가 나았습니다.

한편 구살라왕은 장로가 과즙을 먹지 않고 들고 나간 것이 이상하였습니다.

“장로가 과즙을 먹지 않고 나간 것이 아무래도 이상하다. 무슨 이유인지 알아오너라.”

사자는 장로에게 가서 그 이유를 듣고 구살라왕에게 돌아와서 그 사정을 아뢰었습니다.

"배앓이를 하고 있는 라후라의 어머니에게 가져다 드려 배앓이를 낫게 하였다고 합니다."

구살라왕은 그 사정을 듣고 감동하였습니다.

'만일 부처님이 가정생활을 하고 계셨다면 그는 전륜왕(인도 신화에서, 통치의 수레바퀴를 굴려 세계를 통일하고 지배하는 이상적인 제왕)으로서 라후라 사미는 황태자요, 장로니는 그 왕후일 것이다. 모든 세계의 지배권은 그 수중에 있을 것이다. 그리고 우리도 그들에게 봉사하지 않으면 안 될 것이다. 그런데 지금 출가하여 우리 곁에 살고 계실 때 우리가 우리 힘을 아끼는 것은 옳지 못하다.'

그 후 왕은 그 장로에게 부지런히 암라 과즙을 보냈습니다.

사리불 장로가 암라 과즙을 야수다라 장로니에게 주었다는 사실이 비구들 사이에 두루 알려졌습니다.

어느 날 비구들이 법당에 모였습니다.

"법우들, 사리불 장로가 야수다라 장로니에게 암라의 과즙을 주어서 병을 낫게 하였다 합니다."

"어머, 그래요."

"정말 대단하신 분이네요."

하고 서로 이야기를 하였습니다.

그때 부처님이 오셨습니다.

"비구들이여, 그대들은 지금 무슨 이야기로 여기 모여 있는가?"

하고 물으셨습니다.

"부처님, 사리불 장로가 야수다라 장로니에게 암라 과즙을 자주 보내 주어 병을 낫게 하였다는 이야기를 하고 있었습니다."
하고 비구 한 명이 대답을 하였습니다.

"비구들이여, 사리불이 라후라의 어머니에게 암라의 과즙으로 만족을 준 것은 지금만이 아니요, 전생에도 그러했다."
하고 그 과거의 일을 말씀했습니다.

부처님이 들려주신 사리불의 전생 이야기입니다.

옛날 범여왕이 바라나시에서 나라를 다스리고 있을 때였습니다.

보살은 가시국의 어느 바라문 집에서 태어났습니다. 보살은 어느덧 성년이 되었습니다.

득차시라에서 학예를 닦고 돌아와 가정생활을 하고 있었습니다.

그 부모가 돌아간 뒤에 그는 출가하여 선인의 도에 들어가 설산지방에 살면서 온갖 신통과 정력을 얻었습니다.

선인 무리들에게 둘러싸여 그들의 스승이 되어 오랫동안 거기서 지냈습니다.

식초와 소금을 구하기 위해 그 지방에서 내려와 두루 돌아다니면서 바라나시에 도착하였습니다. 어떤 화원에서 잤습니다.

그런데 선인들에게서 빛이 났습니다. 그 빛 때문에 궁전이 반짝반짝 빛났습니다.

궁전의 왕인 제석이 그것을 궁금하게 생각하였습니다.

"저 고행자들이 사는 곳을 휩쓸어버리자. 그렇게 하면 그들이 사는 곳이 파괴되어 저들은 혼란한 가운데서 방황하면서 마음의 평정을 얻지 못할 것이다. 그러면 내 마음이 후련해질 것이다."

제석은 고민하다가 한 가지 좋은 방법을 생각하였습니다.

'밤중의 야경 직후에 왕의 첫째 부인의 침실에 들어가 허공에 서서 귀부인님 만일 당신이 한복판에 있는 암라의 열매를 먹으면 전륜왕이 될 아들을 낳을 것입니다 하고 아뢰면 왕은 부인에게서 이 말을 듣고 그 암라의 열매를 구하기 위해 과수원으로 사람을 보낼 것이다. 그때에 나는 암라 열매를 없애버리자. 그러면 과수원지기는 암라 열매가 없어졌다고 왕에게 아뢸 것이다. 누가 그것을 먹었느냐고 왕이 물을 때 그는 고행자들이 먹었다고 대답할 것이다. 왕은 화를 내어 저 고행자들을 때려 쫓을 것이다. 그렇게 하면 저들을 괴롭힐 수 있을 것이다.'

그래서 제석은 밤중의 야경 직후 왕후의 침실에 들어갔습니다. 공중에 서서 자신이 천왕임을 나타냈습니다. 그리고 게송을 읊었습니다.

한복판에 있는 나무의
천연(하늘이 맺어준 인연)의 열매를 먹고
아기 밴 여자는
전륜왕을 낳으리
귀부인이여, 당신은 왕비
또 남편의 사랑 받거니
왕은 그 한복판 나무의
그 열매를 구해 주리라

제석은 이렇게 게송을 외우고 그 부인에게

"당신은 게을러서는 안 됩니다. 우물쭈물해서는 안 됩니다. 내일 아침에 곧 대왕께 말하십시오."

하고 그녀를 달랜 뒤에 천상으로 돌아갔습니다.

이튿날 그녀는 병이 들었다고 거짓말을 하고 누워 있었습니다. 왕은 하얀 양산을 받친 사자좌에 앉아 무희들이 춤추는 것을 구경하고 있었습니다. 왕비가 보이지 않아 시녀들에게 물었습니다.

"왕비는 어디 있는가?"

"부인은 병으로 누워 있습니다."

왕은 부인에게 갔습니다. 침대 옆에 앉아 그 등을 어루만졌습니다.

"사랑하는 이여, 무슨 병입니까?"

"대왕님 특별히 병이랄 것은 없습니다. 다만 먹고 싶은 것이 있을 뿐입니다."

"사랑하는 사람아, 무엇이 먹고 싶은가?"

"한복판의 암라 열매입니다, 대왕님!"

"한복판의 암라란 어디 있는가?"

"대왕님, 나는 그것을 모릅니다. 그러나 만일 그것을 먹으면 나는 살 수가 있지만 그것을 먹지 못하면 나는 죽고 말 것입니다."

"그것을 구하도록 하겠으니 걱정하지 말게."

왕은 왕비를 위로하였습니다.

왕은 대신들을 불러 놓고 물었습니다.

"왕비는 지금 한복판의 암라를 먹고 싶어 하는데 어쩌면 좋을까?"

"대왕님, 두 개 암라 사이에 있는 암라가 곧 한복판 암라입니다. 과수원에 사람을 보내어 그것을 구해와 왕비님께 드리도록 하십시오."

왕은 과수원에 사람을 보냈습니다. 한복판의 암라를 구해오라 하였습니다.

제석은 마치 사람이 먹은 것처럼 그 과수원에서 암라를 모두 없애버렸습니다. 사람들은 암라를 찾아온 과수원을 샅샅이 뒤졌습니다. 그러나 하나도 얻지 못하였습니다. 돌아와 그 사실을 왕에게 아뢰었습니다.

왕은 이 사실을 듣고 몹시 화를 내었습니다.

"그러면 누가 그것을 다 먹었느냐?"

"대왕님, 저 행자들입니다."

"그 행자들을 모두 때려 그 과수원에서 쫓아내버려라."

사람들은 왕의 분부대로 행자들을 모두 내쫓았습니다.

제석의 계획은 모두 뜻대로 되었습니다. 그러나 왕비는 간절하게 암라를 먹고 싶어 하였습니다.

"암라를 먹고 싶어요. 암라를 먹으면 일어날 것 같아요."

왕비는 침대에 누워 일어나지 못하였습니다. 왕은 어쩔 바를 몰랐습니다.

대신과 바라문(인도의 가장 높은 승려들)들을 모아 놓고 물었습니다.

"한복판의 암라라는 것을 그대들은 아는가?"

어떤 바라문이 말하였습니다.

"대왕님, 한복판의 암라는 천인들이 먹는 것입니다. 그것은 설산의 황금굴 속에 있다는 말을 우리는 전해 들었습니다."

"누가 그것을 가져올 수 있겠는가?"

"사람들은 거기 갈 수 없습니다. 앵무새 새끼를 보내면 될 수 있을 것입니다."

왕궁에는 앵무새 새끼 한 마리가 있었습니다. 왕자들이 타고 다니는 수레바퀴통만큼 그 몸은 크고 힘은 세며 현명하고 책략이 교묘하였습니다.

왕은 앵무새를 데리고 왔습니다.

"사랑스러운 앵무새여, 나는 네게 많은 은혜를 베풀었다. 너는 황금 새장에 살고 있다. 금색 그릇에 맞나게 볶은 곡식을 먹고 사탕물을 마신다. 너도 내게 한 가지 일을 해주지 않으면 안 된다."

"무엇이나 시키십시오. 대왕님!"

"귀여운 것아, 왕비는 지금 한복판의 암라를 먹고 싶어 한다. 그러나 그것은 설산의 황금굴 속에 있다. 그것은 신들이 먹는 것으로서 인간은 거기 가지 못한다. 그 때문에 네가 그 열매를 가져오지 않으면 안 된다."

왕은 그에게 금빛 찬란한 그릇에 맞나게 볶은 곡식을 먹이고 사탕물을 마시게 하였습니다. 그리고 백번이나 끓인 깨 기름을 그 날개 밑에 발라주었습니다. 왕은 앵무새를 두 손으로 받들어 창가에서 공중을 향해 날렸습니다. 앵무새는 왕에게 충성을 바치겠다는 뜻으로 날개를 힘차게 저었습니다. 공중을 날아올라 인간세계를 날아 넘었습니다.

앵무새는 설산의 첫째 동굴에 사는 앵무새에게 가서

"한복판의 암라가 어디 있는가? 그 장소를 내게 가르쳐주렴."

"우리는 모른다. 혹시 둘째 동굴에 사는 앵무는 알고 있는지 모르겠다."

앵무새는 둘째 동굴로 갔습니다.

이렇게 셋째, 넷째, 다섯째, 여섯째 동굴을 찾았습니다. 거기 사는 앵무들도

"우리는 모른다. 일곱째 동굴에 사는 앵무는 알고 있을 게다."

하고 말하였습니다.

앵무새는 일곱째 동굴에 사는 앵무에게 물었습니다.

"한복판의 암라가 어디 있는가?"

"그것은 저 황금굴에 있다."

"나는 그 열매를 구하러 왔다. 나를 거기까지 인도하여 그것을 내게 내어 줄 수 없겠는가?"

"그것은 바사문 대왕이 먹는 것으로써 거기는 가까이 갈 수 없다. 온 나무를 뿌리에서부터 구리쇠 그물로 담을 싸 둘렀고 구반다 나찰이 그것을 지키고 있다. 그들에게 붙잡히면 목숨이 없다. 거기는 1겁 동안 불이 계속해 타고 있는 무간다지옥과 같은 곳이다. 거기 가려는 생각이란 아예 내지 말라."

"만일 그대들이 갈 수 없다면 내게 그 장소를 설명해주시오."

그들은 앵무새에게 그 장소를 자세하게 설명해주었습니다.

앵무새는 그들이 설명해 준 길을 찾아 무간다지옥과 같은 장소에 도착하였습니다. 구리쇠 그물로 담을 두른 큰 나무 주위에는 무섭게 생긴 나찰(공중을 날아다니며 언제나 사람의 피와 살을 먹는 악귀)들이 암라를 지키고 있

었습니다. 앵무새는 가슴을 조이며 낮에는 몸을 숨겼습니다.

한밤중 야경 직후가 되었습니다. 나찰들이 깊은 잠에 빠졌습니다. 한복판의 암라 가까이 갔습니다. 나무 밑둥에서 가만히 기어 올라갔습니다. 그때에 구리쇠 그물이 찌렁찌렁하고 소리를 냈습니다. 나찰들이 잠에서 깨었습니다.

"암라 도적이다!"

나찰들은 그를 보고 소리쳤습니다. 나찰들은 앵무새를 붙잡았습니다.

그들은 이 앵무를 어떻게 처치할까 의논하였습니다.

"입에 넣어 한입에 삼켜버리자."

"손으로 쥐어 뭉개어 가루로 만들어 흩어버리자."

"둘로 쪼개어 화롯불에 구워먹자."

앵무새는 조금도 두려워하지 않고 말하였습니다.

"오오, 나찰들 너희는 누구의 부하인가?"

"우리는 비사문 대왕의 부하다."

"아아, 너희들도 한 사람 왕의 부하요. 나도 왕의 부하다. 바라나시왕이 한복판의 암라 열매를 구하기 위해 나를 보내었다. 나는 그때 이미 내 목숨을 왕에게 바치고 왔다. 부모나 임금을 위해 생명을 버리는 사람은 누구나 천상세계에 다시 태어난다. 그러므로 나도 이 짐승의 몸에서 해방되어 천상세계에 태어날 것이다."

하고 말하였습니다. 그리고 게송을 읊었습니다.

주인을 위해 자기를 버리어
그 충성을 다하려는 영웅
그가 어떠한 지위를 얻더라도
나도 그러한 지위에 이르리

그들은 이 법문을 듣고 마음으로 만족하였습니다.

"이 녀석은 법에 어울린다. 죽일 수 없다. 놓아 주어라."

앵무새를 놓아주면서 말하였습니다.

"오오, 작은 앵무새여, 너는 해방이 되었다. 우리 손에서 안전히 날아 가거라."

앵무새가 말하였습니다.

"내가 찾아온 일을 헛되게 하지 말라. 나에게도 암라 열매를 주시오."

"작은 앵무새여, 네게 이 열매 하나 주는 것은 우리에게 큰 부담이 되지 않는다. 그러나 이 나무 열매는 모두 기호를 붙여 보존되어 있다. 하나의 기호가 맞지 않아도 우리 목숨은 없다. 왜 그러냐 하면 비사문 대왕이 한번 화를 내어 흘겨보면 천 명의 구반다 귀신도 불에 단 남비에 던져진 깨처럼 부서지고 흩어진다. 그 때문에 이것을 네게 줄 수 없다. 그러나 얻을 수 있는 곳을 가르쳐 주리라."

"누가 주어도 좋다. 내 목적은 그 열매에 있으니까. 얻을 수 있는 곳을 가르쳐다오."

"황금 산맥 가운데 광미라는 고행자가 불을 섬기면서 금득이라는 암자에 살고 있다. 그는 비사문 왕의 사랑하는 신하다. 비사문왕은 언제나 그에게 그 열매를 네 개씩 보내고 있다. 거기 가보아라."

앵무는 그 고행자를 찾아가서 큰 절을 올렸습니다.

고행자는 그에게 물었습니다.

"어디서 왔는가?"

"바라나시에서 왔습니다."

"무엇하러 왔는가?"

"주님, 우리 왕비가 잘 익은 한복판의 암라를 먹고 싶어 합니다. 그 때문에 왔습니다. 그러나 저 나찰들은 직접 내게 주지 않고 당신께 보내었습니다."

"그러면 앉아라. 그것을 주리라."

마침 그때 비사문왕은 그 고행자에게 그 열매 네 개를 보냈습니다.

고행자는 두 개를 먹고 앵무에게 하나를 주며 먹으라고 하였습니다. 앵무가 그것을 먹고 나자 그는 남은 하나를 실로 감아 앵무의 목에 걸어 주었습니다.

"작은 앵무새야. 잘 가거라."

하고 보내었습니다.

그는 그것을 가지고 돌아와 왕비에게 바쳤습니다.

왕비는 그것을 먹고 매우 만족하였습니다.

그러나 아이는 낳지 못하였습니다.

부처님은 이 이야기를 마치고 나서 전생과 금생을 결부시켜

"그 때의 그 왕비는 라후라의 어머니요, 그 앵무새는 라후라며 그 익은 열매를 준 고행자는 저 사리불이요 과수원에 살고 있던 행자는 바로

나였다."

고 말씀하셨습니다.

◑ 생각 키우기

부처님의 아들 라후라가 배앓이를 하는 어머니에게 어머니가 먹고 싶어 하는 암라 과즙을 구해다 준 이야기입니다.

이 이야기는 사리불 장로의 전생 이야기와 연결되어 있습니다. 사리불은 암라 열매를 준 고행자이며 과수원의 행자는 부처님이었다고 합니다. 앵무새는 라후라이고 왕비는 라후라의 어머니입니다. 앵무새는 임금님을 위하여 목숨을 바쳐 암라를 구해다 주었습니다.

어린이 여러분, 불교에서 말하는 전생과 금생에 대해서 생각해 보십시오.

어머니의 병을 낫게 하고 어머니를 기쁘게 하려고 암라를 구하러 간 라후라의 금생 이야기와 왕비가 찾는 암라를 구하기 위해 설산의 황금굴을 찾아간 라후라의 전생 이야기를 서로 비교해 잘 읽어보세요.

'부모나 임금을 위해 생명을 버리는 사람은 누구나 천상세계에 다시 태어난다.' 는 라후라의 전생인 앵무새의 말에서 우리가 생각해 볼 점은 무엇일까요?

다른 사람에게 기쁨과 만족을 주기 위해 정성과 노력을 바치는 일이 사랑이라고 생각합니다.

친구와 이웃과 부모님을 사랑하는 일에 대해서 생각해보세요. 〈본생경 제281화 한복판의 전생 이야기〉

유수 · 정소영(裕樹 · 鄭昭榮)
공주교육대학을 졸업하고 조선대학 대학원에서 「한국 전래동화 탐색과 교육적 의미」로 국문학박사 학위를 받았다. 동화 「달꽃과 아기몽돌」로 《아동문예》에 등단했으며, 연구사, 장학사를 거쳐 현재 초등학교 교감으로 있다.

위기를 지혜로 극복한 공장양저왕

정 혜 진

옛날 인도의 바라나시에서 범여왕이 나라를 다스리고 있을 때입니다.

바라나시 근방에는 목수 일을 하는 사람들이 모여 마을을 이루고 있는 목수촌이 있었습니다.

어느 날 목수 한 사람이 기둥이 될 만한 나무를 찾기 위해 숲 속으로 들어갔습니다. 그런데 뜻밖에도 어린 돼지 한 마리가 함정에 빠져있는 것을 발견했습니다.

목수는 잠깐 머뭇거렸습니다. 그러나 돼지가 불쌍하다는 생각이 들었습니다. 목수는 돼지를 함정에서 꺼내어 집으로 데리고 왔습니다.

"내가 너를 잘 돌봐 줄 테니 너 또한 바르게 자라야 한다."

목수는 돼지를 자식처럼 정성껏 길렀습니다.

돼지는 목수의 말을 잘 따랐습니다. 그리고 튼튼하게 자랐습니다. 몸이 커지고 이빨은 활처럼 굽어졌습니다. 항상 예의를 지키면서 목수가 기대한 대로 바른 행동을 하였습니다.

"너는 물건을 만들고 목수 일을 하는 기술자가 기른 돼지이니 공장양저(工匠養猪)이니라. 이제부터 공장양저라고 부르겠다."

공장양저는 목수의 뜻을 잘 알아듣고 영리하고 지혜롭게 행동했습니다. 목수가 나무를 벨 때는 얼른 가서 코로 나무를 굴려 내렸습니다. 그리고 목수에게 필요한 도끼나 대패, 끌, 망치 같은 연장을 입으로 운반하여 갖다 주었습니다. 집짓는 목재를 반듯하게 자를 때는 검은 물감을 묻혀 줄을 긋는 먹줄 한쪽 끝을 잡아주기도 하였습니다.

공장양저가 튼튼하고 바르게 잘 자라자 목수에게는 걱정거리가 생겼습니다.

"공장양저가 저렇게 잘 자라는 것을 욕심내서 누가 잡아먹으면 어떻게 할까? 차라리, 사람들이 없는 숲 속에서 마음대로 살도록 놓아줘야겠어."

목수는 공장양저를 숲으로 데리고 가서 놓아주었습니다.

공장양저는 숲 속으로 들어가서 한적하고 살기 좋은 곳을 찾아다녔습니다. 한참을 돌아다니다가 어떤 큰 산골짜기를 발견했습니다.

"그래, 바로 여기야. 이곳은 나무뿌리와 과일 등 먹을 것이 아주 많고 안락한 곳이군."

공장양저는 살기 좋은 곳을 발견하여 기분이 좋았습니다. 그가 자리를 잡으려하자 수백 마리의 돼지들이 몰려들었습니다. 그는 돼지들을 향해 말했습니다.

"나는 그대들을 찾아다녔는데 마침내 만났구나. 여기는 매우 즐거운 곳 같은데 지금부터 나도 여기서 살기로 하겠다."

이 말을 들은 돼지가 공장양저에게 걱정스럽게 말했습니다.

"이곳은 참으로 즐거운 곳이다. 그러나 여기는 매우 위험한 곳이기도 하다."

영리한 공장양저는 돼지의 말을 금방 알아듣고 대답했습니다.

"그래, 나도 너희들을 보고 이미 짐작은 하고 있었다. 이처럼 먹을 것이 많은 곳에서 살고 있는 너희들 몸에 살이 붙지 않고 피도 말라 있는 것을 보니 무슨 까닭이 있겠구나 싶었다. 도대체 무엇을 두려워하는 것이냐?"

공장양저가 이유를 캐묻자 다른 돼지가 말을 해 주었습니다.

"아침마다 호랑이 한 마리가 나타나서 무엇이든지 보이는 대로 마구 잡아간다. 우리 돼지들은 언제 잡혀갈지 몰라 두려움에 떨고 있다."

공장양저는 두려워하는 이유를 알고 더욱 자세하게 묻기 시작했습니다.

"호랑이는 매일 아침마다 오느냐? 아니면 어쩌다가 가끔씩 나타나느냐?"

"언제나 날마다 온다."

"그러면 몇 마리나 오느냐?"

"그대들은 수백 마리나 될 만큼 이렇게 숫자가 많은데, 단 한 마리 호랑이를 이기지 못해 당하고 있느냐?"

"우리는 너무나 무서워서 도저히 당해낼 수가 없다."

돼지의 대답을 듣고 공장양저는 수많은 돼지들 앞에서 자신 있게 말했습니다.

"나는 그 호랑이를 사로잡고 말겠다. 그대들은 내가 시키는 대로만 하여라. 그 호랑이는 지금 어디에 있느냐?"

"호랑이는 저 산에 있다."

공장양저는 그날 밤부터 돼지들을 훈련시키기 시작했습니다. 먼저 싸움에서 이길 수 있는 전술을 설명했습니다.

"전쟁에는 연화군, 전차군, 치중군 세 가지가 있다."

이렇게 가르쳐 준 다음 연화군의 방법을 이용하여 돼지들을 훈련시켰습니다.

"나는 이곳 지형의 유리한 점을 알고 있다. 이 방법을 이용하자."

공장양저는 싸움하기에 좋은 땅 모양과 높고 낮은 곳을 가려 편리한 위치를 잘 활용했습니다.

"먼저 새끼돼지와 어미돼지는 가운데에 자리를 잡아라. 그리고 그 주위에는 암돼지를 배치할 것이다. 다음은 젊은 돼지를 세우고 그 주위에는 이빨이 긴 사나운 돼지를 세우겠다. 마지막으로 힘이 세고 싸움을 잘한 돼지를 조로 편성하여 열 마리씩, 스무 마리씩 밀집부대를 만들어 배치할 것이다. 자, 빨리빨리 실시해라!"

돼지들은 공장양저가 지시한대로 움직여 진을 구성하였습니다. 배치가 끝나자 다음에는 구덩이와 동굴을 파서 함정을 만들었습니다.

"진을 쳐놓은 앞에는 작고 둥근 구덩이를 파고, 그 뒤에는 부채꼴 모양의 키처럼 처음에는 구멍을 작게 하다가 내려갈수록 점점 깊어지면서 넓어지는 동굴을 파라."

숫자가 많은 돼지들은 밤새도록 훈련과 함정을 파는데 매달렸습니다. 새벽 무렵이 되어서야 동굴 파는 일과 훈련이 모두 끝났습니다.

"이제는 마지막 점검만 남았다. 가장 힘이 세고 싸움 잘하는 돼지들 60마리를 뽑아서 군대를 만들 것이다."

공장양저는 선별한 60마리 군대를 데리고 배치해 놓은 곳 여기저기를 다니면서 돼지들에게 용기를 주고 안심시켰습니다.

"이제 준비는 다 끝났으니 모두들 마음을 굳게 먹고 있는 힘을 다해서 싸우자, 우리가 꼭 이길 것이다."

공장양저는 자신감에 차 있는 모습을 돼지들에게 보였습니다.

아침이 되자 산에 있던 호랑이는 돼지마을로 내려왔습니다. 돼지들이 진을 치고 있는 것을 보고 앞으로 나가 맞섰습니다. 두 눈을 부릅뜨고 돼지들을 노려보았습니다.

이것을 본 공장양저는 맨 앞에 당당하게 섰습니다. 그리고 돼지들을 향해 호랑이가 하는 대로 눈을 부릅뜨고 노려보라고 신호를 보냈습니다. 돼지들은 용기를 얻어 호랑이를 무서워하지 않고, 눈을 크게 뜨고 노려보았습니다.

호랑이가 입을 열어 큰 소리로 돼지들을 위협하면서 용기를 돋아 위엄을 보였습니다.

돼지들도 지지 않고 호랑이 행동을 따라서 일제히 울부짖었습니다. 호랑이가 발을 탕탕 치면 돼지들도 똑같이 발을 탕탕 쳤습니다.

이것을 본 호랑이는 매우 당황했습니다.

"아니, 저놈들 봐라! 나만 보면 무서워서 사방으로 달아나던 것들이 내 흉내를 내고 있구나. 무서워서 달아나지도 못하고 넘어지고 자빠져서 잡혀 먹히던 것들이 이제는 내 적이 되어 대항을 하다니 이럴 수가……"

호랑이는 억울해서 소리를 지르고 돼지들을 내려다보았습니다.

'맨 앞에 있는 저 우두머리가 지휘자로구나. 이제 대장이 시킨 대로 나한테 덤벼든다 이거지. 그렇다면 내가 승리한다는 보장이 없다.'

호랑이는 슬그머니 발길을 돌려 제 집으로 돌아갔습니다.

그런데 호랑이 집에는 호랑이가 숨겨놓은 거짓은자가 있었습니다. 거짓은자는 호랑이가 먹다 남은 고기를 먹고 사는 나쁜 고행자입니다.

거짓은자는 호랑이가 빈손으로 돌아오는 것을 보고 호랑이를 격려하며 말했습니다.

"두려워하지 말라, 다시 나가라. 네가 고함치고 뛰면 모든 것들은 무서워서 흩어져 달아날 것이다."

거짓은자의 말을 듣고 호랑이는 용기를 내어 다시 용사처럼 나아가 산 위에 올라섰습니다. 이것을 본 돼지들은 호랑이가 다시 나타났다고 외쳤습니다.

바로 그때 공장양저는 두 개의 함정 사이에 서 있었습니다. 그리고 돼지들에게 큰소리로 호령했습니다.

"무서워하지 말아라. 두려워하지도 말아라. 나는 저 놈을 잡을 것이다."

호랑이는 성내어 거친 소리를 지르면서 공장양저를 향해 달려들었습니다. 호랑이가 덮쳐왔을 때 공장양저는 급히 몸을 날려 작은 함정 속으로 숨어들었습니다.

달려오던 호랑이는 갑자기 멈출 수가 없게 되자 부채처럼 파놓은 키 모양의 함정으로 나가떨어졌습니다. 호랑이는 함정 입구가 작아 옹색하게 된 곳에 떨어져 뒹굴뒹굴 계속 굴러가면서 흙덩이처럼 돼버렸습니다.

바로 그때 함정에 숨어있던 공장양저는 재빨리 뛰어나와 호랑이를 덮쳤습니다. 사나운 이빨로 호랑이 안쪽다리를 공격하고 목줄을 물어 뜯었습니다. 흙 속에 묻혀 눈이 보이지 않은 호랑이는 순식간에 당하고 말았습니다.

"자, 너희들의 적을 잡아라."

공장양저는 숨이 끊어진 호랑이를 함정 밖으로 내 던졌습니다. 돼지들은 좋아서 소리를 쳤습니다. 그러나 잠시 시간이 지나자 돼지들은 호랑이가 죽어있는 것을 보고도 만족하지 않았습니다.

"너희들을 괴롭힌 적을 잡았는데 무엇을 그리 불안하게 생각하느냐?"

"죽은 호랑이 한 마리야 무서울 것이 없다. 그러나 아직 호랑이를 더 데리고 올 수 있는 거짓은자가 있으니 그것이 두렵다."

"거짓은자는 도대체 누구냐?"

"아주 나쁜 고행자 호랑이다."

돼지들의 말에 공장양저는 더욱 당당하게 말했습니다.

"나는 너희들이 가장 두려워한 호랑이까지 죽였는데 그 따위가 나를 어떻게 해보겠느냐? 지금 당장 나와 함께 잡으러 가자."

공장양저는 돼지들을 데리고 산 속으로 들어갔습니다.

거짓은자는 호랑이가 돌아오지 않자 혹시 돼지들에게 잡히지나 않았을까 불안한 마음이 들었습니다. 그래서 밖으로 나왔다가 몰려오는 돼지들과 마주쳤습니다. 거짓은자는 황급히 무화과나무 위로 올라갔습니다. 이것을 본 돼지들은 크게 실망하여 탄식했습니다.

"거짓은자가 나무 위로 올라갔으니 이제 잡을 방법이 없다."

이 말을 들은 공장양저는 또 다시 돼지들을 지휘하였습니다.

"암돼지들은 물을 길러오고 새끼돼지들은 흙을 파거라. 그리고 긴 이빨을 가진 돼지들은 나무뿌리를 모두 끊어라. 다른 돼지들은 나무 주위를 포위하고 굳게 지켜라."

돼지들은 지휘자가 시키는 대로 척척 제 몫을 다 하였습니다.

공장양저는 돼지들이 뿌리를 끊어놓은 나무를 도끼로 치듯이 단번에 들이받아 넘어뜨렸습니다. 나무 위에 있던 거짓은자는 땅에 떨어져 꼼짝없이 붙들렸습니다. 돼지들은 거짓은자를 땅바닥에 때려눕혀서 산산조각을 냈습니다. 돼지들은 너무나 기뻐서 춤을 덩실덩실 추었습니다.

"우리는 공장양저의 지혜로 호랑이를 해치웠다. 두려움에서 벗어났다. 우리를 평화롭게 살도록 해 준 공장양저를 왕으로 추대하자."

돼지들은 뜻을 모아 공장양저를 왕으로 받드는 의식을 거행했습니다. 먼저 공장양저를 무화과나무의 줄기에 앉혔습니다. 다음에는 거짓은자의 밥그릇이었던 소라고둥으로 물을 길러와 머리에서부터 물을 부어 관정을 하였습니다. 그리고 암돼지 한 마리도 관정을 하여 왕의 부인으로 삼았습니다.

위기를 지혜로 극복한 공장양저는 드디어 왕이 되어 평화를 누렸습니다.

지금도 왕을 무화과나무의 경사스러운 의자에 앉히고, 세 개의 소라 고등으로 관정하는 의식은 계속 이어지고 있답니다.

반야심 · 정혜진(般若心 · 鄭惠珍)
아동문예 동시 추천과 광주일보 신춘문예에 동화가 당선되었고, 세종문학상과 한정동 아동문학상, 전라남도문화상 등을 받았으며, 동시집 『달콤 열매』 등 14권과 동화집 『스마일 캐릭터』 등 6권을 발간하였습니다. 한국문인협회 정보화위원, 한국아동문학인협회 이사, 한국동시문학회 원, 전남여류문학회장으로 활동하고 있습니다.

조그마한 공덕

조 철 규

들녘의 싱싱히 자란 벼 포기를 바람이 흔들고 지나갑니다. 야트막한 서쪽 자산 밑으로 놀곡동 마을이 있습니다. 스님은 작년 가을 할머니 손에 이끌려온 용석이를 데리고 마을로 내려왔습니다. 용석이는 어머니를 알 수 없는 병으로 잃었습니다. 아버지는 어머니의 병을 고쳐보려고 애를 쓰다 그만 큰 빚만 지고 말았습니다. 그 빚을 갚기 위해 용석이를 할머니께 맡기고 아버지는 장사 길에 올랐습니다.

스님은 용석이를 무척 귀여워했습니다. 가끔 읍내에 내려올 때마다 공책과 연필을 선물로 사 주셨습니다. 용석이는 스님이 무척 좋았습니다. 처음 할머니의 손을 잡고 절에 갔을 때는 모든 것이 무서웠습니다. 눈을 부릅뜬 채 금방이라도 큰칼을 내려칠듯한 사천왕이며 법당 안팎을 울긋불긋하게 칠해놓은 단청이 무섭게 느껴졌습니다. 하지만 할머니를 따라 절에 자주 다니면서부터 오히려 절에 정이 들었습니다.

법당에서 부처님을 향해 손을 모아 관세음보살도 불렀습니다.

"관세음보살."

"관세음보살."

"아유 기특해라. 어린아이가 염불도 잘하지."

용석이를 보고 칭찬했습니다. 용석이는 절 안을 돌면서 바위와 나무를 타고 노는 다람쥐도 만나고 풀밭에서 노래하는 벌레도 만나고 지천으로 떨어진 산열매도 주워가며 재미나게 놀았습니다.

스님은 용석이를 더욱 귀여워했습니다. 할머니는 용석이의 손을 잡고 말했습니다.

"할머니가 집에 갔다 올 동안 여기 잘 있어야 한다. 스님 말씀 잘 듣고."

용석이는 할머니에게 떼를 쓰지 않았습니다. 그 후로 할머니는 절에 가끔 오셨습니다.

"집 보다는 훨씬 낫지 않느냐, 그렇지?"

할머니는 눈물을 글썽이며 용석이를 안고 어깨를 다독여 주었습니다.

스님은 용석이를 절 아랫마을 조그만 학교에 보냈습니다. 산길을 오르내리는 학교 길은 힘들었지만 가끔 오시는 할머니가 무척 기뻐하여 열심히 다녔습니다. 지금은 여름방학입니다. 스님과 함께 나선 마을길이 무척 좋았습니다. 마을 입구에는 큰 느티나무가 있습니다. 나뭇가지는 잎이 무성한 채 그늘을 시원하게 만들고 있었습니다. 마을 사람들은 한 여름 들에서 일을 하다가 느티나무 아래에서 쉬었습니다. 스님도 용석이와 잠시 느티나무 그늘에 앉았습니다. 스님을 보자 마을 사람들은 편히 쉬고 있던 자세를 고쳐 앉았습니다. 그리고 들일에 준비해 온 점심을 스님께 드렸습니다.

"스님, 올해에도 농사가 잘되고 군에 간 우리 아이가 건강하게 잘 돌아올 수 있도록 기도해 주십시오."

아낙네는 치마끈에 차고 있던 주머니에서 지전 몇 닢을 꺼내주었습니다.

"향 값과 초 값 얼마 안 되는 불전입니다. 저의 조그만 정성입니다."

스님은 활짝 웃으시며 아낙네의 지극한 정성을 이야기해 주었습니다.

"아무리 큰 재물을 주어 베푼다 한들 정성이 없으면 아무 소용이 없지요. 오늘 이 조그만 정성으로 베푼 공덕이 앞으로는 부처님이 될 수 있습니다."

스님은 고개를 돌려 용석이에게 말했습니다.

"용석아, 착한마음을 일으키는 결과가 얼마나 큰 것인지 알겠느냐? 아무리 큰일도 아주 작은 일부터 시작하는 거란다."

주위에 둘러선 마을 사람들이 웅성거리기 시작했습니다.

"아무리 정성이 깃든 배품이라 해도 부처님까지 될 수 있다니요."

스님은 손을 들어 주위를 조용하게 했습니다.

"지금 우리들이 앉아있는 느티나무도 모든 마을 사람들이 모여 쉴 수 있도록 아주 크게 자라서 우리를 품어 안고 있습니다. 그렇다면 이 느티나무의 씨는 굉장히 큰 것이겠지요. 호박만 하거나 수박 통만 했겠지요. 그렇게 큰 씨라야 이만한 큰 나무가 될 수 있지 않겠습니까. 실은 그렇지 않았지요. 아무리 작은 씨라도 비옥한 땅에 알맞은 비와 햇볕을 만나면 크게 자랄 수 있습니다. 이와 같이 조그만 정성의 배품도 부처님이 될 수 있는 씨앗이 그 안에 있습니다. 부처님께서도 전생에 수없이 닦아놓은 선행으로 결국 부처님이 되셨지요."

느티나무 그늘 아래에서 마을 사람들은 스님의 이야기를 들었습니다.

"용석아, 지금의 마음가짐과 행동이 작은 씨앗처럼 아무리 조그마해도 그게 크게 자란다면 나중에는 어떻게 될 수 있겠느냐, 하찮은 행동이나 한 생각이라도 우리는 자기 자신을 소홀하게 여길 수 없다. 자! 이젠 가자, 너무 많이 쉰 것 같다."

용석이는 문득 지난겨울 싸릿대에 꿰어 달아 놓은 곶감을 스님 몰래 하나 둘씩 빼먹고는 재미있어 하던 다락방 일이 생각났습니다.

◐ 생각 키우기

아무리 큰 재물을 주어 베푼다 한들 정성이 없으면 아무 소용이 없습니다. 오늘 이 조그만 일이나 간절한 정성으로 이웃에게 베푼 공덕은 아무리 작아도 매우 중요하여 부처님도 될 수 있습니다. 그러므로 지금의 조그만 행동과 마음가짐이 곧 씨앗이 되어 크게 자랄 수 있다고 생각한다면 하찮은 행동이나 한 생각인들 자기에게 소홀함이 없어야겠지요. 우리는 누구나 전생에 닦아놓은 공덕으로 지금의 세상을 살고 있고, 또 지금 행하고 있는 공덕으로 다음 생을 살고 있습니다. 그래서 부처님을 생각하는 마음과 선행이 바로 두 기둥이 되어 한국불교아동문학회를 튼튼하고 듬직하게 떠받치고 있습니다. 우리 곁에는 이러한 기둥처럼 크게 자란 나무와 그 그늘이 꼭 필요합니다.
〈본생경 제284화 길상(吉祥)의 전생 이야기〉

진우 · 조철규(眞愚 · 趙哲圭)
1980년 불교신문 신춘문예 당선. 시집『가난한 행복』외. 동화집『산골촌닭과 서울까치들: 국립중앙도서관 추천도서』외. 전기집『바다를 닮은 대통령』외 다수집필 . 한국사진대전 특선 및 개인사진전 11회
현)한국국립공원진흥회, 한국산서회 회원.
   참나마을 산행문학관대표

쇠솥의 네 왕자와 하늘눈

하 아 무

옛날 범여왕이 바라나시를 다스리고 있었습니다.

하루는 깊은 밤, 잠을 자다 꿈에 지옥에 떨어지는 네 사람의 비명소리에 놀라 깨어났습니다. 비명소리가 너무나 처참해 뜬눈으로 밤을 새고 날이 밝자마자 승려들을 불러 물었습니다.

"한밤중에 무서운 네 가지 소리를 들었소. 그것이 도대체 무슨 소리였는지 그대들은 아시오?"

"그 소리가 어땠는지 생각나시는 대로 설명해주십시오."

"네 명이 길게 말을 못하고 각기 '두', '사', '나', '소' 라고 한 마디씩만 비명을 지르다가 말았소. 한 글자씩이었지만 얼마나 처절한지 온몸이 오싹하고 소름이 돋았다오."

승려들은 잠깐 서로 상의하더니 대답했다.

"대왕님, 그것은 대왕님한테도, 그리고 이 나라에도 매우 나쁜 영향을 주는 소리입니다."

"나쁜 영향을 주는 소리라고요?"

"예, 그렇습니다. 그냥 두면 고약한 병이 걸리거나 심하면 죽을 수도 있지요."

"대체 그 소리가 무슨 소리이길래······?"

"그것은 지옥에서 사람들을 저주하는 소리입니다."

"큰일이군. 그런 일이 일어나지 않게 하려면 어떻게 해야 합니까? 제발 가르쳐 주시오."

"대왕님, 그것을 없애는 건 쉬운 일이 아닙니다."

"방법이 있기는 있다는 말이오?"

"있지요. 어렵고 돈도 많이 드는 방법이지만······."

"나쁜 일을 없앨 수만 있다면 어떤 어려움이 있어도 해야지요."

"좋습니다, 대왕님. 그럼 저희가 얘기하는 대로 하셔야 됩니다."

범여왕은 그렇게 하겠다고 약속했다. 하지만 곧 승려들의 말을 듣고 깜짝 놀라 입을 다물지 못했습니다. 승려들은 세상에 있는 모든 동물을 크든 작든 네 마리씩 잡아다가 희생시켜 제사를 지내야 한다고 했습니다. 코끼리 네 마리, 소 네 마리, 돼지 네 마리, 비둘기 네 마리, 메추리 네 마리, 고래 네 마리, 상어도 네 마리, 이런 식으로 땅 위의 모든 동물과 하늘을 나는 새, 심지어 바다 속 물고기까지 모두 네 마리씩 잡아다 바쳐야 한다는 것이었습니다.

"아니, 그렇게나 많이······?"

그래도 가족과 백성을 사랑하는 범여왕은 사람 목숨이 먼저라고 생각했기 때문에 세상 모든 동물을 네 마리씩 잡아오라고 명령했습니다.

승려들은 여기저기 돌아다니며 웃고 떠들어댔습니다. 제사를 지내고 나면 동물들을 잡아 자기들이 먹을 생각에 기분이 좋았던 것이었습니다. 그들은 사람들이 키우는 가축들을 마구 잡아가기 시작했습니다.

승려들의 제자들 중 가장 뛰어난 수제자가 물었습니다.

"스승님, 다른 생명을 죽여서는 안 된다고 가르쳐주시지 않았습니까? 그런데 동물들을 죽여야 사람들이 무사하다니요? 말이 안 되잖아요."

승려는 얼굴을 찌푸리며 수제자를 노려보았습니다.

"그래, 책에 그렇게 씌어져 있고 그렇게 가르쳤지."

"그렇다면 그렇게 살아야 하는 것 아닌가요?"

"아니지, 책과 현실은 달라. 나는 몹시 배가 고프고 고기를 먹은 지 너무 오래되었어. 너도 고기를 배불리 먹고 싶지 않느냐. 잠자코 시키는 대로 하면 너도 배부르게 해주마."

승려는 욕심이 가득한 눈을 희번덕거렸습니다. 수제자는 크게 실망했습니다.

'스승님이 이런 분이었다니. 이런 스승과 함께 있을 수는 없어.'

그 무렵 다음 생에 부처님이 될 아이가 어느 마을 가난한 승려 집에서 태어나 살고 있었습니다. 청년이 된 그는 모든 욕심을 버리고 열심히 도를 닦아 마침내 깨달음을 얻었습니다. 그는 보살이 되어 어려움을 겪는 사람들을 도우며 눈이 하얗게 덮인 높은 산의 즐거운 숲속에 살고 있었습니다.

하루는 가장 높은 산봉우리에 올라 세상을 두루 둘러보았습니다. 보살이 된 그에게는 보통 사람들이 도저히 볼 수 없는 것, 눈에 보이지 않는 것도 환하게 볼 수 있는 하늘눈이 있었습니다.

"저 사람들이 왜 동물들을 잡아가는 거지?"

보살은 병사들이 동물들을 마구 잡고 승려들이 가축을 빼앗아가는 것을 발견했습니다. 그는 하늘눈을 좀 더 크게 떴습니다. 비명소리에 놀라 벌벌 떠는 범여왕의 모습, 자기들끼리 쑥떡거리며 웃는 승려들의 모습, 희생의 기둥에 묶어둔 동물들의 모습 등이 선명하게 보였습니다.

"큰일 났구나. 이대로 두면 죄 없는 동물들이 이유 없이 죽고 말겠구나."

보살은 서둘러 구름과 뒤바람을 불렀습니다. 그가 구름 위에 사뿐히 올라타자 뒤바람이 바라나시 쪽으로 구름을 밀었습니다.

눈 깜짝할 사이에 도착한 보살은 범여왕의 동산에 내렸습니다. 왕의 자리로 쓰는 반석 위에 앉자 문득 보살의 등 뒤로 밝은 빛이 생겨났습니다.

"아니, 저 분은 어디서 갑자기 나타났지? 황금빛이 나는 걸 보면 보통 사람이 아닌 게 분명해."

스승을 떠난 수제자가 보살을 발견하고 그의 앞에 무릎을 꿇었습니다.

"빛을 내시는 이여, 당신은 누구십니까?"

"나는 보살이네. 청년이여, 거기 불편하게 꿇어앉지 말고 내 옆에 와서 편히 앉게."

청년은 이 분을 새로운 스승으로 모시기로 마음먹고 조심스레 일어나 한쪽에 앉았습니다.

"내가 하늘눈으로 보니, 이곳에서 좋지 않은 일이 벌어진 것 같더구나. 범여왕이 정치를 바르게 하지 않아서 그런 것이냐?"

"아닙니다. 왕은 백성을 사랑하여 바른 정치를 하려고 노력하고 있습니다. 그런데……."

청년은 범여왕이 한밤중에 비명소리를 들은 이야기, 승려들에게 그게 무슨 소리였는지 물은 이야기, 승려들이 세상 모든 동물을 네 마리씩 잡아 바치도록 권한 이야기, 결국 잡아들인 동물들을 희생의 기둥에 묶어두기 시작한 이야기까지 들려주었습니다.

"존경하는 스승님, 하늘눈을 가진 스승님께서 왕에게 얘기해서 저 불쌍한 동물들을 죽음에서 건져주십시오."

청년은 눈물을 글썽이며 말했습니다.

"나도 그렇고 싶지만 범여왕은 나를 모르고 나도 왕을 모르네. 만일 범여왕이 나한테 와서 묻는다면 그가 들은 비명소리의 뜻을 알려주겠네. 그러면 죄 없는 동물들을 죽이지도 않을 것이네."

"정말요? 그렇다면 스승님, 잠깐만 여기 기다리십시오. 얼른 가서 왕을 모시고 오겠습니다."

"알았네. 여기서 기다리고 있겠네."

청년은 눈물을 닦고 서둘러 왕에게로 갔습니다.

"하늘눈을 가진 분이라고? 스스로 황금빛을 뿜어내기도 한다고? 앞장서거라. 당장 가보자."

범여왕은 청년의 뒤를 따라 보살에게 달려갔습니다. 왕은 한 번도 하늘눈을 가진 이를 본 적이 없었기 때문에 빨리 만나고 싶었습니다.

"당신이 하늘눈을 가지신 분이라고요? 또 내가 들은 비명소리의 뜻을 알고 계신다고요?"

왕은 보살에게 정중히 예의를 갖추어 인사하고 물었습니다.

"예, 그렇습니다."

"그렇다면 제발 말씀해주십시오. 그게 무슨 뜻인지……."

"그것은, 옛날 옛적 네 명의 왕자가 지옥에서 지르는 비명소리입니다."

"네 명의 왕자? 좀 더 자세히 말해주시오."

"예. 그 옛날 네 명의 왕자가 다른 사람들의 귀한 여자를 침범해 몹쓸 짓을 한 일이 있었지요. 그 때문에 왕자들은 모두 죽음의 수레바퀴에 치여 죽고 말았지요. 죽은 뒤에도 네 개의 펄펄 끓는 쇠솥 속에 태어나 3만 년 동안 삶기면서 밑으로 내려갔다가 솥 밑에 부딪혀 다시 3만 년 동안 위로 올라온다지요. 마침내 자기가 있는 쇠솥의 아가리를 보고는 너무나 무섭고 끔찍해서 '아~, 나는 언제쯤 이 고통에서 벗어날 수 있을까' 하며 비명을 지른답니다."

"펄펄 끓는 쇠솥 안에서요? 정말 끔찍하군요."

범여왕은 물이 부글부글 끓는 냄비에 손을 넣는 상상을 하며 몸을 떨었습니다.

"지옥의 쇠솥은 물이 끓는 냄비 속보다 몇 백 배, 몇 천 배 더 뜨겁답니다."

보살은 하늘눈으로 범여왕의 생각을 알아채고 말했습니다.

"네 왕자가 너무 뜨거워서, 너무나 힘들고 고통스러워서 그랬던 것이

군요."

"예, 왕자들은 자신들이 지은 죄를 반성하고 용서를 구하기 위해 있는 힘껏 소리를 질렀지요. 하지만 쇠솥 위로 떠오르는 시간이 너무 짧아 겨우 한 글자씩만 외치고 다시 쇠솥 밑으로 가라앉고 말았던 것입니다. 그것은 네 왕자의 죄가 너무나 컸기 때문이지요."

"승려들이 말하기를, 그 비명소리가 우리를 병들게 하고 죽게 할 수도 있다고 했습니다. 그래서 세상 모든 동물들을 제물로 바치고 제사를 지내야 한다고……."

보살은 손사래를 쳤습니다.

"아닙니다, 아니에요. 그 소리를 들었다 하여 병들거나 죽지 않아요. 비명소리는 누구를 저주하는 것이 아니라 지옥에 떨어진 왕자들이 고통을 받으면서 우는 소리이기 때문이지요. 자신들의 죄를 반성하고 용서를 구하는 소리가 남을 해칠 리가 없지요."

"듣고 보니 그렇기는 합니다만……."

"그 소리는 지금 왕께서만 들은 것이 아닙니다. 옛날 왕들도 들었습니다. 그 왕들도 승려들에게 물어 짐승들을 잡아 제사를 지내려 하였답니다. 하지만 그럴 때마다 어질고 현명한 분들의 말을 듣고 그만두었습니다. 죄 없는 동물을 죽이지 않게 하여 왕들이 또 다른 죄를 짓지 않게 했던 것이지요."

범여왕은 그래도 이해되지 않는 게 있다는 듯 고개를 갸웃거렸습니다.

"그런데 승려들은 왜 그랬을까요……?"

"욕심 때문이지요. 배불리 고기를 먹고 싶은 욕심, 그 때문에 생명을 함부로 빼앗지 말라는 가르침을 어긴 것입니다."

범여왕은 금북을 두드려 잡은 동물들은 모두 놓아주게 하고 희생의 기둥은 전부 부숴버렸습니다. 그리고 승려들이 욕심을 부리지 않고 책 속에서의 가르침을 성실하게 실천하도록 하였습니다.

보살은 며칠 동안 바라나시에 머물면서 범여왕이 많은 동물들을 무사히 구출하는 것을 지켜보았습니다. 그 후 본래 자신이 살던 높은 산 즐거운 숲속으로 돌아가 하늘눈으로 세상을 둘러보며 부지런히 사람들을 도왔습니다. 그러다가 다음 생에는 부처님으로 다시 태어나셨습니다.

◑ 생각 키우기

부처님의 전생 이야기를 모아 놓은 경전 〈본생경〉 제314화 '쇠솥의 전생 이야기'를 동화로 고쳐 쓴 작품입니다. 〈본생경〉은 수많은 세월에 걸쳐 끝없는 고행을 통하여 부처님이 되어가는 과정을 그려놓은 불교 경전입니다.

부처님께서는 이 이야기를 통해서 생명의 소중함을 가르쳐 주시고 있습니다. 또 살아서 나쁜 일을 하면 죽어서 그 과보를 반드시 받는다는 것도, 쇠솥 속에서 고통을 받는 네 명의 왕자를 통해서 일깨워 주고 계십니다. 〈본생경 제314화 쇠솥의 전생 이야기〉

하아무 · 하정구(河正九)
1966년 경남 하동 출생.
2007년 〈전남일보〉 신춘문예 당선.
2008년 〈MBC창작동화대상〉 당선.
현재 경남아동문학회 회원, 경남소설가협회 · 경남작가회의 회장.
소설집 『마우스브리더』, 『황새』, 장편소설 『더질더질』 등

임금님과 바라문

홍 재 숙

아난다는 부처님의 사촌동생이자 십대제자 중에 한 사람으로 부처님 곁에서 말씀을 제일 많이 들었다고 해요. 다문제일(多聞第一)이라는 별칭도 그래서 생겨났대요.

부처님의 열반 후에는 처음으로 그 가르침을 마하카시아파, 우팔리와 함께 경전으로 만들었어요. 오늘날에 우리에게 전해진 불경이 바로 그것이랍니다.

부처님은 어느 날 기원정사에서 수많은 제자들에게 아난다와 전생의 인연에 대해 말씀하셨습니다.

부처님은 전생에 바라나시 범여왕의 첫째 왕자로 태어났어요. 왕자는 영리하고 성실하여 공부를 잘 했어요. 훌륭한 스승 밑에서 여러 가지를 배웠지만 모두 뛰어나게 잘 했어요. 학문과 예능은 물론이고 천문이나 지리에도 통달했대요. 뿐만 아니라 말 타기 활쏘기도 어느 무사 못지않았대요.

"왕대밭에 왕대 난다더니, 역시 왕자는 달라."

"학문도 훌륭하지만 무술도 뛰어난다지?"

왕자의 총명함과 재주는 온 나라의 화제가 되었습니다.

아버지인 범여왕이 죽자 왕자가 뒤를 이어 임금님이 되었어요.

임금님이 된 왕자는 자기를 도와 나랏일을 잘 할 사람들을 찾기 시작했어요.

왕자로 있을 때 같이 학문을 닦았던 한 바라문이 머리에 떠올랐습니다. 그 바라문은 누구보다도 현명했지만 언제나 겸손했고, 남의 일도 자기 일처럼 생각했어요. 그런데 그 바라문이 재주를 뜻있게 쓰지 못하고 이름 없는 서생으로 어렵게 살고 있다는 소문을 들었기 때문이었어요.

"좋은 재목은 값있게 써야지. 버려둘 수는 없어."

임금님은 바라문이 살고 있는 곳을 알아낸 뒤에 몰래 그의 형편을 알아보기로 했어요. 소문이 사실인지 직접 확인하려는 것이었지요.

임금님은 날이 저물자 변장을 하고 혼자 궁궐을 빠져나왔어요. 괜히 신하들을 데리고 가면 소란스럽고 필요 없는 말도 날 것 같아 조용히 알아보고 싶었기 때문이었어요. 하늘이 맑아 별들이 유난히 반짝였어요. 임금님은 바라문이 살고 있다는 마을로 갔어요. 빈민들이 모여 사는 가

난한 동네라 분위기도 그들의 살림살이만큼이나 어두침침하고 으스스
하기까지 했어요.

임금님은 골목길을 돌아다니며 바라문의 집을 찾고 있었어요. 마을
사람을 만나서 알아보려 해도 나다니는 사람도 없어서 이 집인가, 저 집
인가 하고 기웃거렸지요. 그때 갑자기 시커먼 그림자가 앞을 막아서며
시비를 걸었어요.

"넌 누군데. 이 집 저 집을 엿보고 다니느냐?"

젊은이는 소리를 꽥 질렀어요. 임금님은 참 무례하다고 생각했지
만 반가운 표정을 지으며 바라문의 집을 물어봐야겠다고 생각하는데,
젊은이는 주먹을 휘둘렀어요. 무술이 뛰어난 임금님이라 내리치려는
젊은이의 주먹을 꽉 잡으며 진정하라고 타일렀어요. 주먹이 잡힌 젊
은이는 얼굴이 벌게지며 임금님에게 잡힌 주먹을 뿌리치려고 애를 썼
어요.

"이 손 놔. 못 놔! 놓지 못해?"

임금님은 젊은이의 손을 놓으며 공손하게 말했어요.

"젊은이, 나는 사람을 찾고 있으니 이러지 말고 나를 좀 도와주시오."

젊은이는 임금님의 부탁에는 코대답도 없이 무어라고 중얼거리며 달
아났습니다.

부인과 함께 집 앞에 나와서 별을 바라보고 있던 바라문이 젊은이
와 임금님이 하는 소리를 들었어요. 바라문은 왕자가 새 임금님이 된
것을 기뻐하며 늘 생각하고 있었기 때문에 그 목소리를 금방 알 수 있

었어요.

"여보, 이제 사람들 소리가 들렸지요?"

"저쪽 골목길에서 시비가 붙은 것 같아요."

"임금님 목소리가 들린 것 같았어요."

"당신이 새 임금님을 너무 생각해서 그런가 봐요."

"그렇지요. 이 밤에 임금님이 이런 곳에 계실 리가 없지요."

임금님이 이 소리를 들었습니다. 눈을 들어 바라보니 골목길 저쪽에서 바라문 부부가 별을 향해 합장을 하고 있었습니다. 반가웠습니다. 가만히 살펴보니 새 임금인 자기를 위해서 별에게 기도하고 있는 것이 분명했습니다. 당장 달려가서 손이라도 덥석 잡고 싶었습니다. 그러나 참았습니다. 임금님은 변장을 하고 바라문의 형편을 살피러 왔기 때문에 그대로 돌아섰습니다.

골목길을 돌아서는데, 남루한 차림의 한 주정뱅이가 팔을 붙잡았습니다.

"야, 넌 누구냐? 좋은 옷에 잘 먹어서 얼굴이 번드르르하네."

옷차림이나 행동거지가 불량자 같았습니다. 임금님은 웃으면서 말했습니다.

"옷이 탐나면 벗어줄 테니, 이 팔을 놓으시오."

임금님은 겉옷을 벗어 그 불량자에게 주었습니다.

바라문은 그 일을 보았습니다.

"여보, 저분은 틀림없이 우리 임금님이셔요."

"세상에는 닮은 사람도 많다오. 임금님이 어떻게 혼자 여기를……."

"하긴 그렇구료. 신하들이 모두 임금님을 잘 받들어야 할 텐데."

부랑자는 임금님이 벗어주는 옷을 입고는 도망치듯 가버렸어요.

바라문은 임금님을 잘 압니다. 같이 공부할 때도 어렵고 힘든 사람을 보면 자기의 것을 아낌없이 내놓아 도와주었습니다. 골목길에서 만난 젊은이나 불량자를 대하는 모습이 틀림없는 임금님이었습니다. 당장 '임금님' 하고 외치며 달려가고 싶었습니다.

"임금님이 틀림없어. 내가 모셔야 해."

"여보, 아닐 거요. 임금님이 어떻게 혼자 저렇게 다니신단 말이에요?"

아내는 바라문이 임금님을 너무 존경하기 때문에 그렇게 보이는 거라며 집으로 데리고 들어갔습니다.

이튿날이었어요. 임금님은 신하들을 불러 이러한 마을에 가서 바라문을 모셔오라고 했습니다. 그리고 신하로 삼았습니다. 바라문은 가장 충직한 신하가 되어 임금님을 잘 모셨습니다.

부처님은 아난다를 바라보면서 말했어요.

"여기에 바라문은 지금의 아난다였고, 임금은 나였느니라. 아난다야. 너는 전생에도 나에게 가장 충직한 가신이었는데 현세에서도 이렇게 나를 따르는 제자가 되었구나."

아난다는 말없이 부처님께 합장을 했어요. 여러 제자들도 합장을 했습니다.

◑ 생각 키우기

　사람은 언제나 정직해야 합니다. 아무리 불리해도 거짓말을 하면 안 됩니다. 참말은 신뢰를 낳고 거짓말은 불신을 낳습니다. 신용은 큰 자산입니다. 한 번 신용을 잃으면 그 사람의 모든 행동은 거짓으로 보입니다. 신용과 신뢰로 덕을 쌓은 사람은 억만금의 재산가보다 무형의 재산을 더 많이 가진 사람입니다.〈본생경 제289화 여러 가지 희망의 전생 이야기〉

진여심 · 홍재숙(眞如心 · 洪在淑)

1999년. 2010년 지구문학 수필, 동화 신인상. 수필집『꽃은 길을 불러 모은다』공저『문인의 꿈 독서의 힘 1 · 2집』『역사탐방 세계 속의 한민족』『백제문인 91인 상 · 하』2014 '알트바움문화행사' 초대낭송작가. 허균문학상, 한국불교아동문학회 지도교사상, 강서문학상본상, 통일부장관상 등 수상.

동화로 쓴 본생경 · 7

궁전을 들어 올린 아라한

2016년 7월 25일 인쇄
2016년 7월 29일 발행

엮은곳 : 한국불교아동문학회
엮은이 : 이 창 규
펴낸곳 : 대양미디어
펴낸이 : 서 영 애

서울시 중구 퇴계로45길 22-6(일호빌딩) 602호
등록일 : 2004년 11월 8일(제2-4058호)
전화 : (02)2276-0078

ISBN 978-89-92290-00-5 03810
값 10,000원

이 도서의 국립중앙도서관 출판예정도서목록(CIP)은 서지정보유통지원시스템 홈페이지
(http://seoji.nl.go.kr)와 국가자료공동목록시스템(http://www.nl.go.kr/kolisnet)에서
이용하실 수 있습니다.(CIP제어번호 : CIP2016017973)